**A.A.M. Verbeek**
**Th.de Leeuwlaan 5**
**1391 CB Abcoude**

*Reisverslag van een kat*

Meld je aan voor onze nieuwsbrief om op de hoogte te blijven van
de nieuwste boeken van Ambo|Anthos *uitgevers* via
www.amboanthos.nl/nieuwsbrief.

Hiro Arikawa

*Reisverslag van een kat*

Vertaald uit het Japans
door Sander Schoen

Ambo|Anthos
Amsterdam

ISBN 978 90 263 4128 1
Tabineko Ripôto © 2015 Hiro Arikawa
© 2018 Nederlandse vertaling Ambo|Anthos *uitgevers*,
Amsterdam en Sander Schoen
Oorspronkelijke titel 旅猫リポート
Oorspronkelijke uitgever Kodansha
Omslagontwerp Marry van Baar
Omslagillustratie © Shuai Liu / www.chilture.com
Illustraties binnenwerk © Yoco Nagamiya

Verspreiding voor België:
Veen Bosch & Keuning uitgevers nv, Antwerpen

# *Inhoud*

**PROLOOG**
Wat er gebeurde voordat we op reis gingen  *7*

1   De echtgenoot zonder vrouw  *21*
2   De zakelijke boer  *65*
3   Het pension van Shusuke en Chikako  *109*
3½  De laatste reis  *155*
4   Hoe Noriko leerde lief te hebben  *183*

**EPILOOG**
Het laatste verslag  *227*

PROLOOG

*Wat er gebeurde voordat we
op reis gingen*

Ik ben een kat. Een naam heb ik nog niet. – Er schijnt hier in dit land een eminente kat te zijn geweest die dat ooit heeft gezegd. Hoe eminent die kat werkelijk is geweest weet ik niet, maar ík heb wel een naam. Op dat punt win ik het van hem. Of die naam mij bevalt is een ander verhaal. Hij staat namelijk in schril contrast met mijn geslacht.

Het zal ongeveer vijf jaar geleden zijn geweest, dat ik hem kreeg. Ik was juist een volwassen kater geworden. (Er bestaan verschillende theorieën over hoe je kattenleeftijden kunt omrekenen naar mensenleeftijden, en die hebben allemaal min of meer met elkaar gemeen dat ze katten één jaar na de geboorte als pakweg twintig jaar oud beschouwen.) De motorkap van een zilverkleurige minivan die geparkeerd stond bij een flatgebouw in de buurt, was mijn favoriete plekje om een dutje te doen. En wel doordat ze me niet *kst, kst!* wegjoegen als ik daarop lag te slapen.

Voor een stel flink uit de kluiten gewassen apen die toevallig rechtop kunnen lopen zijn mensen behoorlijk arrogante wezens. Ze zetten hun auto zomaar ergens langs de weg neer, maar als een kat over hun motorkap trippelt en per ongeluk een pootafdruk of zoiets achterlaat stijgt het hun naar het hoofd en komen ze ons achterna. Kleinzielig hoor. Voor een kat is elke plek waar hij kan rondstappen 'openbare weg'.

Hoe dan ook, de motorkap van die zilverkleurige minivan was mijn lievelingsplekje om te slapen. Tijdens de eerste winter van mijn leven was die motorkap, opgewarmd door het zonnetje, werkelijk een voortreffelijke vloerverwarming, heel geschikt voor een lekker middagdutje.

Algauw werd het weer lente en had ik alle seizoenen eenmaal tot een goed einde gebracht. Voor een kat is het een onmetelijk geluk om in het voorjaar geboren te worden. Er zijn pakweg twee liefdesseizoenen voor katten – de herfst en lente – maar de meeste katjes die in de herfst worden geboren komen de winter niet door.

Op een dag lag ik weer opgerold op die warme motorkap, toen ik plotseling voelde dat er een scherpe blik op mij was gericht. Ik deed mijn ogen half open en daar stond een slungelige jonge vent. Met zijn ogen tot spleetjes geknepen keek hij aandachtig naar hoe ik lag te slapen.

'Lig je altijd hier te slapen?'

Och ja. Had je daar wat op tegen?

'Wat ben je schattig.'

Ja, dat zeggen ze allemaal.

'Mag ik je aaien?'

O nee, geen spráke van. Ik blies en tilde mijn voorpoot dreigend op. De man tuitte misnoegd zijn lippen. Ja, wat dacht je dan, makker? Jij zou het toch ook niet leuk vinden om te worden aangehaald als je net lekker ligt te dutten?

'Hm, voor niets gaat de zon op, hè?'

Kijk aan, jij begrijpt het! Als je mijn slaapje komt verstoren, moet daar wel iets tegenover staan. Ik richtte met een ruk mijn kop op om hem aan te staren, en de man begon te ritselen aan de plastic zak van de supermarkt die hij omhooghield.

'Ik heb alleen niet echt iets gekocht voor een kat.'

Met alles neem ik genoegen, hoor. Een zwerfkat kan niet kieskeurig zijn. Wat denk je, die reepjes schelpdier lijken me wel wat. Ik snuffelde aan een pakje dat gedeeltelijk uit de plastic zak stak, en hij gaf me met een glimlach een zacht tikje op mijn kop. Hé daar, dat is een valse start!

'Sint-jakobsschelpen zijn helemaal niet goed voor je, en bovendien zijn deze scherp gekruid.'

Niet goed voor me? Kom nou toch, makker. Een zwerfkat weet

niet eens wat de dag van morgen brengt. Denk je nou werkelijk dat die de luxe heeft om op zijn gezondheid te letten? Of ik hier en op dit moment mijn buik rond kan krijgen, dát is vele malen belangrijker.

De man haalde uiteindelijk het vlees tussen een sandwich vandaan, trok het korstje paneermeel ervan af en hield me het lapje vlees dat overbleef, op zijn vlakke hand voor.

Je bedoelt dat ik dit zo moet opeten? En die hand van je, als ik een beetje dichterbij probeer te komen, dan... Maar zo'n grote homp vers vlees krijg ik niet al te vaak voorgeschoteld, dus hm, ik denk dat we een deal hebben.

Zodra ik van het stuk vlees begon te schrokken, gleed er een stel vingers onder mijn kin en achter mijn oren. Hij krabde me zachtjes. Soms sta ik mensen van wie ik te eten heb gekregen toe om me heel eventjes aan te halen, maar deze jonge vent deed het wel erg gewiekst.

Als je me nog een stukje geeft mag je me ook wel even onder mijn kin kriebelen. Ik gaf de hand van de jonge vent een kopje en... fluitje van een cent.

'Op deze manier hou ik alleen nog maar een sandwich met een blaadje wittekool over.' Lachend haalde hij het paneermeel van het tweede, overgebleven stukje vlees van de sandwich af en stak me het lapje toe. Dat korstje had hij er ook wel gewoon omheen mogen laten zitten. Dat had mijn maag des te meer gevuld.

In ruil voor zijn offerande liet ik mij naar hartenlust aaien tot het langzaamaan tijd werd om de tent te sluiten. Maar juist toen ik mijn poot wilde heffen om hem weg te werken, zei hij gedag.

'Tot later maar weer.' Nog vóórdat ik er een einde aan had kunnen maken trok de man zijn hand terug en liep weg. Zonder om te kijken ging hij de trap van het flatgebouw op. Nou ja zeg, ook zijn timing was erg gewiekst.

Zo verliep onze eerste kennismaking. Deze jonge vent was degene die mij mijn naam bezorgde, maar dat gebeurde pas een tijdje later.

Vanaf toen werden er elke avond kattenbrokjes voor me neergelegd onder de zilverkleurige minivan. Een mensenhand vol, verstopt achter een van de achterbanden – voor een kat een volledige maaltijd.

Als ik er toevallig was wanneer de man het eten bracht verwachtte hij dat hij me mocht aaien, maar anders liet hij zijn offerande discreet achter.

Soms waren andere katten me voor, en zo nu en dan waren er dagen dat er geen brokjes verschenen al wachtte ik tot de volgende ochtend. Dan was hij waarschijnlijk ergens naartoe. Evenzogoed had ik nu bijna elke dag wel een maaltijd te eten. Maar ach, mensen zijn wispelturige wezens, dus ik wilde natuurlijk niet volledig afhankelijk van hem worden. Het betaamt een zwerfkat om links en rechts reddingslijnen uit te gooien om te overleven.

Zo werden we bekenden van elkaar; we groeiden niet naar elkaar toe en ook niet uit elkaar. Maar juist toen de relatie tussen de man en mij vanzelfsprekend begon te worden, sloeg het noodlot toe en veranderde alles.

Het noodlot deed afgrijselijke pijn.

Op een nacht stak ik de straat over toen ik plotseling door het felle licht van een koplamp werd verblind. Ik probeerde vlug voor de auto weg te rennen, maar hij toeterde schel. Dat deed me de das om. Ik schrok en vertraagde mijn spurt voor een fractie van een seconde waardoor ik net een halve poot tekortkwam. Bám! De klap was zo hard dat ik werd weggeslingerd – hoe, dat weet ik niet eens meer.

Hoe dan ook, toen ik bijkwam lag ik midden in het struikgewas langs de kant van de weg. Mijn hele lijf deed me pijn zoals ik nog nooit van mijn leven had gevoeld. Maar ik leefde nog.

Was ik me daar toch even lelijk te pakken genomen! Ik probeerde overeind te krabbelen, maar gilde het uit. *Au, au, au!* Mijn rechterachterpoot deed ongelooflijke pijn. Ik zakte ineen en draaide mijn bovenlijf in een poging de wond te likken, maar – lieve help! Het bot stak uit! Beten of sneeën, zelfs heel akelige, had ik tot nog toe altijd wel weten op te lappen met alleen maar mijn tong, maar hier was geen beginnen aan. Het bot dat uit mijn poot stak benadrukte zijn aanwezigheid met een enorme pijn. Een beetje minder had best gemogen, vond ik.

Wat moest ik doen? Wat kón ik doen?

Iemand, help me! Nee, dat is idioot. Alsof ook maar iemand zich zou bekommeren om een zwerfkat. Toch haalde ik me de jonge vent die mij elke avond brokjes kwam brengen voor de geest. Die zou me misschien wel helpen.

Ik begon, slepend met mijn verwonde rechterachterpoot, te lopen en voelde bij elke beweging een vlijmende pijn in het bot. Onderweg zakte ik een aantal keren door mijn rug. Het gaat niet meer, ik geef het op, ik kan geen stap meer zetten. Tegen de tijd dat ik bij de zilverkleurige minivan was, begon de dageraad al te gloren.

Ik kon geen poot meer verzetten. Ditmaal echt! Ik miauwde zo hard ik kon.

MAÁÁÁUW!

Keer op keer verhief ik mijn stem, totdat uiteindelijk ook daaruit alle kracht verdwenen was. Zelfs janken deed me pijn, om je eerlijk te zeggen.

Op dat moment kwam er iemand de trap van het flatgebouw afgelopen. Toen ik opkeek, zag ik dat het de jonge vent was.

'Dus jij bent het.' Hij verschoot van kleur en kwam op een drafje naar me toe. 'Wat is er gebeurd? Ben je aangereden?'

Ik geneer me het te moeten zeggen, maar ik heb er een beetje een potje van gemaakt.

'Doet het pijn? Dat moet haast wel, hè.'

Vraag nou niet naar de bekende weg, of wil je me soms boos hebben?! Wees liever eens wat begaan met een verwonde kat.

'Je riep nogal wanhopig, ik werd er wakker van... Je riep toch hè, naar mij?'

En of ik je riep! Je bent nog redelijk laat ook, makker.

'Dus je dacht dat ik je wel zou helpen.'

Tegen mijn zin in, hè, wilde ik cynisch tegenwerpen, maar vreemd genoeg begon de man te snotteren. Waarom stond híj nou te huilen?

'Wat goed van je, dat je aan mij dacht.'
Katten huilen niet zoals mensen. Maar ergens kan ik het wel begrijpen, dat gehuil van jullie.
Jij zorgt er toch wel voor dat het goed komt? Het doet echt ongelooflijke pijn, niet te verdragen. Ik ben gewoon bang, zo'n pijn doet het. Wat gaat er nu gebeuren met mij?
'Stil nu maar. Het komt allemaal goed.'
De jonge vent legde mij in een doos op een dikke deken en zette me in de zilverkleurige minivan. Onze bestemming: de dierenarts. De details zal ik je besparen, maar nooit van mijn leven zal ik daar nog eens een poot over de drempel zetten, voor de duivel niet. Maar dat geldt voor de meeste dieren die er zijn geweest.

Totdat mijn wond genas nam ik mijn toevlucht in het appartement van de man. Het was een keurige kamer. Hij woonde er in zijn eentje. In de kleedruimte naast de badkamer kwam mijn toilet te staan, en in de keuken een voerbakje en drinkbakje.

Ik mag er dan uitzien zoals ik eruitzie, maar ik ben best slim en heb goede manieren, dus ik had meteen de eerste keer al door hoe ik de toiletbak moest gebruiken zonder er een zootje van te maken. Mijn nagels scherpte ik bovendien niet op plekken waarvan me was gezegd dat ik er niet mocht krabben. De muren en deurstijlen waren verboden, dus beperkte ik me tot het meubilair en tapijt. Daar zei hij niets over (in het begin keek hij wel een beetje beteuterd, maar ik voel dat soort dingen aan; ik ruik het verschil tussen iets wat echt niet mag en de rest – het meubilair en tapijt waren niet écht verboden terrein).

Het duurde een maand of twee tot het bot weer aan elkaar was gegroeid en de hechtingen uit mijn poot werden gehaald. In de tussentijd kwam ik de naam van de man aan de weet.

Satoru Miyawaki.

Satoru op zijn beurt noemde mij 'jij', of 'kat' en 'kattenbeest', net wat hem het beste uitkwam. Ik had toen nog geen naam, dus dat was alleen maar logisch. En zelfs al had ik een naam gehad, dan had ik hem die onmogelijk kunnen laten weten, want Satoru begreep mijn taaltje niet. Dat lijkt me toch behelpen als mens; jullie begrijpen immers alleen jullie eigen taal. In feite zijn dieren aanzienlijk meertaliger dan mensen, wisten jullie dat?

Telkens als ik naar buiten wilde gaan, probeerde Satoru me er met een verontruste blik op zijn gezicht van te overtuigen dat ik dit beter kon laten.

'Als je eenmaal weer buiten staat, kom je misschien niet meer terug. Wacht nou nog even totdat je beter bent. Je wilt toch niet de rest van je leven met hechtingen rondlopen?'

Als ik op mijn tanden beet kon ik weer redelijk gewoon lopen, dus ik kon me niet voorstellen dat een paar draadjes in mijn poot ongemak zouden veroorzaken. Maar omdat Satoru zo verontrust keek heb ik twee maanden lang afgezien van mijn wandelingetjes. Ik zou, met mijn manke poot, bovendien toch geen partij zijn geweest als ik in een gevecht verzeild was geraakt met een rivaal.

Algauw was mijn wond helemaal genezen.

Bij de voordeur, waar ik normaal gesproken werd tegengehouden, miauwde ik dat hij me naar buiten moest laten.

Bedankt voor alles, ik maak een diepe buiging voor al je toewijding. Alleen jou zal ik het vanaf nu toestaan me ook zonder offerande te aaien, boven op de zilverkleurige minivan.

Ditmaal keek Satoru niet verontrust maar beteuterd, zoals bij de meubels en het vloerkleed. Het was niet écht verboden terrein, maar evengoed. Zo'n gezicht.

'Je woont dus toch liever op straat?'

Hé, kom op nou. Niet gaan huilen, zeg! Straks vind ik het zelf nog moeilijk om weg te gaan.

'Ik had gedacht dat je misschien mijn kat kon worden.'

Eerlijk gezegd had ik de optie iemands huisdier te worden nog geen moment in overweging genomen. Ik was tenslotte een rasechte zwerfkat. Ik was van plan geweest me te laten verzorgen tot mijn wond genezen was en daarna gewoon weer naar buiten te gaan – of beter gezegd: ik was ervan uitgegaan dat ik dan weer had móéten vertrekken. Als je dan toch weg moet, getuigt het van een stuk meer tact om zelf naar buiten te glippen dan om weggebonjourd te worden. Katten zijn immers dieren met stijl.

Als je het goedvindt dat ik jouw kat word – nou, had dat dan meteen gezegd.

Ik glipte door de voordeur die Satoru schoorvoetend opendeed. Vervolgens draaide ik me naar hem om en miauwde –

Kom je?

Voor een mens had Satoru nog aardig gevoel voor kattentaal, en hij leek te begrijpen wat ik wilde zeggen. Hij aarzelde even, en kwam toen achter me aan.

Het was nacht, er stond een heldere maan aan de hemel. De stad was volledig tot rust gekeerd. Ik sprong op de motorkap van de zilverkleurige minivan en was onder de indruk van mijn eigen springkracht, die als vanouds was. Daarna sprong ik weer naar beneden en rolde ik naar hartenlust over de grond.

Opeens reed er een auto langs, en mijn staart schoot overeind. De angst zat er goed in. Stel je voor dat ik nog eens zo hard word weggeslingerd dat de botten uit mijn lijf steken. Onwillekeurig vluchtte ik weg achter Satoru, die teder glimlachend op me neerkeek.

Met Satoru aan mijn zijde maakte ik een rondje door de wijk, en ten slotte keerden we terug naar het flatgebouw. Voor zijn deur boven aan de trap op de eerste verdieping miauwde ik: *Maak open!*

Ik keek op naar Satoru. Hij glimlachte door zijn opwellende tranen heen.

'Dus je komt toch bij mij terug, hè?'

Ja. Dus maak nu maar gauw open.

'Kom je bij mij wonen?'

Dat zeg ik toch! Maar laten we wel zo nu en dan een wandeling maken, hè.

En zo werd ik Satoru's kat.

'Als kind had ik een kat die precies op jou leek.' Satoru pakte een fotoalbum uit de kast. 'Kijk maar.'

Het album was volgeplakt met kiekjes van een en dezelfde kat. Dit wist ik: zo iemand noem je een 'kattengek'. Het exemplaar op de foto's leek beslist veel op mij. Zijn lijfje was vrijwel geheel wit, alleen zijn snoet en staart hadden kleur: twee streepjes op zijn gezicht en een zwarte staart met een knik erin. Weliswaar stond die van mij de andere kant op gedraaid, maar de vachtpatronen in ons gezicht leken werkelijk sprekend op elkaar.

'Op zijn voorhoofd zaten twee streepjes in de vorm van het karakter 八, dus noemde ik hem Hachi.'

Wat een goedkope manier om een kat een naam te geven. Ik begon me enigszins zorgen te maken wat hij voor mij in gedachten had. Ik kwam na Hachi, dat 'acht' betekent, en ik mocht toch hopen dat hij me geen Kyu zou noemen, 'negen'.

'Wat dacht je van Nana?'

Zeven? Nee toch, hij trekt er gewoon één van af. Die had ik niet zien aankomen.

'Kijk maar, jouw knik staat in de tegenovergestelde richting van die van Hachi, zodat het van bovenaf gezien net een 7 lijkt.'

Blijkbaar had hij het over mijn staart.

Nee, nee! Wacht nou even! Nana – klinkt dat niet als een meisjesnaam? Ik ben een trotse kater, hoor. Hoe dacht je daar een mouw aan te passen?

'Klinkt goed toch, "Nana". *Lucky seven*, als dat geen geluk brengt.'

Luister nou eens naar mijn mening! Ik miauwde luid, waarop Satoru zijn ogen tot spleetjes vernauwde en me onder mijn kin kietelde.

'Bevalt hij jou ook?'

Ammenooitniet! Maar wat gemeen om zoiets te vragen terwijl je onder mijn kin aait. Onwillekeurig begon ik te spinnen.

'Hij bevalt je dus, kijk eens aan.'

Nee, zeg ik je toch! *Prrrr, prrrr.*

Zonder dat ik de kans kreeg om het misverstand recht te zetten (hij bleef me immers de hele tijd aaien, de rotzak) was het een uitgemaakte zaak: mijn naam werd Nana.

'We moeten wel verhuizen.'

In zijn flat waren huisdieren niet toegestaan, maar blijkbaar had hij met de huisbaas onderhandeld en toestemming gekregen mij te houden tot mijn wond was genezen. Satoru verkaste samen met mij naar een andere woning binnen dezelfde wijk. Als kat is het

misschien niet aan mij om dit te zeggen, maar je moet wel een verdomd gekke kattengek zijn om voor één enkele kat te verhuizen, hoor.
En zo begon ons leven samen. Satoru was een prima mens als kamergenoot voor een kat, en ik was een prima kat als kamergenoot voor een mens.
We hadden het werkelijk goed samen, deze afgelopen vijf jaar.

~

Ik was in de volle bloei van mijn kattenleven, en Satoru was iets over de dertig.
'Nana, het spijt me.' Satoru streek verontschuldigend over mijn kop.
Het is al goed, maak je nou maar niet dik.
'Sorry dat het zo moet lopen.'
Ik zeg je toch dat je al niks meer hoeft te zeggen. Ik begrijp wel hoe dat soort dingen werken.
'Het is niet mijn bedoeling geweest om je te laten gaan.'
Een mensenleven gaat nu eenmaal nooit zoals je verwacht. Ik leid een kattenleven, maar goed.
Dat ik niet bij hem kon blijven wonen, betekende gewoon dat ik terug was bij vijf jaar geleden. Naar voordat het bot uit mijn achterpoot stak. Als ik deed alsof ik nadat mijn wond genezen was onmiddellijk weer de straat op was gegaan, kwam het allemaal op hetzelfde neer. Ik had wel een kleine achterstand opgelopen, maar ik kon zonder moeite terug naar het zwerfkattenbestaan. Als het moest de volgende dag al.
Ik had niets verloren. De naam Nana en de vijf jaar samen met Satoru had ik gewonnen, dat was alles.
Dus trek nou niet zo'n bezwaard gezicht, Satoru.
Wij katten accepteren gelaten alles wat ons overkomt. Mijn enige uitzondering op die regel tot nog toe was dat ik aan Satoru moest denken toen ik mijn poot brak.
'Zullen we dan maar gaan?'

Satoru opende het deurtje van de reismand en ik stapte gedwee naar binnen. De afgelopen vijf jaar had ik immers altijd braaf naar Satoru geluisterd. Ook wanneer hij me in het mandje stopte en meenam naar die verduivelde dierenarts, bij wie ik gezworen had nooit meer een poot over de drempel te zetten, verzette ik me niet. Oké, laten we gaan. Als kamergenoot was ik een prima kat voor hem geweest, en als reisgenoot zou ik dat ook zijn.

Satoru pakte mijn reismand op en stapte in de zilverkleurige minivan.

# 1

*De echtgenoot zonder vrouw*

*Dat is lang geleden.*

Met die woorden begon de e-mail.

De afzender was Satoru Miyawaki, een jeugdvriend van Kosuke Sawada die was verhuisd toen ze op de lagere school zaten. Daarna was hij nog een aantal keer verhuisd, maar onderwijl hadden ze het contact nooit verloren, vandaar dat hun vriendschap wonderlijk genoeg ook nu ze de dertig waren gepasseerd nog altijd voortduurde. Al zaten er soms een aantal jaren tussen, ze pakten de draad van hun gesprek zo weer op, alsof ze elkaar gisteren voor het laatst hadden gezien. Zo'n vriend was het.

*Sorry dat ik met de deur in huis kom vallen, maar zou je mijn kat van me kunnen overnemen?*

Satoru was dol op het beestje, maar door onvoorziene omstandigheden kon hij niet langer voor hem zorgen en was hij op zoek naar iemand die hem uit de brand kon helpen, schreef hij.

Er stond verder niets over die 'onvoorziene omstandigheden'. Hij zei wel dat, mocht Kosuke de kat van hem willen overnemen, hij hem zou komen langsbrengen om ze aan elkaar voor te stellen en te kijken of het klikte.

In de bijlage vond Kosuke twee foto's. Het dier had twee streepjes op zijn voorhoofd in de vorm van het karakter voor 8.

'Waüw,' liet hij zich ontglippen. 'Net Hachi.'

De kater op de foto leek sprekend op de kat die ze met z'n tweeën van de straat hadden geplukt, lang geleden. Hij scrolde naar de volgende foto, een close-up van de staart. Een zwarte staart, met een knik in de vorm van een 7.

Hij had weleens gehoord dat katten met een knikstaart het geluk binnenslepen. Zoiets herinnerde hij zich tenminste. Wie had hem dat ook alweer verteld? Hij groef in zijn geheugen en slaakte een zucht. Zijn vrouw, van haar had hij het. Ze was nu naar haar ouderlijk huis en hij had geen idee wanneer ze terug zou komen.

Misschien kwam ze wel helemaal nooit meer bij hem terug – inmiddels had hij zich daar al enigszins op ingesteld. Zou het allemaal anders zijn gelopen als ze een kat met een knikstaart hadden gehad, vroeg hij zich af. Als zo'n beestje, kleine beetjes geluk bij elkaar schrapend, door hun huis had gerend, hadden ze dan misschien een vrediger leven geleid – ook al hadden ze geen kinderen? Ze konden de kat best overnemen, vond hij. Hij leek op Hachi, zag er mooi uit, had een knikstaart, en bovendien had hij Satoru al lang niet meer gezien.

*Een vriend van me vraagt of ik zijn kat van hem wil overnemen, wat vind jij?* mailde hij zijn vrouw, waarop ze antwoordde: *Je gaat je gang maar.* Een beetje kil was het wel, maar daar al zijn berichtjes tot dan toe onbeantwoord waren gebleven, vond hij het toch bemoedigend.

*Ik heb die kat van m'n vriend geadopteerd, kom je niet even kijken?* Misschien lukte het zo zijn vrouw zover te krijgen dat ze terugkwam, dol op katten als ze was. Dat ze het geschil met hem terzijde zou leggen en voor de kat naar huis zou komen, zeker als hij liet merken dat hij eigenlijk helemaal niet wist hoe hij hem moest verzorgen.

Hm, maar die ouwe van mij haat katten, dat gaat vast niet goed. Hij klakte met zijn tong toen hij zich betrapte op de gedachte wat zijn vader ervan zou vinden. Dit was nou precies waarom zijn vrouw genoeg van hem had. Nu hijzelf eigenaar van de studio was, hoefde hij immers helemaal geen rekening meer te houden met wat zijn vader vond.

En dus, deels uit verzet jegens zijn vader, bood Kosuke zich aan als het nieuwe baasje voor de kat van zijn jeugdvriend.

Satoru kwam direct de week erop. In zijn zilverkleurige minivan, met naast zich zijn geliefde kat.

Toen op straat het geronk van een auto klonk, stapte Kosuke naar buiten om een kijkje te nemen. Satoru was juist zijn minivan aan het inparkeren op de parkeerplaats voor de studio.

'Hé, Kosuke, lang niet gezien!' Satoru stopte midden in zijn draaimanoeuvre en zwaaide driftig vanuit het wijd openstaande raam aan de bestuurderskant.

'Ja, ja, zet die auto nu maar gauw neer,' maande Kosuke hem met een grijns. Ze zagen elkaar voor het eerst in drie jaar, maar Satoru was nog even luidruchtig en opgewekt als altijd. Hij was geen spat veranderd sinds de lagere school.

'Had hem nou gewoon aan de andere kant neergezet. Dat was makkelijker geweest.'

Er waren onder het afdak drie parkeerplekken voor klanten, maar Satoru had zijn auto op de plek het dichtst bij de winkelingang gezet. Daar stond ook een of ander opberghok, dus klanten parkeerden doorgaans op de overige twee plekken, waar meer ruimte was. Kosuke's eigen auto stond op het grindpad achter het huis.

'Maar als er klanten komen...'
'We zijn vandaag dicht, weet je nog?'

Kosuke runde een fotozaak, die hij van zijn vader had overgenomen, en op woensdag waren ze gesloten. Hij had voorgesteld om op zaterdag of zondag af te spreken omdat dat beter uitkwam voor Satoru, die ergens op een kantoor werkte, maar die voelde zich bezwaard omdat hij degene was die zijn kat kwijt wilde.

'O ja.' Satoru krabde zich op zijn hoofd bij het uitstappen en pakte de reismand van de achterbank.

'Dat is Nana?'

'Ja. Ik had je al een foto gestuurd. Zijn staart heeft de vorm van een 7, zie je wel? Goeie naam, hè?'

'Wat je goed noemt, de namen die jij vroeger verzon lagen ook al zo voor de hand... zoals Hachi.'

Hij liet Satoru de huiskamer in en wilde om te beginnen Nana even goed bekijken, maar die blies en gromde alleen maar en was geenszins van plan uit zijn mandje te komen. Kosuke kon kijken wat hij wilde, alles wat hij te zien kreeg was een zwarte knikstaart en een wit achterwerk.

'O, wat heb jij nu weer, Nana? Nanaatje?'

Satoru bleef Nana een poosje staan paaien, maar gaf het uiteindelijk op.

'Sorry, hij is waarschijnlijk een beetje van slag in een vreemd huis. Hij draait zo meteen vast wel weer bij...'

Ze lieten het deurtje van de mand openstaan en besloten eerst maar wat bij te praten.

'Je moet nog rijden, dus de sake laat ik maar staan. Wat drink je? Koffie? Thee?'

'Doe dan maar koffie.'

Kosuke zette voor twee personen. Satoru nam zijn mok aan en vroeg zonder er verder iets mee te bedoelen: 'Is je vrouw er vandaag niet?'

Kosuke zocht naar iets om hem op de mouw te spelden, maar kon zo gauw niks bedenken. Alle smoesjes die in hem opkwamen klonken ongeloofwaardig.

'Ze is even terug naar haar ouders.'

'O...' Satoru vertrok zijn gezicht. Sorry, ik wist niet dat jullie problemen hadden, zei die uitdrukking. 'Maar eh... kun je dan wel zomaar een beslissing nemen over Nana? Je krijgt geen ruzie of zo als ze weer thuis is?'

'Ze is dol op katten. Sterker nog, misschien komt ze juist terug voor de kat, dus ik denk dat het zelfs beter is.'

'Niet alle katten zijn hetzelfde.'

'Toen ik de foto's van Nana doorstuurde, zei ze dat ik mijn gang maar moest gaan.'

'Maar dat betekent toch niet dat ze akkoord is?'

'Nadat ze vertrok, heeft ze op geen enkel bericht geantwoord, behalve toen ik over jouw kat begon.'

*Misschien komt ze juist terug voor de kat* – hij had het grappig bedoeld, maar in werkelijkheid was het praktisch z'n enige hoop.

'Ze is er de vrouw niet naar om een kat in zijn nekvel te grijpen en op straat te zetten, en mocht ze niet terugkomen, dan verzorg ik

Nana wel alleen. Geen enkel probleem, welke kant het ook op gaat.'
'Wat je wilt,' krabbelde Satoru terug.
Nu was het Kosuke's beurt om vragen te stellen.
'En jij, waarom kun je niet meer voor Nana zorgen?'
'Nou, zie je...' Satoru lachte zenuwachtig en krabde zich op zijn hoofd. 'Er is een probleempje waardoor ik hem niet meer in huis kan hebben.'
Er ging een lampje bij Kosuke branden. Hij had het al vreemd gevonden dat Satoru voorstelde om op Kosuke's vrije dag af te spreken, al viel die midden in Satoru's werkweek.
'Ontslagen?'
'Zoiets, ja. Ik kan hem er in ieder geval niet meer bij hebben.'
Nu Satoru zo vaag bleef, vroeg Kosuke ook niet verder. Hij wilde er blijkbaar niet veel over kwijt.
'Hoe dan ook, ik bedacht dat ik eerst wat voor Nana moest zien te regelen, en dus ben ik nu bij iedereen aan het informeren. Oude vrienden en zo...'
'Je zult wel een zware tijd achter de rug hebben.' Kosuke's verlangen de kat over te nemen werd alleen maar sterker. Iemand een dienst te kunnen bewijzen, en dan ook nog eens Satoru. 'Gaat het wel goed met je? Ik bedoel – met je plannen voor de toekomst en zo?'
'Dank je. Als ik Nana maar weet kwijt te raken, komt het met mij wel in orde.'
Kosuke voelde aan dat hij er niet verder op in moest gaan. Het leek hem te opdringerig verdere hulp aan te bieden.
'Trouwens, ik was verbaasd toen ik de foto's zag. Hij lijkt als twee druppels water op Hachi.'
'In het echt is de gelijkenis nog treffender, maar ja.' Satoru wierp een blik op de reismand achter hem, maar Nana leek niet van plan te zijn om zijn snoet te laten zien. 'Toen ik hem voor het eerst zag, was ik ook totaal verrast. Héél even dacht ik dat het Hachi was. Maar dat kon helemaal niet.' Satoru probeerde het luchtigjes weg te lachen, maar Kosuke voelde aan dat de herinnering hem met droefheid vulde.

'Wat is er eigenlijk met Hachi gebeurd?' vroeg Kosuke.
'Doodgegaan, toen ik op de middelbare school zat. Zijn baasje heeft me nog een bericht gestuurd. Hij was aangereden.'
Die schok moet voor Satoru extra groot zijn geweest. In welke stad zou hij het overlijdensbericht hebben gehoord?
'Had het me laten weten.'
Ze hadden tenminste samen kunnen rouwen, Kosuke kende de kat immers net zo goed. Nu had Satoru vast en zeker in z'n eentje zitten huilen.
'Sorry, ik was veel te verdrietig.'
'Verontschuldig je nou niet, stomkop.' Kosuke deed alsof hij hem een por wilde geven, die Satoru met een speelse zwaai ontweek.
'Wat gaat de tijd toch vlug,' zei Satoru. 'Het lijkt alsof het gisteren was dat we samen Hachi vonden. Weet je nog?'
'Alsof ik dat ooit zou kunnen vergeten,' grinnikte Kosuke, en ook Satoru liet een schaapachtig lachje horen.

~

Wanneer je Fotostudio Sawada achter je liet en een stukje de heuvel op liep, de kant van de bergen uit, kwam je bij een woonwijk. Dertig jaar geleden werd de buurt gepromoot als zijnde volop in ontwikkeling, waar vrijstaande huizen zij aan zij stonden met stijlvolle appartementencomplexen. Te midden daarvan woonde Satoru met zijn ouders in een knus flatje.
Satoru en Kosuke zaten in de tweede klas van de lagere school toen ze op zwemles gingen bij dezelfde zwemschool. Kosuke had van jongs af aan wat last gehad van eczeem en was door zijn moeder op zwemles gestuurd omdat ze de theorie aanhing dat de huid daar sterker van wordt. Voor Satoru lag het anders. Die zwom zo snel dat het gerucht de ronde deed dat hij vliezen tussen zijn vingers had. Hem werd door de leraren op school aangeraden zijn talent verder te ontwikkelen.
Satoru hield ervan geintjes uit te halen tijdens het vrij zwem-

men: nu eens kroop hij als een salamander rond over de bodem van het bad, dan weer belaagde hij zijn klasgenootjes door ze vanuit het water aan te vallen. Hij was altijd wel aan het klooien, en op een dag foeterde de badmeester hem uit: 'Je bent toch geen *kappa*!', wat hem al snel de bijnaam Kappa opleverde, een mythisch watermonster. Afhankelijk van het humeur van de badmeester werd hij ook weleens Zwemvlies genoemd.

Zodra de les begon werd Satoru evenwel ingedeeld bij de gevorderden, waarin alle snelle kinderen zaten, en Kosuke bij de rest, waartoe zowat alle kinderen met huiduitslag behoorden.

Altijd speelde Satoru de kappa met z'n zwemvliezen, maar wanneer hij eenmaal door het water kliefde was hij zo onwijs stoer. De twee waren erg op elkaar gesteld, maar op zulke momenten had Kosuke toch wel een beetje een hekel aan Satoru. Kon hij zelf maar zo zwemmen, mijmerde hij dan. Die afgunst verdween op slag als hij zag dat Satoru stommiteiten uithaalde. Zoals toen die tijdens het duiken aan het klooien was en zijn voorhoofd openhaalde aan de bodem van het bad.

Er waren zo'n twee jaar verstreken sinds de eerste zwemles, en de zomer was net begonnen. Kosuke was als eerste aangekomen onder aan de heuvel van de woonwijk, waar ze altijd afspraken om samen naar zwemmen te gaan – en dus was hij degene die de doos ontdekte.

Onder het bord met de wijkplattegrond had iemand zomaar een kartonnen doos neergezet. Een doos die miauwde. Met een bonzend hart opende Kosuke de flappen, die maar lichtjes dichtgevouwen waren, en hij trof twee pluizige, witte bolletjes aan. Ze waren bedekt met nesthaar en hier en daar hadden ze kleine, donkere vlekjes.

Hij keek met stomheid geslagen op hen neer.

Wat een hulpeloze, zachte beestjes. Ze waren zo klein dat hij aarzelde of hij ze wel zou aanraken.

'Hé, poesjes!' schalde de stem van Satoru over hem heen. 'Hoe kom je daar nou aan?' Hij hurkte naast Kosuke neer.

'Die lagen hier.'

'Wauwie, wat schattig!'
Een poosje aaiden ze allebei schroomvallig met hun vingertoppen over de donshaartjes, totdat Satoru zei: 'Zullen we ze eens oppakken?'
Kosuke hoorde de uitbrander van zijn moeder al: 'Je mag dieren niet aanraken hoor, vanwege je eczeem,' zei ze altijd. Maar als Satoru het deed, kon hij onmogelijk alleen maar toekijken. Bovendien was híj degene die ze had gevonden.
Met beide handen schepte hij een van de twee katjes op en liet het diertje op zijn palm rusten – wat was-ie licht! Hij wilde hem het liefst de hele tijd zo blijven vasthouden.
'Straks komen we te laat,' zeiden ze tegen elkaar. Toch bleven ze nog een hele poos dralen voordat ze opstonden. Ze holden halsoverkop de weg af naar het zwembad. 'Op de terugweg komen we nog wel een keertje kijken!'
Ze waren net te laat, en toen ze kwamen binnenstormen gaf de badmeester hun een tik op het hoofd.
Nadat de zwemles was afgelopen holden ze weer net zo hard terug tot onder aan de heuvel van de wijk. De doos lag nog steeds onder het informatiebord, maar er zat nu nog maar één katje in. Iemand had het andere vast meegenomen.
Ze hadden het gevoel dat zij het lot van het overgebleven katje in handen hadden. Op zijn voorhoofd had hij twee streepjes in de vorm van het karakter 八. En zijn staart was zwart en had een knik.
Met zijn tweeën gingen ze naast de doos zitten kijken naar het opgerolde katje dat diep lag te slapen. Bestaat het dat een kind zo'n piepklein, wollig diertje niet mee naar huis wil nemen?
*Als ik hem mee naar huis neem, wat zou er dan gebeuren?* Elk wist wat er in het hoofd van de ander omging.
*Zou het bij ons kunnen? Moeder zal het wel weer afkeuren vanwege mijn eczeem, en bovendien houdt vader niet zo van dieren...*
In tegenstelling tot Kosuke, die over van alles en nog wat aan het tobben was, hakte Satoru de knoop vlug door.
'Ik vraag wel aan mijn moeder of ik hem mag houden.'
'Dat is gemeen!'

Deze uitval van Kosuke was het gevolg van wat zich een paar zwemlessen geleden had afgespeeld. Het meisje op wie Kosuke een oogje had, had zich fluisterend laten ontvallen hoe knap Satoru was, toen ze hem zagen zwemmen bij de gevorderden. (Achteraf beschouwd had ze eerder bedoeld: 'Als hij zwemt is hij me toch knap, maar verder blijft hij een kappa,' dus het was nog maar de vraag of Kosuke er jaloers op had hoeven zijn.) Satoru kon goed zwemmen, had geen huiduitslag en hij had heel lieve ouders, dus toestemming voor een kat kreeg hij vast ook wel. Kon er zoveel onrecht bestaan? Niet alleen kreeg hij zomaar een complimentje van dat ene leuke meisje, hij sleepte ook nog eens heel gemakkelijk zo'n zacht en pluizig diertje in de wacht.

Alsof hij een klap in zijn gezicht had gekregen, zo keek Satoru. Kosuke voelde zich direct schuldig. Hij besefte heel goed dat hij alleen maar uit jaloezie zo was uitgevallen tegen zijn vriend.

'Ik bedoel, ik heb hem toch gevonden?' bracht hij met moeite uit.

'Sorry,' stamelde Satoru, die altijd zo eerlijk als goud was. 'Jij hebt hem gevonden, dus hij is van jou, hè.'

Kosuke was zo geschrokken van zijn eigen gedrag dat hij alleen nog maar verwoed kon knikken. Een beetje ongemakkelijk gingen ze uit elkaar, en met de doos onder zijn arm liep Kosuke naar huis.

Tot zijn verbazing was zijn moeder er niet eens op tegen.

'Je hebt de laatste tijd geen last meer van je huiduitslag, hè. Dat komt vast door het zwemmen. En als we regelmatig schoonmaken, kan het wat mij betreft geen kwaad. Afgelopen keer dat we bij je oom op bezoek waren, had je ook geen allergische reactie op zijn kat.'

Nu ze het zei, de laatste tijd had zijn moeder inderdaad nauwelijks meer gezeurd over zijn eczeem. En hij ging er ook zelden nog voor naar de dokter.

Zijn vader bleek een veel moeilijker te nemen hindernis.

'Het mag gewoon niet, een kat! En daarmee basta!' Van meet af aan viel er niet over te praten. 'Straks haalt-ie het hele huis open met zijn nagels, wat dan? En een kat houden kost geld, wat denk je

wel! Ik sta niet elke dag in de fotozaak om zo'n beest te eten te geven!'
Zijn moeder nam het nog voor Kosuke op, maar dat leek zijn vader alleen maar meer tegen te staan. Hij werd kwader en kwader, en beval Kosuke om het katje nog vóór het avondeten mee naar buiten te nemen en achter te laten waar hij hem gevonden had.
Half huilend liep Kosuke met de doos in zijn armen tot onder aan de heuvel. Hem terugleggen onder de wijkplattegrond... zoiets kon hij toch niet doen? Met lood in zijn schoenen liep hij verder richting het huis van Satoru.

'Het mag niet van mijn vader,' bracht hij snikkend uit toen Satoru opendeed. Die knikte begripvol.
'Laat maar aan mij over, ik heb een idee!' zei Satoru, en meteen stormde hij naar binnen. Kosuke bleef buiten staan wachten terwijl Satoru aan zijn moeder ging vragen of híj het katje dan mocht houden – dacht Kosuke, maar toen Satoru weer naar buiten kwam had hij zijn zwemtas om zijn schouders.
'Satoru, waar ga je heen met die tas? Als je vader thuiskomt gaan we direct eten, hoor!'
'Begin maar alvast zonder mij!' Satoru trok zijn schoenen aan in het halletje en riep naar zijn moeder. 'Ik loop even met Kosuke van huis weg!'
'Hè?!'
Normaal was Satoru's moeder erg netjes en vriendelijk, en Kosuke had haar stem nog nooit zo horen overslaan.
'Satoru, ik meen het! Waar ga je heen?!' Ze was misschien tempura of zoiets aan het frituren in de keuken, want ondanks haar opwinding stak ze alleen even gejaagd haar hoofd de gang in. 'Kosuke, waar heeft hij het over?'
Maar Kosuke had ook geen flauw idee.
'Hè?!' liet hij zich op zijn beurt ontvallen.
'Kom nou maar mee.' Hij werd door Satoru aan zijn hand het huis uit getrokken en samen renden ze weg.
'Niet zo lang geleden heb ik dit in een boek op school gelezen.

Een jongetje had een hondje gevonden en mee naar huis genomen, maar zijn vader werd boos op hem en beval hem om het hondje achter te laten op de plek waar hij hem gevonden had, maar dat kon het jongetje natuurlijk niet over zijn hart verkrijgen, dus liep hij van huis weg. Midden in de nacht kwam zijn vader hem zoeken, en op voorwaarde dat het jongetje het hondje zelf verzorgde, mocht hij hem uiteindelijk toch houden.'

Lichtelijk opgewonden ratelde Satoru aan één stuk door over het boek. 'Bij jou is het precies hetzelfde. Dit kan dus niet misgaan! Het hondje is alleen een katje! En ik ben erbij om je te helpen!'

Kosuke had het gevoel dat het verschil met het verhaal uit het boek wel erg groot was. Toch was het verleidelijk om te denken dat zijn vader misschien een beetje medelijden zou krijgen als hij van huis wegliep. Dus besloot hij het te proberen.

Ze gingen eerst naar een kleine supermarkt om kattenvoer te kopen. Aan de toonbank vroegen ze wat ze het beste konden kopen voor een jong katje, waarop een winkelbediende met roodgeverfde haren een blikje voor hen uit de schappen koos. 'Wat dachten jullie hiervan?' De jongen zag er een beetje eng uit, maar was toch vriendelijk.

Vervolgens aten ze in het parkje midden in de woonwijk hun avondmaal. Satoru had brood en wat te knabbelen meegegrist van huis, daar moesten ze het mee doen. Ze maakten het blikje kattenvoer open en gaven dat aan het katje.

'In het verhaal was het midden in de nacht, dus ik denk dat we het nog ten minste tot twaalf uur vol moeten houden.' Satoru was zo slim geweest om zijn wekker in zijn tas te proppen.

'Dan wordt mijn vader hartstikke boos, als ik tot zo laat wegblijf.' De vader van Kosuke was buitenshuis een vriendelijke man, maar thuis kon hij verschrikkelijke driftbuien hebben en zo koppig als een ezel zijn.

'Waar heb je het over, joh? We doen het toch voor het katje! En straks vergeeft je vader het je. Eind goed, al goed!'

Maar dat was de vader in het verhaal, weet je nog? wilde Kosuke zeggen, maar overweldigd door Satoru's blinde enthousiasme kreeg hij het niet over zijn lippen. Mijn vader is een heel ander iemand, wie zegt dat het goed komt, vroeg hij zich bezorgd af.

Terwijl ze spelend met het katje de tijd zaten te doden in het parkje, werden ze om de haverklap aangesproken door voorbijkomende buurvrouwen die een avondwandelingetje maakten of de hond uitlieten.

'Jongens toch, wat doen jullie hier nog zo laat? Ze zullen thuis wel ongerust zijn.'

Ze werden in deze buurt veel te makkelijk herkend. Hadden ze niet beter een andere plek kunnen uitkiezen, vroeg Kosuke zich vertwijfeld af, maar Satoru leek er onbewogen onder te blijven.

'Maakt u zich geen zorgen, we zijn van huis weggelopen!'

'O, is dat zo? Ga maar vlug naar huis!'

Fout! Dit was overduidelijk niet de juiste manier om van huis weg te lopen. Kosuke wist ook niet goed hoe het dan wel moest, maar dit ging helemaal de verkeerde kant op, zóveel was hem wel duidelijk. Na de vijfde buurvrouw die hen aansprak kon hij zijn twijfels over Satoru's tactiek niet meer voor zich houden.

'Satoru, van huis weglopen doe je waarschijnlijk niet zo.'

'Wat? Maar in het boek kwam de vader van het jongetje hem in het park zoeken.'

'Ja, maar op deze manier heeft het geloof ik niet zoveel zin.'

Als hij van huis wegliep, zou zijn vader misschien medelijden met hem krijgen en hem het katje laten houden – maar zoals het nu ging, kon hij die afloop wel op zijn buik schrijven.

'Satoru!' riep iemand juist op dat moment. Ze zagen Satoru's moeder op hen afkomen. 'Het is al laat, dus stop met die onzin en kom nu naar huis! Kosuke's ouders maken zich vast ook ongerust.'

'Nee toch!' sidderde Satoru ongelovig. 'Hoe heeft ze ons zo snel kunnen vinden?'

'Dacht je echt dat we hier onvindbaar zouden zijn?!' Kosuke was verbijsterd. Natúúrlijk waren alle buurvrouwen bij Satoru thuis langsgegaan om zijn moeder te vertellen dat haar kind nog in het park aan het spelen was.

'Sorry, mam! We kunnen ons nog niet laten vangen!' riep Satoru. 'Kom, Kosuke!' Hij pakte de doos met het katje onder zijn arm en spurtte weg. Kosuke restte weinig anders dan achter hem aan te rennen. Hij kreeg het gevoel dat ze steeds meer afweken van de samenvatting die Satoru van het verhaal had gegeven, maar ze konden later nog correcties aanbrengen. Vast en zeker. Waarschijnlijk.

Ze schudden Satoru's moeder van zich af en renden net van de heuvel toen ze een bulderende stem hoorden.

'Hé daar, jullie twee!'

Het was Kosuke's vader. Oké, misschien waren er toch geen correcties meer mogelijk. Ze konden maar beter meteen hun excuses aanbieden.

'De vijand!' schreeuwde Satoru.

Ha, nu was er overduidelijk een nieuw element in het verhaal geslopen.

'Ren voor je leven!'

En verloren was de rode draad van *De vertellingen van het jongetje dat van huis wegliep*. Waar ging het heen met deze nieuwe plot? Kosuke had voor het moment geen flauw idee, dus zat er voor hem niets anders op dan Satoru, die onverschrokken voor hem uit rende, te volgen.

Zijn vader, die dik was en een slechte conditie had, wisten ze van zich af te schudden toen ze de hoek omgingen, maar ze kwamen uit op een straat die goed te overzien was, zonder plekje om je te verstoppen.

'Kosuke, hierheen!'

Satoru was het supermarktje binnengesprongen waar ze daarstraks kattenvoer hadden gekocht. Verspreid langs het schap met tijdschriften en manga's stonden klanten te lezen, en de roodharige winkelbediende stond vermoeid vakken te vullen.

'Verstop ons alsjeblieft, we worden achtervolgd!' riep Satoru wanhopig om hulp. De winkeljongen keek hen weifelend aan. 'Als we worden gepakt, gooien ze hem op straat!'

De kartonnen doos die Satoru de jongen toe stak begon opeens als een sirene te loeien. *Miáááuw*, MIÁÁÁUW! Van al dat geren was het katje zo door elkaar geschud dat het bang was geworden.

De winkelbediende staarde even zwijgend in de doos, keerde zich op zijn hielen om en liep dieper de winkel in. Na een aantal passen keek hij om en wenkte de jongens. Via de personeelsdeur kwamen ze in een kantoortje, waar de winkeljongen hen door de achterdeur naar buiten liet.

'Bedankt, zeg!'

Satoru stormde de straat op met Kosuke in zijn kielzog. Het was intussen niet meer duidelijk wie van hen de hoofdrolspeler in dit achtervolgingsdrama was. Kosuke draaide zich om en boog zijn hoofd naar de winkelbediende, die terugzwaaide met nog altijd een stuurs gezicht.

Kriskras renden de twee door de woonwijk, maar er is een grens aan hoe ver een stel kindervoeten kan komen.

Hun laatste toevlucht was hun lagere school. Inmiddels was de rest van de buurt ook op de hoogte van de commotie rond de bizarre vlucht die Satoru op touw had gezet, dus op de hielen gezeten door een groepje volwassenen glipten ze het nachtelijke schoolterrein op.

Iedere leerling wist dat er slecht gezette ramen waren die niet goed op slot konden. Ze schoven een daarvan open en drongen het schoolgebouw binnen. De volwassenen daarentegen wisten niet hoe ze naar binnen konden komen en bleven voor de ingang rondrennen, zodat de jongens kans zagen ongezien naar de bovenste verdieping te gaan.

Ze tuimelden het dak op en zetten de doos met het katje op de grond.

'Zou hij oké zijn? Ik heb hem flink door elkaar geschud.'

Het was volkomen stil in de doos, maar toen ze de flappen openduwden bleek het katje diep weggedoken in een hoekje te zitten. Kosuke vreesde het ergste en raakte hem lichtjes aan en –

MÁÁÁÁÁÁUW!

Hij begon te janken met een volume dat alles tot nu toe overtrof.

'Niet doen, stil nou toch!' probeerden de twee hem te sussen, maar katten zijn er niet op gemaakt om te luisteren.
'Ik hoor een kat!'
'Op het dak!'
De volwassenen begonnen zich voor het gebouw te verzamelen.
'Kosuke, vind je het nu niet welletjes geweest?!' Zijn vader zette de luidste keel op van allemaal. Afgaande op zijn stem zat Kosuke op koers om een flink pak rammel te krijgen als zijn vader hem te pakken kreeg.
De tranen sprongen in zijn ogen en hij voer uit tegen Satoru.
'Het gaat helemaal fout, leugenaar!'
'O, dat is nog helemaal niet zeker! Er kan nog een grote ommekeer komen.'
'Geloof je het zelf?'
Vanaf beneden klonk weer een stem.
'Satoru, je komt nu naar beneden!' Blijkbaar had Satoru's vader zich bij het groepje aangesloten.
'U kunt vanaf daar met de noodtrap naar boven, hoor.' Welja, iemand was zo vriendelijk om hun ouders advies te geven. Kosuke's vader, die kookte van woede, kwam naar boven gestampt.
'Het is hopeloos!' Kosuke zat met zijn hoofd in zijn handen, maar Satoru rende naar de dakreling. Hij leunde ver over de rand.
'Niet dichterbij komen! Anders springt hij!'
Het groepje volwassenen begon beneden geschrokken te roezemoezen.
'Dat zegt Kosuke!'
*Wat!?* wilde Kosuke uitschreeuwen. 'Waarom roep je zomaar zoiets, Satoru!' Hij trok aan zijn mouw, maar Satoru liet een brede grijns zien en stak zijn duim fier omhoog: 'De Grote Ommekeer!'
Zo'n wending verlangde Kosuke helemaal niet.
Maar bij Kosuke's vader leek het wel te werken.
'Satoru, meen je dat?' riep Satoru's moeder onder aan het gebouw. Waarop Satoru terugriep: 'Echt waar, echt waar! Hij neemt al een aanloopje!'
Gegil steeg op uit het groepje volwassenen voor de school.

'Kosuke, doe nou geen overhaaste dingen!' riep de vader van Satoru. 'Hang verdomme niet de clown uit!' schreeuwde die van Kosuke. Zelfs vanaf het dak was te zien dat hij witheet van woede was. 'Stop nou maar met deze poppenkast! Ik kom nu naar boven en sleur je mee naar beneden als het moet!'
'Niet doen! Kosuke is vastbesloten, meneer Sawada. Hij is bereid samen met het katje te sterven!' riep Satoru naar Kosuke's vader om hem tegen te houden en hij keek met een ernstige blik achterom.
'Kosuke, kun je niet even een beetje over de reling gaan hangen?'
'Bekijk het! Wil je weleens ophouden mijn leven op het spel te zetten?!'
'Maar Kosuke, je wilt het katje toch houden?'
'Ja, dat wilde ik...'
Kon je een kat alleen houden door je leven ervoor op het spel te zetten? Dit was al te gek, dit was duidelijk al te gek. In dat boek van Satoru sprong het jongetje vast ook niet samen met het hondje op het eind ergens van af.
'Ik bedoel, kun je niet beter eerst eens bij jou thuis vragen of jij hem niet mag houden?'
'Hè?' Satoru trok een gezicht alsof zijn ogen uit hun kassen rolden. 'Vind je het goed als ik hem krijg?'
'Normaal is dat toch het eerste waar je aan denkt in plaats van je vriend en zijn kat samen de dood in te jagen?'
'Hallo, dat had je ook wel even eerder mogen zeggen!'
'Pap, mam! Hij zegt dat hij wil dat wij het katje houden!' riep Satoru met een stralend gezicht naar beneden.
'Oké, dat is goed, als je hem nu maar tegenhoudt!'
Door de gelederen van het groepje volwassenen op de grond raasde nog steeds een storm van verbijstering.

~

Nou Satoru, jij was als kind ook niet de snuggerste, zeg.
Het gesprek van Satoru en Kosuke was vanuit de reismand waarin ik me had verschanst woordelijk te volgen, en ik kan je zeg-

gen: het is de beste plaats om zulke grappige herinneringen af te luisteren.

'Pff, dat was me wat nadat we het dak weer afkwamen.'

'Ja, we zijn allebei flink geslagen door jouw vader, hè? De volgende morgen had ik een kop als de Grote Boeddha van Nara.'

Dat katje waarvoor ze de hele buurt op stelten hadden gezet was blijkbaar mijn voorganger Hachi geweest.

'Trouwens, nu ik erover nadenk: Hachi was toch een mannetjeslapjeskat? Zijn die niet heel erg zeldzaam?'

Welja, heb je ooit! Dan ben ik dus óók een erg zeldzaam exemplaar, want de patronen in mijn vacht lijken precies op die van Hachi. Nu mijn aandacht gewekt was spitste ik mijn oren.

'Nou, dat zit zo,' lachte Satoru. 'Ik heb het nog aan de dierenarts gevraagd, maar die zei dat Hachi te weinig lapjes had om daadwerkelijk als lapjeskat te worden aangemerkt.'

'Tja, op zijn voorhoofd en staart na was hij inderdaad spierwit.'

Kosuke hief zijn armen op en kruiste ze vervolgens voor zijn borst, zag ik door een kiertje in mijn mand. 'Ik dacht heel even dat ik mijn vader misschien had kunnen overhalen als ik hem had verteld dat het om een waardevolle lapjeskat ging, maar dat had dus niet veel uitgemaakt.'

Kosuke keek naar de mand. Ik wendde vlug mijn blik af zodat hij me niet recht in de ogen kon kijken. Stel je voor dat hij me leuk zou vinden, dan had je de poppen aan het dansen.

'Hoe zit dat dan met Nana? In zijn gezicht lijkt hij sprekend op Hachi, maar de rest van zijn vacht?'

'Nee, Nana kan dat plakkaat van lapjeskat ook wel vergeten. Verder dan eenvoudige bastaardkat komt hij niet.'

Sorry hoor, dat ik maar een eenvoudige bastaard ben.

Misnoegd staarde ik naar het achterhoofd van Satoru, die vervolgde: 'Maar voor mij heeft hij veel meer waarde dan welke lapjeskat ook. Dat hij zoveel lijkt op die lieve allereerste kat van me – dat moet haast wel voorbestemd zijn, vind je ook niet? Toen ik Nana voor het eerst zag, had ik meteen het gevoel dat hij ook heel belangrijk voor me zou worden.'

Ik zal geen gat in de lucht springen, als je het niet erg vindt. Dat zeg je alleen maar omdat ik erbij ben, dat snap ik ook wel. Ach, maar toch.

Dus daarom huilde Satoru die ene dag toen ik door een auto was gelanceerd en naar zijn flat was teruggestrompeld. Daarnet zei hij dat Hachi was verongelukt. Nadat Satoru om de een of andere reden afstand van hem had gedaan.

Had Satoru een geliefde kat daar toch bijna voor een tweede keer bij een ongeluk verloren...

'Het was een fijne kat, Hachi. Zo rustig,' zei Kosuke.

Satoru lachte. 'Al was hij niet bepaald atletisch,' antwoordde hij.

Ik was weer een en al oor. Blijkbaar was Hachi van het type kat dat zijn poten alle kanten op liet bungelen als hij in zijn nekvel werd gegrepen. Met andere woorden: een kat die nog geen muis kon vangen. Haha, wat een stommeling. Echte katten vouwen hun poten netjes samen.

Ik? Ik ben natuurlijk een echte kat. Ik ving mijn eerste mus toen ik nog geeneens een halfjaar oud was. En beesten met vleugels zijn een stuk moeilijker te vangen dan iets op vier poten.

'O ja, hij werd al duizelig als hij een touwtje achternazat.'

'Hij was een beetje een slome duikelaar, ja.'

'Hoe is Nana op dat punt?'

'Die is vooral dol op speelgoedmuizen. Die dingen van konijnenhaar.'

Wacht even, dit kan ik niet over mijn kant laten gaan. Sinds wanneer vind ik die verdomde nepmuizen leuk? Ze ruiken bijna hetzelfde als echte muizen, dus als ze me worden toegeworpen spring ik er direct achteraan en raak ik ermee in een groots en meeslepend gevecht verwikkeld, maar hoe ik er ook op kauw, er komt geen lekker sappig vet uit en ze zijn ook niet op te peuzelen, zodat ik zodra ik weer bij zinnen kom het gevoel heb dat ik me helemaal tevergeefs heb afgemat.

Er is toch zo'n manga die ze af en toe op de televisie laten zien? Daarin hakt een samoerai met zijn katana iets onbenulligs doormidden en zegt: 'Zonde om voor zoiets een goed zwaard te gebruiken.' Nou, ik voel mij dan bijna net zo. Zonde om me voor zoiets uit te sloven. (Tussen ons gezegd en gezwegen: Satoru houdt meer van de revolverheld in dat verhaal.)

Laten ze er dan op z'n minst iets van kipfilet in stoppen. Zou ik dit soort klachten niet kunnen indienen bij de fabrikanten van dierenbenodigdheden? Kijk toch alsjeblieft af en toe eens om naar jullie werkelijke klanten, in plaats van jullie alleen maar zorgen te maken over wat hun baasjes ervan vinden. Jullie echte klanten, dat is volk zoals ik!

Waar ik mijn aanhoudende frustraties botvier? In mijn geval doe ik dat tijdens mijn wandelingetjes buiten. Alleen gaat Satoru steevast met me mee, dus het is een hele toer om succesvol te kunnen jagen.

Dat wil zeggen: telkens als ik een geschikte prooi ontdek, probeert Satoru me te dwarsbomen. Dan maakt hij willens en wetens stomme geluiden of wilde gebaren. En als ik hem dan fel aankijk, speelt hij de vermoorde onschuld en zegt hij: 'Ik doe toch niks.' Maar intussen loop ik wel mooi in de kijker. Je wordt bedankt.

Terwijl ik nijdig mijn staart heen en weer zwiep wringt hij zich dan met een zielig gezicht in allerlei bochten om het goed te praten: 'Thuis krijg je toch genoeg brokjes te eten? Het is nergens voor nodig om andere dieren te doden. En al vang je er eentje, je eet er toch bijna niets van.'

Idioot, idioot, idióót! Ieder levend wezen op aarde is bij zijn geboorte geprogrammeerd met het instinct om te doden. Je kan het wel proberen te onderdrukken door vegetariër te worden, maar planten hoor je gewoon niet krijsen als je ze doodt. Jagen wat je jagen kan, dát is het ware katteninstinct. Natuurlijk, soms vang je iets zonder ervan te peuzelen, maar dat moet je zien als een oefening!

Wat zijn wezens die hun eigen voedsel niet langer meer zelf doden toch zwak. Maar ja, Satoru is ook maar een mens, dus wat dat betreft zullen we elkaar wel nooit begrijpen.

'Is Nana een beetje goed in jagen?'

'Goed? Wat heet! Hij vangt zelfs de duiven die zich op ons balkon wagen.'

Nou en of! Die beesten doen dan ook zo uit de hoogte in mijn territorium. Ik dacht dat ik ze maar eens een voorbeeld moest stellen. Satoru jammerde nog: 'Waarom vang je nou weer een duif die je toch niet gaat opeten?' Nou, dan moet jij mijn jacht maar niet verstoren tijdens het wandelen, makker.

Trouwens, jij zei zelf nog dat je er een hekel aan hebt wanneer je wasgoed onder de duivenstront zit. Satoru blij, ik lekker aan het jagen, dat noem ik nog eens twee duiven in één klap, maar nee... Ik heb overigens nog helemaal geen bedankje gehoord, maar na dat ene voorval zijn ze nooit meer teruggekomen op ons balkon.

'Dat was me wat, zeg. Een musje of een muis had ik wel eventjes vlug begraven in het perkje voor de flat, maar zo'n joekel van een duif? Uiteindelijk heb ik hem in het stadspark begraven, maar je ziet er behoorlijk verdacht uit als je als man van in de dertig het kadaver van een duif staat te begraven.'

'De laatste tijd gebeuren er ook steeds meer nare incidenten.'

'Precies. Elke keer als er iemand langskwam verontschuldigde ik me met: "Sorry, mijn kat...", maar ik kreeg eigenlijk alleen maar kille blikken terug. En natuurlijk laat Nana het juist op dit soort momenten afweten en weigert hij mee naar buiten te komen.'

O, als hij er zo mee in zijn maag zat, had ik hem inderdaad best kunnen bijstaan. Maar Satoru heeft me nooit geroepen, dus ik vertik het om me te verontschuldigen.

'Dus Nana is een stuk wilder dan Hachi, hè.'

'Maar net zo lief, hoor. Als ik even in de put zit of me niet zo goed voel, komt hij de hele tijd bij me zitten.'

Ik spring nog steeds geen gat in de lucht.

'Soms denk ik dat hij mensentaal begrijpt. Hij is echt heel slim.'

Mensen zijn gewoon zo stom om er zomaar van uit te gaan dat wij hun taaltje niet begrijpen. Stelletje verwaande kwasten.

'Hachi was ook zo lief. Altijd als ik door mijn vader was uitgescholden en naar jou ging, kwam Hachi op mijn schoot zitten.'

'Neerslachtige mensen had hij direct in de smiezen. Wanneer mijn ouders ruzie hadden, kroop hij altijd tegen de verliezer aan. "O, ik heb dus verloren," zeiden ze zodra Hachi bij hen kwam zitten.'

'Zou Nana dat ook doen?'
'Vast. Nana is immers onwijs lief.'
Satoru liet zich in elk geval niet door Kosuke meeslepen en zei niet: 'Nana is óók lief.' Dat moest ik hem nageven.

Hachi was vast een prima kat, maar als ze de hele tijd 'Hachi dit, en Hachi dat' blijven zeggen over een kat die er niet meer is, ga ik bijna denken dat ik ook maar beter kan ophoepelen.

'Sorry,' mompelde Kosuke plotseling. 'Sorry dat ik destijds Hachi niet van je kon overnemen.'

'Het is niet anders.'

Satoru sprak alsof hij werkelijk geen enkele wrok koesterde. Maar afgaande op wat ik van Kosuke kon zien, was híj degene die jegens iets of iemand rancuneus was.

~

Hoewel Satoru bij hem thuis voor Hachi zorgde, kwam het erop neer dat hij voor de helft ook van Kosuke was. Hij hoefde maar bij Satoru langs te gaan en hij kon met Hachi spelen, en Satoru nam Hachi ook weleens mee naar Kosuke.

In het begin hield Kosuke's vader voet bij stuk en mochten ze Hachi niet binnenlaten, vandaar dat ze met hem in de garage speelden, maar algauw liet zijn moeder hen in het woongedeelte in plaats van in de studio zelf, waardoor zijn vader stukje bij beetje aan de aanwezigheid van Hachi gewend raakte. 'Maar zorg er wel voor dat hij niet aan de meubels krabt!' vermaande hij hen voortdurend. Toch leek hij in de loop van de tijd een heel klein beetje op het dier gesteld te raken.

Kosuke vond het nog steeds jammer dat hij Hachi niet had mogen houden, maar was blij dat zijn vader Hachi af en toe even aanhaalde. Dat gaf hem het gevoel dat zijn vader een beetje tegemoetkwam aan wat hij zo leuk vond. Stel dat hij weer een katje zou vinden, dan mocht hij hem misschien wel houden, dacht hij.

Je eigen kat in je eigen huis, dat was immers iets bijzonders. Toen hij eens bij Satoru logeerde en ze in zijn kamer op een futon naast elkaar lagen te slapen, werd hij midden in de nacht gewekt door vier pootjes die over hem heen trippelden.

Wat een gelukzaligheid, de zwaarte van een kat die midden in de nacht over je heen stapt!

Kosuke keek toe hoe Hachi zich oprolde op de borst van Satoru en in slaap viel. Misschien was hij te zwaar, want midden in zijn slaap duwde Satoru hem van zich af. Wat een geluksvogel. Als hij thuis een kat zou hebben, zou die 's nachts over hem heen komen trippelen en zouden ze samen wegdromen.

'Weet je, mijn vader is best wel gesteld geraakt op Hachi. Wie weet zegt hij de volgende keer als ik een katje vind wel dat ik hem mag houden.'

'Wat goed! Dan krijgt Hachi er een vriendje bij.'

Satoru was blij en vanaf die dag keken ze elke keer op de heen- en terugweg van de zwemles even of iemand een doos met katjes had achtergelaten.

Maar onder het bord met de wijkplattegrond verscheen zo'n kartonnen doos geen tweede keer. Natuurlijk was het maar beter dat er geen arme katten te vondeling werden gelegd. Bovendien was het als puntje bij paaltje kwam hoogst onwaarschijnlijk dat Kosuke's vader toestemming zou geven.

Er waren twee jaar voorbijgegaan sinds Hachi bij Satoru was komen wonen. Kosuke en Satoru waren overgegaan naar de zesde klas.

Laat in de herfst gingen ze op hun eindejaarsreis: twee nachten en drie dagen naar Kyoto. Alle tempels zagen er voor hen precies hetzelfde uit, maar ze waren uitzinnig van vreugde omdat ze samen met hun vrienden in een wildvreemde stad bleven overnachten.

En deels ook omdat ze voor de gelegenheid een heleboel zakgeld hadden meegekregen om souvenirs te kunnen kopen. Er waren heel wat dingen die ze graag zelf wilden hebben, maar ze konden niet thuiskomen zonder ook iets voor hun familie mee te brengen. Iedereen brak zich het hoofd over wie ze wat moesten geven.

Bij de ingang van een souvenirwinkel stond Satoru met een moeilijk gezicht te peinzen, dus liep Kosuke op hem af.

'Wat is er, Satoru?'

'O, ik ben aan het twijfelen welke ik eens zou kopen.' Satoru stond voor een kleurrijke uitstalling van papieren gezichtsdoekjes. 'Mijn moeder heeft me gevraagd of ik traditionele gezichtsdoekjes voor haar wil kopen – van die hele speciale, voor geisha's en kabuki-acteurs en zo, om hun make-up mee af te nemen. De naam van de winkel die ze noemde eindigt op *-ya* maar de rest van de naam ben ik vergeten.'

'Gezichtsdoekjes zijn toch overal hetzelfde?' bracht Kosuke in, maar Satoru bleef besluiteloos. 'Anders wacht je toch nog even met een souvenirtje voor je moeder?' opperde hij.

Satoru knikte. 'Dan koop ik eerst wel iets voor mijn vader.'

'Doe dat. Dat wou ik ook net gaan doen.'

Ze liepen een aantal winkels door en Kosuke nam als eerste een besluit. Hij kocht een sleutelhanger van een wenkend gelukskatje dat op zijn rug een vaandel droeg met daarop de tekst HANDELS-VOORSPOED. Stiekem hoopte hij dat zijn vader hierdoor ook wat meer van katten zou gaan houden.

'O, dat is een goeie!' Satoru's ogen glinsterden bij het zien van de komische uitdrukking op het gezicht van het wenkende katje. 'Maar wij hebben thuis geen winkel, dus "handelsvoorspoed" zou een beetje raar zijn.'

'Ze hebben nog allerlei andere.'

De spreuken op de souvenirs die enigszins geschikt waren voor zijn vader luidden: GEZONDHEID GAAT BOVEN ALLES en VERKEERSVEILIGHEID. Er was ook nog eentje met VEILIGHEID BINNENSHUIS erop, maar hiervan begreep hij de betekenis niet zo goed. Uiteindelijk koos Satoru de hanger met VERKEERSVEILIGHEID, eigenlijk vooral omdat het gelukskatje zo op Hachi leek.

Hij kon zich nog steeds de naam van de winkel voor de gezichtsdoekjes niet herinneren, dus daar ging hij morgen wel naar op zoek, zei hij.

Maar de volgende dag na de lunch was Satoru plotseling verdwenen. Toen hun groepje zich verzameld had, legde de leraar uit: 'Er is iets gebeurd, vandaar dat Satoru alvast naar huis is.'

'O, wat sneu voor hem,' was het eenstemmige commentaar van zijn klasgenootjes. Iedereen had heel erg uitgekeken naar het schoolreisje en ze moesten er niet aan denken dat ze zelf halverwege terug naar huis zouden moeten.

'Kosuke, heeft hij niks tegen jou gezegd?'

Kosuke had evenmin iets van hem vernomen. Als Satoru was vertrokken zonder zijn beste vriend ook maar iets te laten weten, moest er wel iets ergs aan de hand zijn.

En hij had nog niet eens kans gezien om gezichtsdoekjes voor zijn moeder te kopen. Wat zal ze teleurgesteld zijn dat hij wel een souvenirtje voor zijn vader had maar niet voor haar.

Natuurlijk! schoot het Kosuke te binnen. Dan ga ik ze toch gewoon in zijn plaats kopen, gezichtsdoekjes van de Zus-en-zo-ya! Maar wat kon hij doen om erachter te komen hoe die winkel nou precies heette?

Hij was helemaal in gedachten verzonken terwijl ze het Gouden Paviljoen bezochten. In tegenstelling tot de ingetogen tempels die ze tot dan toe hadden bezichtigd straalde deze tempel een heel andere, unieke grandeur uit. Overal fonkelde en schitterde het, en de leerlingen waren door het dolle heen. 'Wat een boel goud!' Had Satoru dit ook maar kunnen zien, dacht Kosuke, en hij voelde een lichte steek in zijn hart.

Daarna hadden ze vrije tijd. Bij een souvenirwinkel zag hij de meisjes uit zijn klas vrolijk staan keuvelen. Opnieuw kreeg hij een ingeving. Misschien wisten zij de naam van die winkel wel? Gezichtsdoekjes waren immers echt iets voor meisjes.

'Hé,' sprak hij de kwetterende meisjes aan. 'Kennen jullie die papieren gezichtsdoekjes van een of andere winkel met een naam die eindigt op -ya? Het moet een heel bekend merk zijn.'

Op het antwoord hoefde hij niet te wachten: 'Yojiya bedoel je, Yo-ji-ya. Daarginds hebben ze een winkel.' De meisjes stonden juist op het punt die kant op te gaan en dus namen ze Kosuke mee. Zelfs de goedkoopste soort kostte al driehonderd yen. Hij wankelde ervan, zo heel veel zakgeld had hij niet meer over. Maar het is zo zielig voor Satoru dat hij halverwege naar huis moest, en ik ben zijn beste vriend, ging het door hem heen. Satoru zit er vast meer mee dat hij niets voor zijn moeder heeft kunnen kopen dan dat hij vroegtijdig naar huis moest. En alleen hij, Kosuke, begreep dat.

Als jongen had hij geen idee wat nou zo waardevol was aan een papieren gezichtsdoekje, maar hij kocht een pakje met een illustratie van iets dat leek op een *kokeshi*-poppetje.

Hij maakte zich zorgen of de moeder van Satoru er werkelijk blij mee zou zijn, zo flinterdun waren de papiertjes, maar ze had er tenslotte zelf om gevraagd.

'Kosuke, moest je soms van je moeder bij de Yojiya langs?'

'Nee, hoor. Satoru was ernaar op zoek voor zijn moeder. Maar hij had er nog geen kunnen kopen en nu is hij al naar huis...'

De meisjes bewonderden hem in koor: 'Wat een goede vriend ben jij!' Ze leken het oprecht te menen. 'Satoru's moeder zal er maar wat blij mee zijn! Het is een hartstikke bekende winkel hier.'

Was deze winkel echt zo beroemd? Hij verbaasde zich er steeds meer over, maar het luchtte hem enorm op. In dat geval zou Satoru's moeder er vast blij mee zijn, ook al waren het nog zulke dunne papiertjes.

Dit was nog eens iets voor zijn eigen moeder geweest, bedacht hij, maar hij had gisteren al iets anders voor haar gekocht. Een tweede souvenirtje viel buiten zijn budget, en bovendien zag hij al levendig voor zich hoe kwaad zijn vader zou kijken als hij aan zijn moeder twee kleinigheidjes zou overhandigen en aan hem maar een. Dus liet hij het idee maar varen.

Op de derde dag van de schoolreis hadden ze het volledige programma afgewerkt. Vroeg in de avond kwam Kosuke thuis.

'Ik ben er weer!'

Hij haalde de souvenirtjes tevoorschijn en begon te vertellen over zijn reis toen hij plotseling een draai om zijn oren kreeg.

'Hou op met de clown uit te hangen!' bulderde zijn vader.

Het was oneerlijk! Hij had alleen maar de souvenirtjes aan zijn ouders willen geven. Hoe was het toch mogelijk? Hij wilde wedden dat niemand van zijn klasgenootjes er bij thuiskomst zo bekaaid afkwam. Hij kon wel janken.

Zijn moeder keek hem ernstig aan en zei: 'Verkleed je maar meteen, we gaan nu naar Satoru toe.'

'O ja, Satoru is eerder naar huis gegaan. Is er iets gebeurd?'

Zijn moeder sloeg haar ogen neer en zocht naar woorden, maar zijn vader snauwde recht voor zijn raap: 'Satoru's ouders zijn niet meer!'

Kosuke begreep niet meteen wat dat betekende, 'zijn niet meer', en dus bleef hij beduusd voor zich uit staren.

'Ze zijn dood!' gaf zijn vader de genadeslag.

Zodra de betekenis volledig tot Kosuke doordrong, begonnen de tranen te stromen alsof er een dam was doorgebroken.

'Hou op met janken!' Opnieuw kreeg hij een tik om zijn oren, maar hij kon zijn tranen niet bedwingen.

Satoru, Satoru, Satoru! Hoe kon dat nu?

De dag vóór hun schoolreis was Kosuke nog bij Satoru langsgegaan om met Hachi te ravotten. 'Morgen gaan jullie op schoolreisje en moeten jullie vroeg opstaan, dus zoetjesaan is het tijd om naar huis te gaan,' had Satoru's moeder gezegd toen ze hem uitgeleide deed. 'Met Hachi kunnen jullie altijd nog spelen.'

Na terugkomst zou ze er gewoon moeten zijn als hij bij Satoru langsging. En Satoru's vader ook. Hij zou hen gewoon moeten kunnen zien, zoals altijd.

Maar erger nog – hoe verdrietig moest Satoru niet zijn, halverwege zijn schoolreisje terug naar huis gestuurd te worden om er bij thuiskomst achter te komen dat zijn vader en moeder er van het ene op het andere moment niet meer waren?

'Ze hebben een verkeersongeluk gehad. Ze waren samen met de auto eropuit, maar plotseling kwam er iemand de weg op gefietst, en toen ze diegene probeerden te ontwijken...'

De fietser misten ze op een haar na, maar zij overleefden het allebei niet.

'Vandaag is de avondwake, ga je mee?'

Kosuke trok de kleren die zijn moeder voor hem had klaargelegd aan en met zijn drieën stapten ze naar buiten, maar toen ze onder aan de helling aankwamen realiseerde hij zich dat hij iets was vergeten.

'Dat komt de volgende keer dan maar!'

Het moest hoe dan ook vandaag, zeurde hij tegen zijn boze vader. Zij moesten maar alvast vooruitlopen. Hij kreeg de sleutel mee en rende in zijn eentje terug naar huis.

Terwijl hij wegrende hoorde hij zijn vader achter zijn rug sputteren: 'Sloom joch!'

De avondwake was niet bij Satoru thuis, maar in het wijkcentrum.

In het zwart geklede vrouwen liepen druk heen en weer, en voor het altaar waar de twee kisten naast elkaar stonden zat Satoru, die ook in het zwart gekleed was, een beetje doelloos voor zich uit te staren.

'Satoru?' sprak Kosuke hem aan.

'Ja,' knikte Satoru afwezig, alsof hij er met zijn gedachten niet helemaal bij was.

Kosuke wist niet goed wat hij moest zeggen.

'Hier.' Kosuke haalde een dun papieren zakje uit zijn broekzak. Daarvoor had zijn vader hem uitgemaakt voor een sloom joch – hij was naar huis teruggerend om dit op te halen. 'De gezichtsdoekjes waar je moeder het over had. De naam van de winkel was Yojiya.'

Satoru barstte in huilen uit. Jaren later, toen Kosuke al wat ouder was en het woord 'weeklacht' voor het eerst hoorde, dacht hij hieraan terug.

Een in het zwart geklede vrouw kwam op een drafje naar hen toe. Ze was veel jonger dan de andere vrouwen in de zaal. Misschien zelfs wel jonger dan Satoru's moeder. Aan de manier waarop ze Satoru aansprak en over zijn rug wreef begreep Kosuke dat het iemand uit de familie moest zijn.

'Ben jij een vriendje van Satoru?'
Hij rechtte zijn rug. 'Ja, dat klopt.'
'Zou je Satoru voor me naar huis willen brengen en te rusten willen leggen? Dit de eerste keer dat hij huilt sinds hij terug is.'
Heb ik hem nu aan het huilen gemaakt, vroeg Kosuke zich af. Satoru's weeklacht was dan ook oorverdovend. Maar de jonge vrouw glimlachte onder haar gezwollen oogleden naar hem.
'Dank je wel,' zei ze.
Kosuke pakte Satoru bij zijn hand en bracht hem naar huis. Onderweg schokte Satoru voortdurend en met horten en stoten jammerde hij: 'Ik was te laat met de amulet voor mijn vader... en het was nog wel een gelukskatje voor veiligheid in het verkeer... maar het heeft helemaal niks geholpen... ik heb niet eens wat voor mijn moeder kunnen kopen... bedankt dat jij iets hebt gekocht...' Het was dat Kosuke degene was die met hem meeliep – een ander had er niks van kunnen verstaan.
Toen ze naar binnen gingen zat Hachi te wachten in de gang. Zonder enige angst voor Satoru, die huilde als een wild dier, begeleidde Hachi hen naar de woonkamer. Ten slotte kwam Satoru tot bedaren en sprong Hachi bij hem op schoot, waar hij een poosje liefdevol aan zijn handen bleef likken.
Hachi was nog maar een katje geweest toen ze hem hadden gevonden, maar ondertussen was hij volwassener dan Satoru.

Tijdens de begrafenisdienst zat Satoru keurig rechtop naast de jonge vrouw. Er waren nog wel wat andere familieleden aanwezig, maar die leken geen naaste familie.
Satoru's klasgenoten waren gekomen om wierook te branden. De meisjes snotterden allemaal, maar Satoru zei hun gedag zonder een traan te laten.
Wat hield hij zich groot. Maar tegelijkertijd leek het alsof hij ergens ver bij hen vandaan was. Kosuke wist zeker dat hij een zielig hoopje ellende zou zijn geweest als hij in Satoru's schoenen had gestaan en zijn ouders er plotseling niet meer waren – zelfs al had zijn vader hem voor sloom joch uitgemaakt. Zo flink was hij niet.

Na de begrafenis kwam Satoru niet meer naar school. Elke dag ging Kosuke het huiswerk dat op school werd uitgedeeld bij hem langsbrengen en speelden hij en de zwijgzame Satoru wat met Hachi, maar daarna ging Kosuke weer naar huis.

De jonge vrouw verbleef al die tijd bij Satoru. Ze was een tante van moederskant, de veel jongere zus van Satoru's moeder. Zou Satoru samen met die tante hier in dit huis blijven wonen, vroeg Kosuke zich telkens af als hij langsging, met of zonder huiswerk. Ze had zijn naam onthouden en begroette hem steevast met 'Kom binnen, Kosuke' als hij aanbelde. Maar in vergelijking met Satoru's opgewekte moeder was ze erg stilletjes, zodat Kosuke het gevoel kreeg alsof hij bij wildvreemden binnenging.

'Ik ga verhuizen,' mompelde Satoru op een dag.

Zijn tante zou hem in huis nemen, maar die woonde ergens ver bij hen vandaan. Omdat Satoru de hele tijd niet naar school kwam, had Kosuke al zo'n vaag voorgevoel gehad, maar nu het bewaarheid werd, was het alsof er zich een gapend gat in zijn hart opende.

Kosuke vond het verschrikkelijk, maar begreep dat het geen zin had er stampij over te maken. Zwijgend aaide hij Hachi, die bij Satoru op schoot lag. Ook vandaag likte Hachi liefdevol aan Satoru's handen.

'Hachi gaat toch wel met je mee?' In dat geval zou hij iets minder eenzaam zijn. Dan was Satoru tenminste niet helemaal alleen in een nieuwe stad.

Maar Satoru schudde zijn hoofd.

'Ik mag hem niet meenemen. Mijn tante wordt namelijk veel overgeplaatst voor haar werk.'

Satoru trok een gezicht dat zei dat hij net zo goed begreep dat het geen zin had er stampij over te maken. En toch – dit was toch al te gek, ging het door Kosuke heen.

'Wat gebeurt er dan met Hachi?'

'Een ver familielid wil hem wel hebben.'

'Iemand die je goed kent?'

Zwijgend schudde Satoru zijn hoofd. Kosuke's gevoel dat het

oneerlijk was zwol aan en veranderde in nijd. Hoe was het mogelijk dat Hachi naar een familielid moest dat Satoru nauwelijks kende? Hachi likte zijn handen nog wel zo liefdevol!

'Ik... ik vraag thuis wel of ik hem mag hebben!'

Tot nog toe had Kosuke immers al half voor Hachi gezorgd. En dan kon Satoru bij hem langskomen om Hachi op te zoeken. Zijn vader was bovendien enigszins op Hachi gesteld geraakt als hij bij hen was. Toen ze hem net hadden gevonden was zijn vader er fel op tegen geweest, maar nu lag dat misschien anders.

Maar nee. 'Het mag gewoon niet, een kat. En daarmee basta!'

'Toe nou! Satoru's vader en moeder zijn allebei doodgegaan, hoor. Het zou toch zielig zijn als Hachi ook nog eens naar vreemden toe moet?'

'Het zijn geen vreemden, maar familie.'

'Satoru zei anders zelf dat hij ze niet kent!'

Voor een kind is een ver familielid dat je nooit of nauwelijks ziet hetzelfde als een wildvreemde. Een vriend staat veel dichterbij. Waarom begrepen volwassenen dat nou niet?

'En toch mag het niet. Zo'n beest kan wel tien of twintig jaar oud worden. Draag jij z'n hele leven de verantwoordelijkheid?'

'Mij best.'

'Niet zo brutaal jij, alsof je ooit zelf geld verdiend hebt!'

Tot halverwege stond Kosuke's moeder uit medelijden aan zijn kant, maar ook nu weer gold dat zijn vader er alleen maar koppiger van werd, net zoals die eerste keer.

'Het is sneu voor Satoru, maar daar heb ik helemaal niks mee te maken! Je gaat hem nu vertellen dat het niet mag!'

Een zesdeklasser was op geen enkele manier bij machte om zo'n vonnis nog terug te draaien. Snikkend liep Kosuke in de richting van Satoru's huis. Eenmaal onder aan de heuvel van de woonwijk gekomen sleepte hij zichzelf naar boven.

Satoru had nog wel zo zijn best gedaan voor Kosuke toen ze Hachi net hadden gevonden. Hij had hen van de regen in de drup geholpen, maar zonder zich te laten ontmoedigen was hij uit alle macht blijven rondrennen voor Kosuke. En uiteindelijk hadden ze bij Satoru thuis voor Hachi gezorgd.

'Het spijt me,' jammerde Kosuke. Hij hield zijn blik naar de grond gericht en huilde tranen met tuiten. 'Het mag niet van mijn vader.'

De eerste keer had hij dat ook in tranen gezegd. Maar ditmaal huilde hij niet omdat hij verdrietig was. Hij voelde zich diep gekrenkt. Gekrenkt en teleurgesteld in zijn vader, die niet eens één enkel katje wilde overnemen om een vriendje van zijn bloedeigen zoon te helpen. Kosuke had het nooit hardop durven zeggen, maar van de kameraadjes die hij had, kon hij toch alleen Satoru een echte vriend noemen.

Rotvader! Weet je wel hoe belangrijk Satoru is voor je enige zoon?

'Geeft niet,' zei Satoru met een trieste glimlach. 'Ik ben blij dat je het voor me geprobeerd hebt, Kosuke.'

Op de dag van de verhuizing ging Kosuke natuurlijk naar Satoru toe om hem uit te zwaaien, en ongelooflijk maar waar, zijn vader kwam met hem mee. Dat leek hem vanzelfsprekend, zei zijn vader, want ze waren toch goed bevriend geweest met Satoru? Maar Satoru's dierbare kat overnemen ho maar.

Nog nooit had Kosuke zo'n diepe minachting gevoeld voor zijn vader als toen hij zijn beste vriend uitzwaaide die vertrok naar een oord ver van hem vandaan.

In het begin schreef en belde Kosuke regelmatig met Satoru, maar nu ze elkaar niet meer konden opzoeken omdat Satoru zo ver weg woonde, werd dat op den duur als vanzelf steeds minder. Bovendien voelde Kosuke zich er deels schuldig over dat hij Hachi niet van zijn vriend had kunnen overnemen.

Als ze elkaar vaak waren blijven zien was dat beetje spanning tussen hen waarschijnlijk zo weggenomen door de hechte band die ze hadden. Maar elke dag dat ze elkaar niet zagen groeide Kosuke's schuldgevoel.

Toch bleven ze elkaar nieuwjaarskaartjes sturen.

'We zouden binnenkort weer eens moeten afspreken,' schreven ze steevast onder aan hun nieuwjaarsgroet. Intussen hadden ze hun middelbare school afgerond en gingen ze naar de universiteit. Maar er was al zoveel tijd voorbijgegaan sinds ze elkaar voor het laatst hadden gezien dat ze het moeilijk vonden om daadwerkelijk plannen te maken om af te spreken.

Tijdens de Ceremonie voor volwassenheid, waarmee de gemeente vierde dat ze twintig jaar oud waren geworden, kwam Kosuke al zijn vroegere klasgenoten weer tegen. Velen van hen die naar andere delen van het land waren getrokken kwamen voor de gelegenheid terug. Maar zo niet Satoru. Waar zou hij dan de ceremonie hebben bijgewoond?

Ze hadden het allemaal heel leuk gevonden elkaar weer eens te treffen en kregen de smaak te pakken, want naderhand hielden ze een tijdlang met enige regelmaat een schoolreünie. Het was te vroeg voor een reünie van de bovenbouw van de middelbare school, maar niet om met grote nostalgie terug te kijken naar de lagere school en de onderbouw, en iedereen had zin in een feestje.

Kosuke, die nog altijd in de buurt woonde, werd aangewezen om de reünie van de lagere school te organiseren. Ze besloten om met alle oud-klasgenoten uit de zesde bij elkaar te komen. In een opwelling stuurde hij een uitnodiging naar Satoru. De eretitel 'organisator' gaf Kosuke net dat extra zetje in de rug dat hij daarvoor nodig had. En alleen hij kende het adres van Satoru.

Kosuke kreeg een belletje terug van Satoru. Aan de telefoon klonk zijn stem nog even opgewekt als vroeger, en hoewel ze elkaar voor het eerst sinds jaren spraken, praatten ze honderduit. Satoru ratelde aan één stuk door, alsof hij de verloren jaren wilde inhalen.

'Dat was leuk, zeg. Tot later maar weer!' zei Satoru, en hij hing op. Maar hij had nog niet opgehangen, of hij belde weer. Hij was helemaal vergeten om door te geven of hij op de reünie zou komen of niet. Natuurlijk kwam hij!

Daarna leefde hun vriendschap op en voortaan zagen ze elkaar een aantal keer per jaar. Satoru woonde in Tokio, maar nu ze volwassen waren vormde die afstand niet meer zo'n belemmering.

Satoru was afgestudeerd aan een universiteit in Tokio en had in Tokio werk gevonden. Kosuke daarentegen had het traject afgelegd van afstuderen aan een plaatselijke universiteit naar werken ergens in de buurt.

Drie jaar eerder had Kosuke de fotostudio van zijn vader overgenomen.

Zelfs toen Kosuke volwassen was geworden konden hij en zijn vader niet samen door één deur. Zijn vader sloot de winkel toen zijn gezondheid minder werd en trok zich terug op het platteland, niet zo ver bij de fotostudio vandaan. Hij kwam uit een familie van grondeigenaren, vandaar dat hij hier en daar nog een lapje grond in bezit had.

Hij hield de fotostudio waar hij tot dan toe had gewoond een tijdje gesloten, maar het onderhoud ervan bleek te veel gedoe, en hij besloot hem van de hand te doen. 'Zo doe ik het en niet anders,' zei hij, zoals altijd zonder tegenspraak te dulden, en toen Kosuke dat hoorde werd hij opeens heel verdrietig.

Vanaf zijn kindertijd was Kosuke altijd met foto's omgeven geweest. Zijn opvliegende, autoritaire vader fleurde op als hij Kosuke iets over fotografie uitlegde, en eens had hij hem zelfs een oud fototoestel gegeven. Kosuke maakte zich zo de beginselen van fotografie eigen, zij het geheel in zijn vaders stijl, en eenmaal volwassen hielp hij weleens met fotosessies in de studio.

Fotografie was het enige wat hem en zijn vader bond. Wanneer dat wegviel, zouden ze elkaar dan niet alleen maar meer het leven zuur maken? Dat kon Kosuke niet aan. Hij overlegde met zijn vrouw, en gesterkt door het feit dat de zaken toch al steeds slechter gingen bij het bedrijf waar hij werkte, deed hij zijn vader een voorstel: 'Waarom neem ik de studio anders niet over?'

Zijn vader was tot zijn verbazing zo blij dat hij zijn tranen nauwelijks kon bedwingen.

Ach, dacht Kosuke, het komt wel een beetje laat, maar zou dit dan eindelijk het keerpunt in onze relatie betekenen, waarna alles alleen maar beter gaat?

'Dat hield ik mezelf tenminste voor...' mompelde Kosuke. Hij spuwde de woorden bijna uit.

'Liggen jullie alweer met elkaar overhoop?' vroeg Satoru bezorgd.

'Ik had het uit mijn hoofd moeten laten om de goede zoon uit te hangen bij mijn tirannieke, zelfzuchtige vader.'

Nadat Kosuke de fotostudio had heropend, kwam zijn vader om de haverklap binnenvallen. Hij zei wel dat hij zich teruggetrokken had, maar hij woonde op een steenworp afstand en liet zich geenszins beletten om langs te komen. Hij bemoeide zich met het reilen en zeilen van de winkel en gedroeg zich alsof hij de grote baas was. Om het nog een tikkeltje te verergeren maakte hij misplaatste opmerkingen tegen Kosuke's vrouw.

'Je moet maar snel een erfgenaam voor Fotostudio Sawada baren.'

Kosuke's vrouw zat er het meest mee dat het hun maar niet lukte om zwanger te worden. Bij tijd en wijle zei Kosuke's moeder wel wat van zijn opmerkingen, maar van kritiek werd zijn vader alleen maar kregeliger – een neiging die hij zijn hele leven al had.

En toen werd eindelijk hun kinderwens verhoord. Dat was vorig jaar. Maar in het beginstadium van haar zwangerschap kreeg zijn vrouw last van allerlei kwaaltjes, en ze had een miskraam.

Kosuke's vrouw was erg terneergeslagen. Om haar op te beuren had zijn vader geen slechtere woorden kunnen kiezen. 'Ach,' had hij gezegd, 'we weten nu in ieder geval dat je kinderen kunt krijgen.'

Kosuke werd er duizelig van. Waarom toch moet deze man mijn vader zijn? Hoe vaak heb ik dat al niet gedacht, vroeg hij zich af, sinds die ene dag dat zijn vader met een uitgestreken gezicht Satoru was komen uitzwaaien, terwijl hij weigerde om Hachi in huis te nemen?

'Daarna is mijn vrouw naar haar ouderlijk huis vertrokken. Haar ouders waren natuurlijk ziedend. Probeer daar maar eens tussen te komen om je te verontschuldigen.'

Zijn vader was echter niet van plan om tot inkeer te komen.

'Jonge vrouwen zijn tegenwoordig ook zo snel op hun teentjes getrapt,' zei hij.

'Soms wens ik dat hij gewoon dood neervalt...' liet Kosuke zich ontvallen. 'Sorry,' voegde hij er haastig aan toe. Dit soort ongevoeligheid heb ik toch niet van mijn vader geërfd? dacht hij geschrokken.

'Trek het je niet aan,' glimlachte Satoru. 'Iedereen heeft zo zijn eigen band met z'n ouders. Ik heb nooit gewild dat mijn ouders doodgingen, maar dat komt alleen maar omdat ik het goed met ze kon vinden. Ik weet ook niet hoe ik erover zou denken als ik andere ouders had gehad. Als het misgaat tussen mensen en het is familie, gaat het ook goed mis, zeggen ze toch?'

Evenwel bleef er een bepaalde spanning in de lucht hangen. Satoru grijnsde. 'Het is maar de vraag of ik van hem had kunnen houden als jouw vader mijn vader was geweest.' De vraag van één miljoen. 'Sommige mensen zouden nooit ouders moeten worden. Er bestaat gewoon geen enkele garantie op liefde tussen een kind en zijn ouders.'

Het verbaasde Kosuke een beetje dat Satoru die mening had.

'Ik hoop dat je vrouw snel bij je terugkomt.'

'Wie zal het zeggen? Ze is natuurlijk niet alleen maar boos op haar schoonvader.'

Het kon niet anders dan dat ze ook genoeg had van haar echtgenoot, die zijn vader nooit zei waar het op stond. Kosuke had de slechte gewoonte om zijn woorden in te slikken als hij uitgefoeterd werd. Gewoontes uit je kindertijd kunnen diep inslijten. Ze waren er zo ingehamerd bij Kosuke dat hij op de onredelijke kanonnade van zijn vader nog slechts binnensmonds wat kon mompelen.

'Mengt je vader zich zo erg in je zaken?'

'En onze klanten blijven de laatste tijd ook nog eens weg.'

Er waren steeds minder mensen die zoals vroeger bij speciale gelegenheden foto's lieten maken door een fotograaf. Dat kwam doordat de tijden waren veranderd. Maar zijn vader hield het erop dat hij gewoon niet van Kosuke op aan kon. Hij zei dat hij wel een oogje in het zeil móést houden, en begon zich meer en meer met de zaken te bemoeien.

Kosuke was prima in staat om maar met een half oor naar zijn vader te luisteren, maar tegen hem ingaan, daar was hij niet zo handig in.

～

Ik ben daar heel anders in. Nee is 'nee' en blijft 'nee' bij mij. Katten kunnen dat heel makkelijk, nee zeggen.

En om te gaan wonen bij een kleinzielige man die hoopt dat zijn katminnende vrouw bij hem terugkomt door een kat in huis te halen, laat dat nu net indruisen tegen al mijn waardigheid als kat en een keiharde 'nee' opleveren.

'Zou Nana ondertussen al een beetje tot bedaren zijn gekomen?' Kosuke stond op van de bank en kwam mijn richting uit gelopen.

Kom maar op! Als je van plan bent om me uit mijn reismand te sleuren en op te tillen, dan zal ik zoveel lijntjes op je gezicht krabben dat je er de komende drie maanden een potje op kunt dammen!

Kosuke stak zijn hand naar binnen en probeerde me te aaien, maar ik blies en liet mijn tanden zien. Ja, dat valt binnen mijn no-flyzone. Schend het, en je zult het betreuren.

'Dit wordt 'm niet.' Kosuke trok vlug zijn hand terug.

'Hm, ik denk dat je weleens gelijk kunt hebben.'

Satoru was even stil.

'Weet je, Kosuke,' begon hij voorzichtig. 'Als jullie een kat nemen, kun je misschien beter samen met je vrouw een nieuwe uitzoeken.'

'Hè, wat bedoel je?'

'Als je mijn kat adopteert lijkt het alsof je je vader wilt terugpakken vanwege Hachi.'

'Alsof die zich er nog iets van kan herinneren dat hij Hachi ooit geweigerd heeft.'

'Maar jij des te meer.'

Kosuke deed er het zwijgen toe na die opmerking van Satoru. Kijk, ik heb er niks op tegen dat Kosuke mij, Satoru's lievelingskat, van hem wil overnemen bij wijze van vriendendienst. Dat kan ik nog begrijpen. Maar je gaat mij niet vertellen dat hier ook niet een ietsepietsie oude koeien uit de sloot worden gehaald om wat er vroeger allemaal met mijn evenbeeld Hachi is gebeurd. En je gaat me ook niet wijsmaken dat de situatie met zijn vrouw, die bij hem is weggegaan door toedoen van zijn ouweheer, er helemaal los van staat.

'Ik geloof dat het maar beter is dat jij en je vrouw een splinternieuwe kat nemen,' zei Satoru, 'eentje die niet van alles uit het verleden met zich meedraagt.'

'Maar ik was dol op Hachi,' kniesde Kosuke. 'Ik wilde hem toen echt adopteren.'

'Ze lijken wel op elkaar, maar Nana is Nana. En géén Hachi.'

'Jij dacht anders toch ook dat Nana voorbestemd was om jouw kat te worden omdat hij zo op Hachi lijkt? Nou, dan is Nana net zo goed voorbestemd om mijn kat te worden.'

Tss, waarom begrijpen jullie mensen er toch geen snars van? Zelfs volwassenen niet. Wat een grap.

'Mijn Hachi is dood, vanaf de middelbare school al. Jouw Hachi leeft nog, Kosuke.'

De spijker op zijn kop! Satoru had zijn Hachi al een plekje gegeven in zijn hart. Vandaar dat Hachi en ik een andere plaats bij hem innemen. Maar bij jou, Kosuke, is het een heel ander verhaal. Rationeel begrijp je natuurlijk wel dat Hachi dood is, want dat is je net ter ore gekomen, maar desondanks kun je het ergens gewoon niet goed bevatten, waar of niet?

Je kunt de dood van een kat geen plekje geven als je niet eens goed verdrietig om hem kan worden. Misschien dat je wel kunt rouwen om de dood van een kat waar je al lang niets meer van hebt gehoord, maar het is al te laat om er écht verdrietig van te worden. En Kosuke: jij wilt dat ik bij jou Hachi vervang. Maar Satoru heeft me lief als Nana, dus om nu bij jou een beetje als plaatsvervanger voor Hachi op te gaan treden, daar pas ik voor. Helemaal als je je vervelende vader en gekrenkte vrouw er ook nog eens bij betrekt. Ik ben een buitengewoon intelligente kat, maar o nee, aan zo'n onhebbelijk spel weiger ik mee te doen. Me een beetje laten vertroetelen en ondertussen onder die deprimerende intermenselijke relaties van jullie gebukt gaan zeker.

'Zoek nou maar met z'n tweetjes een nieuwe kat uit, alleen voor jullie. Je vader kan je gestolen worden. Misschien zal hij wel tegensputteren, maar als je hem nou gewoon eens negeert en een kat in huis neemt die je zelf wilt.'

Kosuke gaf geen antwoord, maar op zijn gezicht stond te lezen dat hij het eindelijk begrepen had. Vandaar dat ik me bij wijze van afscheidsgeschenk maar liet aaien toen hij voor een laatste keer zijn hand door het luikje stak.

Zet je zo langzamerhand eens voorgoed af tegen je vader, joh. Wij katten staan nota bene een halfjaar na onze geboorte al helemaal op eigen pootjes.

Satoru zette mij en mijn reismand weer in de zilverkleurige minivan.

Kosuke was mee naar buiten gelopen en het leek erop dat ze moeite hadden om afscheid te nemen en nog wel eventjes zouden blijven napraten.

'Trouwens,' zei Satoru, in zijn handen klappend alsof hem net iets te binnen schoot, 'in Tokio zijn er nu fotostudio's waar je foto's kan laten maken van je huisdier, en dat schijnt behoorlijk storm te lopen. Meer mensen dan je zou denken willen wel een schattige foto van hun huisdier om in te lijsten.'

'O, dat is nog eens een leuk idee.' Kosuke leek geïnteresseerd. 'Heb je weleens een foto van Nana laten nemen?'

'Nee, ikke niet,' grinnikte Satoru. 'Maar als Fotostudio Sawada een studio voor huisdieren begint, wil ik er misschien wel eentje.'

'Met genoegen,' lachte Kosuke. 'Dat zou nog eens een uitgelezen kans zijn om het die rotvader van me betaald te zetten.'

Satoru stapte in en deed het raam aan de bestuurderskant naar beneden. 'Trouwens, Kosuke,' begon hij nogmaals. 'Toen we net twintig waren heb je me toch eens uitgenodigd voor een schoolreunie?'

'Dat oude verhaal?' lachte Kosuke.
Satoru lachte ook. 'Daar was ik echt heel blij om.'
'En daar kom je nu mee?'
'Volgens mij had ik je dat nog niet gezegd.'
'Schei toch uit,' zei Kosuke.
'Ben je belazerd,' grapte Satoru. 'Maar bedankt, Kosuke. Ik had niet gedacht dat ik nog eens in deze stad zou komen.'
'Nou, tot kijk.' Ze zeiden elkaar vluchtig gedag en Satoru reed weg van Fotostudio Sawada.
'Sorry, Nana,' zei Satoru. 'Ik kreeg de indruk dat Kosuke beter af is met een andere kat. Maar ik beloof je dat ik een fijn baasje voor je zal vinden.'
Is al goed, hoor. Om te beginnen heb ik je er nooit om gevraagd. Ik bedoel maar, als je mij daar vandaag met alle geweld had willen achterlaten, hadden jij en Kosuke nog iets kunnen beleven. Om precies te zijn een halfjaar lang dammen op jullie gezichten.
Satoru keek opzij naar mij en slaakte een kreetje.
'Nana!? Hoe ben jij uit je mandje gekomen?'
Wist je dat dan niet? Het slot stelt geen fluit voor en van binnenuit is het deurtje met een wipje zo open te krijgen, hoor.
'O nee, gaat-ie soms open? Dat wist ik niet. Dan moet ik misschien toch maar een nieuwe kopen.'
Ah toe! Is dat het enige wat je te zeggen hebt nu je weet dat ik hem open kan krijgen? Niet een keer ben ik tot nog toe gevlucht, zelfs niet die keren dat je me meenam naar die verduivelde dierenarts waarvan ik gezworen had er nooit meer een poot over de drempel te zetten.
'Of misschien ook niet. Zelfs als je het al die tijd geweten hebt, ben je immers netjes naar me blijven luisteren.'
Zo is dat. Satoru zou dankbaar moeten zijn dat ik zo'n buitengewoon intelligente kat ben.
Vanaf de passagiersstoel strekte ik mijn poten uit tegen het raam en genoot ik een poosje van het voorbijtrekkende landschap. Ten slotte ging ik opgerold op de stoel liggen.
Uit de autoradio kwam iets van rockmuziek, maar ik voelde de

baspartij tot in mijn buik doordreunen, wat hoogst onprettig was. Katten hebben ook zo hun muziekvoorkeuren hoor, wisten jullie dat?

Ik legde mijn oren plat tegen mijn kop en zwiepte met mijn staart heen en weer om Satoru's aandacht te trekken. Satoru had het meteen in de gaten.

'O, je vindt deze muziek maar niks? Eens kijken of ik misschien iets in de cd-speler heb zitten.'

Satoru schakelde over naar de stereo en er klonk nu een rustig orkestdeuntje. Ja, dit kan ermee door.

'Mijn moeder hield hiervan, Paul Mauriat.'

Ja, niet slecht, hoor. Het nummer klinkt alsof er zo een stel duiven kan opfladderen, dus ik vermaak me wel.

'Ik wist niet dat je zo van auto's hield. Als ik dat geweten had, had ik je wel naar meer plekken meegenomen.'

Het klopt niet helemaal als je zegt dat ik van auto's hou. Je bent toch nog niet vergeten dat ik mijn poot brak door toedoen van een auto?

Ik hou van deze zilverkleurige minivan, meer niet.

Vóórdat ik Satoru ontmoette was dit immers al mijn minivan.

Oké, wie is de volgende gelukkige naar wie je me meeneemt in deze auto?

~

Nadat hij Satoru en Nana had uitgezwaaid en weer naar binnen was gegaan, zag Kosuke dat hij een nieuw e-mailbericht had op zijn mobiele telefoon.

Het was van zijn vrouw.

*Heb je de kat geadopteerd?*

Hij begon een antwoord te typen, maar bedacht zich en belde haar op. Hij had het gevoel dat ze nu wél zou opnemen.

Het resultaat: de telefoon ging zeven keer over en toen nam ze op. Was dit soms de lucky seven die Nana met zich had meegebracht?

'Ja?' Haar stem was nog steeds nors.
Komaan. Hij zou die kille stem nu eens op een vrolijke en lichtvoetige manier ontdooien. Drie, twee, een:

'Wat denk je ervan, zullen we met z'n tweetjes een nieuwe kat gaan uitzoeken?'

# 2
## *De zakelijke boer*

Vandaag klonk er in de zilverkleurige minivan opnieuw een deuntje waarbij ik een goochelaar zo een stel duiven tevoorschijn zie toveren.
De titel van het nummer is 'El Bimbo' had Satoru gezegd. Hoezo zat het woord 'duif' er niet in? Ikzelf zou dat er hoe dan ook in stoppen. Wat dacht je van 'Een duif, een hoge hoed, en hun heimelijke relatie'?
'We hebben vandaag weer geluk met het mooie weertje hè, Nana.'
Satoru zat opgewekt achter het stuur. Katten worden slaperig als het regent, maar zou de fysieke gesteldheid van mensen veranderen bij mooi weer?
'Een autoritje is lang niet zo plezierig als het niet zonnig is.'
Pff, puur een gevoelskwestie dus. Lekker zorgeloos hoor, jullie mensen. Bij katten wordt ons gedrag erdoor beïnvloed, en voor zwerfkatten is het zelfs een kwestie van leven of dood. Het slagingspercentage tijdens de jacht verandert er ook door.
'Zullen we bij de volgende rustplek maar eens pauzeren?'
In tegenstelling tot die keer dat we bij Kosuke langs waren gegaan, reden we vandaag op een weg waar nauwelijks stoplichten waren. Een 'snelweg' noem je dat, legde Satoru uit. In principe stopte de zilverkleurige minivan alleen nadat Satoru had aangekondigd dat we een rustplek zouden opzoeken.
'Deze weg neem je als je ver weg gaat met de auto,' zei hij, en inderdaad was het ditmaal een erg lange reis. Wat heet: we waren gisterochtend vertrokken. We hadden de hele dag aan één stuk

door over de snelweg gereden en voor de nacht waren we gestopt bij een hotel waar huisdieren welkom waren.

Omdat het zo'n lange reis was, was het interieur van de minivan aan mijn behoeften aangepast. Dus als je me even wilt excuseren. Ik glipte van de passagiersstoel naar de achterbank.

'Wat heb je?' vroeg Satoru, en hij keek achterom naar mij. 'O, neem me niet kwalijk.'

Ja, op de vloer achterin stond mijn toilet. Satoru had een nieuwe kattenbak gekocht met zo'n kap erover zodat het grind niet alle kanten op vloog. Nu konden Satoru en ik echt overal naartoe waar we maar wilden in onze zilverkleurige minivan. Zou het niet heerlijk zijn als we voor de rest van ons leven samen op reis zouden kunnen?

'Nanáá, ik rij nu de parkeerplaats op,' riep Satoru.

Goed hóór, riep ik laconiek terug terwijl ik het grind in de bak omwoelde.

Satoru parkeerde de auto en haalde een etensbakje en een drinkbakje uit de kofferbak tevoorschijn, die hij achterin op de vloer voor me neerzette. Hij schudde kattenbrokjes in de schaal en schonk water uit een plastic fles in de drinkbak.

'Dan ga ik ook even naar de wc.'

Satoru sloot gejaagd de deur af en holde weg. Was de nood zo hoog? Ondanks dat zorgde hij er eerst voor dat ik van alles was voorzien. Wat een goed baasje was Satoru toch.

Ik was net begonnen mijn dorst te lessen toen er op het raam werd getikt. Niet wéér, hè. Voorzichtig keek ik om en ja hoor, er stond een jong koppeltje, waarschijnlijk een echtpaar, met hun gezicht tegen de ruit geplakt naar me te kijken. Ze glimlachten allebei van oor tot oor.

'Een kat!'

Jazeker, ik ben een kat, maar had je iets? Zo bijzonder is een kat die brokjes aan het eten is toch zeker niet?

'Oh, hij is aan het eten, wat lief.'

'Schattig, hè.'

Oké, stomme tortelduifjes van me. Hoe zouden jullie het vinden als je lekker aan het peuzelen bent en er mensen naar je wijzen en vrolijk staan te doen? Dan zit je niet rustig, wel? Dan proef je maar heel weinig van je eten! En vandaag heb ik nog wel een gourmetmix met kipfilet & zeevruchten.

Waarom zijn alle kattenliefhebbers zo scherpziend, vraag ik me af. Telkens als we een rustpauze hielden zwermden er mensen op ons af, wat best bijzonder was.

Als jullie degenen waren van wie ik te eten kreeg zou ik best leuk willen meedoen – al gelang de kwaliteit van de maaltijd – maar Satoru is degene die mij te eten geeft. Dus sta me toe me weer op mijn kipfilet & zeevruchten te concentreren. Mag ik even?

Ik negeerde hen straal en liet me de brokjes best smaken. Het stelletje gaf het op en vrolijk keuvelend liepen ze weg.

Maar het duurde niet lang of ik voelde een felle blik op me rusten. Wat had dat nu weer te betekenen? Onwillekeurig sloeg ik mijn ogen op en ditmaal stond er een griezelige kale man met zijn neus tegen het raam gedrukt. Hij leek een beetje op zo'n zeeduivel uit de volksverhalen.

*Miauw!* Geschrokken deinsde ik terug, waarop die ouwe vent een gezicht trok alsof hij diep gekwetst was. Ja, ho eens even, als je tijdens het eten plotseling door zo'n eng gezicht wordt gadegeslagen, is het toch volstrekt logisch dat je staat te trillen op je poten van schrik? Daar kan ik toch niets aan doen?

De man keek terneergeslagen, maar bleef desondanks door het raam naar mij staren. Mijn eten zou er nog door bederven.

'U houdt van katten?' Satoru kwam teruggelopen en sprak de man aan. Dit bracht hem enigszins van zijn stuk.

'Wat een schattig poesje heeft u,' stamelde hij.

Zo'n gezicht en me dan 'poesje' noemen!

Hij knikte gedag en leek vlug weg te willen lopen, maar ik voelde me nu bijna schuldig. Ik richtte mijn kop op en miauwde. Satoru knikte lachend aan de andere kant van het raam.

'Wilt u hem misschien even aaien?'

'Meent u dat?'

De man bloosde als een schoolmeisje. Satoru had de deur al voor me opengemaakt, dus klauterde ik dichterbij. De man stak zijn hand uit en ik liet me gewillig door hem aaien. Hij leek te smelten van geluk en –

'Moet je kijken, een kat!'

Juist op dat moment kwam een stel *gyaru* langs, opgetutte meisjes met geblondeerd haar. Ze slaakten schelle gilletjes.

'Ik wil hem ook aaien! Mogen wij hierna?'

Wegwezen jullie! Jullie ben ik helemaal niets verschuldigd! Ik ontblootte mijn tanden en zette mijn rugharen rechtovereind.

'Jeetje, hij is boos!' gilden de meisjes door elkaar heen en ze liepen haastig door.

'Ach, en ik had hem nog wel willen aaien.'

'Nou, heb je die wenkbrauwen gezien? Zo schattig was hij helemaal niet.'

Wat?! Bij het horen van zo'n ongegronde en grove belediging schoot mijn gezicht in een *flehmen*-stand.

'Je bent wel schattig, hoor. Nana, je bent wél schattig!'

Satoru sprong haastig voor me in de bres.

'Die opgetutte meisjes hebben gewoon een iets andere schoonheidsnorm. We zullen ze het maar vergeven, hè Nana.'

'Welja, ik vind het werkelijk waar een schattig katje. Hij heet Nana, zegt u?'

'Ja, zijn staart heeft immers een knik in de vorm van een 7.'

Het leek me nou ook weer niet nodig om aan elke toevallige voorbijganger uit te leggen waar mijn naam vandaan kwam, maar in dat opzicht was Satoru heel openhartig.

'Laat hij zich soms niet zo makkelijk aaien?'

'Als we op stap zijn kan hij inderdaad best kieskeurig zijn.'

De man glimlachte nu nog breder. 'U meent het.' Hij gaf me nog een laatste aai over mijn kop en stapte weer op.

'Dat doe je niet vaak, hè Nana, je zo laten aaien door een wildvreemde.'

Tja. Wat zal ik zeggen? Om het goed te maken, een soort van boetedoening? Vraag maar niet verder.

De auto begon weer te rijden en na een tijdje strekte ik me naast Satoru uit tegen het raam om naar buiten te kijken.

De zee!

'Je bent vast dol op de zee, Nana.'

Ik kende de zee alleen van de televisie, want er was geen zee in de buurt waar ik ter wereld kwam en opgroeide, maar ik was er meteen helemaal weg van. Ze was diep azuurblauw en schitterde, en ik zwijmelde bij de gedachte dat daar in dat glinsterende water alle zeedieren zaten van de gourmetmix met kipfilet & zeevruchten. Oeps, ik kwijlde bij de gedachte.

'Stel dat we net als de vorige keer weer samen moeten terugkeren, zullen we dan langs het strand gaan?'

O, echt? Met een beetje geluk kan ik dan nog wat lekkers vangen.

Nadat de zee uit het zicht was verdwenen deed ik een dutje en toen ik mijn ogen weer opende, had het kustlandschap plaatsgemaakt voor stille plattelandsdorpjes. Groene rijstvelden en akkers strekten zich voor ons uit, en onze zilverkleurige minivan gleed er als een draaikever doorheen.

'Ah, ben je weer wakker? We zijn er bijna.'

En inderdaad reed Satoru even later het erf van een boerderij op. Het was een verouderde hoeve, die vooral praktisch en ruim was opgezet, en verder was er een bijgebouw en een opslagloods. Op de oprit stond een kleine pick-uptruck.

Zonder af te wachten glipte ik op eigen initiatief de reismand in die met het deurtje geopend op de achterbank stond. Ik had graag een vertrouwd plekje om in weg te duiken als we een vreemd huis binnengingen.

Satoru opende de achterdeur en pakte het mandje met mij erin op.

'Satoru!'

Door een kiertje gluurde ik in de richting vanwaar de stem kwam, en ik zag een man in werkkleren en strohoed met een opgeheven hand op ons aflopen.

'Daigo, dat is lang geleden!' Satoru's stem klonk opgewonden. 'Je ziet er goed uit.'

'Door de hele tijd op het land te werken raak je vanzelf fit. Ben je afgevallen, Satoru?'

'Ik? Ach ja, ik leid een ongezond stadsleven, hè.'

De twee liepen richting het woonhuis.

'Kon je het een beetje makkelijk vinden?'

'Ja hoor, met de autonavigatie van tegenwoordig kun je niet meer verdwalen.'

'Maar dat je helemaal vanuit Tokio met de auto bent gekomen. Met het vliegtuig ben je veel sneller en goedkoper uit. Heeft het je niet al te veel gekost?'

Wat je zegt. Satoru heeft onderweg hiernaartoe heel wat keren zijn portemonnee getrokken: bij de tolpoortjes op de snelweg, bij heel veel tankstations, en gisteravond bij het huisdiervriendelijke hotel waar we hebben overnacht.

'Maar in een vliegtuig zou ik Nana in mijn handbagage moeten meenemen. Het vrachtruim is veel te donker en lawaaierig. Vroeger heb ik ook eens een kat mee het vliegtuig in genomen, maar die was de rest van de dag helemaal overstuur. Katten hebben geen flauw idee wat hun overkomt en ik zou het zielig vinden voor Nana als hij hetzelfde moest doormaken.'

Bang oké, maar Hachi doorstond het toch ook? Ik vond het jammer dat Satoru denkt dat ik het niet aan zou kunnen. Ik heb veel meer lef dan Hachi zou ik denken: in mijn jeugd heb ik als zwerfkat zo het een en ander meegemaakt. Satoru had zich wat meer zorgen moeten maken over de kosten en wat minder over mij.

We stapten naar binnen en Daigo ging ons voor naar de woonkamer. Satoru zette me neer in een hoek van de kamer en opende het deurtje van de mand.

Daigo hurkte voor me neer.

'Vind je het erg als ik Nana even bekijk?'

'Ga je gang, maar het kan even duren voordat hij zich op zijn gemak voelt en naar buiten komt.'

'O, dat dondert niet.'

Hoe bedoel je, 'dat dondert niet'? Argwanend hield ik mijn kop schuin en juist op dat moment stak een pezige arm mijn mand in.

*Aááh*!?
Zonder aarzeling greep de hand van de man me in mijn nekvel en sleurde me naar buiten. Hoog in de lucht liet hij me bungelen.

Wa-wa-wat maak je me nou, barbaar! Dat dondert niet – voor jou zeker?

'Kijk, kijk, een echte kat.'

Wat betekent dat nou weer?

'Wel alle!' Satoru was stomverbaasd en duwde Daigo hard in zijn rug. 'Wat denk je wel? Zo uit het niets?'

'O, even testen of hij een echte kat is of niet.'

Terwijl Daigo dat zei drukte hij me in zijn stevige armen tegen zijn borst. Ik schopte uit alle macht en probeerde uit zijn greep te ontsnappen, maar hij gaf geen krimp.

'Wat bazel je nou? Waar heb je het in godsnaam over?'

'O, nou kijk. Als je hem zo omhooghoudt…'

'Laat dat! Niet nog een keer!'

'… en hij vouwt zijn achterpoten netjes onder zijn lijf, dan is hij een echte kat.'

Laat me los! Ik schopte hem met mijn beide achterpoten en spartelde wild als een zalm totdat ik uiteindelijk uit zijn armen wist te ontsnappen.

Ik wentelde vlug mijn lichaam en landde keurig op vier poten, een perfecte afsprong. Ik draaide me om naar Daigo en hield mijn lichaam zo laag mogelijk tegen de grond. 'Wauw,' zei Daigo, en hij klapte in zijn handen.

'Dat is me nog eens een kat. Meer dan atletisch en ook nog eens met een goed stel hersens. Een uitstekende kat, ik heb je onderschat.'

'Hè? Och, ja.'

Kom nou, was dat nou nodig? Natuurlijk ben ik een uitstekende kat, maar toch.

'Maar toch,' zei Satoru perfect synchroon. 'Daar gaat het helemaal niet om!'

Wat ik je zeg. Dezelfde golflengte.

'Waarom moet je Nana nou weer zo plotseling in zijn nekvel grijpen? Hij is zich rot geschrokken!'

'Nou kijk, niet zo lang geleden heb ik een zwerfkatje gevonden, maar dat was geen echte kat. Als Nana net zomin een echte kat zou blijken te zijn, heeft het voor mij nauwelijks zin om hem op de boerderij te hebben. Dat wilde ik dus even controleren.'

Ik zwiepte boos met mijn staart, toen iets of iemand er brutaal mee begon te spelen. Snel keek ik achterom. Het bleek een oranje gestreept katertje te zijn. Uit het niets was hij verschenen en al miauwend en rondspringend greep hij naar mijn staart... Wat een lastpak!

Daigo pakte het katje in zijn nekvel beet en tilde hem op. Zijn pootjes bungelden alle kanten op.

'Zie je, dit is toch geen kat?'

Hm, het ontbreekt hem inderdaad aan wat basisvaardigheden. Oftewel: hij is van het slag dat geen muizen kan vangen, net zoals Hachi. Met wat oefening valt er nog wel iets van te maken, maar zo'n jager als ik zal hij zeker niet worden. Ik gniffelde.

'Het is nog maar een klein katje en hem dan zo ruw behandelen...'

Satoru strekte zijn armen naar hem uit. Daigo stak Satoru het katje toe. 'Wil je hem aaien?'

'Met alle plezier!'

Satoru is een totale kattengek, dat is waar ook. Túúrlijk, vertroetel hem maar hoor, hmpf.

~

Voor het eerst in lange tijd kreeg Daigo weer eens een e-mail van Satoru Miyawaki, een oud-klasgenoot van de middelbare school.

Hij had juist aan Satoru zitten denken en vroeg zich af hoe het met hem ging.

Het bericht begon met wat laatste nieuwtjes, maar de eigenlijke inhoud was een verzoek.

*Sorry dat ik met de deur in huis kom vallen, maar zou je mijn kat niet van me kunnen overnemen?*

De kat was hem erg dierbaar, maar er waren onvoorziene omstandigheden waardoor hij niet langer voor hem kon zorgen en daarom zocht hij een nieuw baasje voor hem, schreef Satoru.

Hoe het met hemzelf ging vermeldde Satoru niet, maar uit de hartstochtelijke manier waarop hij vertelde over de noodlottige omstandigheden van zijn kat, leidde Daigo twee dingen af: dat zijn jeugdvriend, die altijd al een kattenliefhebber was geweest, weer een kat had, en dat hij van die dierbare kat weer afscheid moest nemen – voor de tweede keer.

Daigo Yoshimine hield zelf niet van katten, maar had ook geen hekel aan ze. Als hij er eentje had, zou hij erop gesteld raken en hem verzorgen, maar hij was er de persoon niet naar om op eigen initiatief een kat in huis te halen. Zo dacht hij ook over honden en vogels.

Maar het was bepaald niet onpraktisch om op een boerderij een kat te hebben. Overlast van muizen hoorde er nu eenmaal bij, dus kon hij ze mooi afschrikken. Met dat in het achterhoofd schreef hij Satoru een antwoord.

*Ik zal een kat altijd als een kat behandelen en er nooit voor zorgen zoals jij, maar als je daar geen bezwaar tegen hebt dan wil ik hem best van je overnemen. Laat het me maar weten als er verder niemand anders is. En wees gerust, ik zal natuurlijk alle plichten als baasje vervullen.*

Hij kreeg een bedankmailtje terug van Satoru.

*Er is al iemand anders die hem wil adopteren*, schreef hij, *dus bij diegene ga ik eerst even langs, maar als dat niets wordt dan reken ik op je.*

Ongeveer een maand later kreeg Daigo weer een berichtje. Of Satoru niet langs mocht komen om hem de kat te laten zien en te kijken of het klikte.

Dat Daigo in die tussentijd een katje had gevonden, was geheel toevallig.

'Toen ik over de rijksweg reed in mijn pick-up zag ik hem als een slappe vaatdoek langs de kant van de weg liggen. Ik kon het niet over mijn hart verkrijgen om hem aan z'n lot over te laten.'

'Ach, wat zielig.'

Satoru werd helemaal week van het oranje katertje dat bij hem op schoot was gesprongen. Voor kattenliefhebbers was een klein katje blijkbaar iets bijzonders.

'Je hebt hem goed verzorgd, zeg. Het is nog maar zo'n klein ding. Was het niet een hele toer?'

'Ik heb van alles aan de dierenarts gevraagd. En in de buurt wonen ook mensen met katten, dus er is hulp genoeg.'

Maar het bleef platteland, dus iedereen ging vrij ruw om met katten.

'Het werd een stuk makkelijker toen hij eenmaal kattenvoer begon te eten.'

'Daarvóór heb jij hem dus melk gevoerd met een zuigfles.' Satoru gniffelde. Hij zag het al helemaal voor zich.

'Je hebt maar geluk, jij,' zei Satoru tegen het katje, 'dat zo'n aardig baasje je gevonden heeft.'

'Zo aardig ben ik niet. Ik had gehoopt dat hij wat muizen voor me zou vangen, maar nu blijkt hij niet eens een echte kat te zijn.'

'Dan zet je hem toch gewoon weer op straat? Hij is nou toch beter,' grapte Satoru. Daigo keek met een zure blik opzij. Satoru plaagde hem niet verder en richtte zich weer op het katje op zijn schoot.

'Dus daarom maakte je je zorgen of Nana wel een echte kat is of niet.'

'Met twee van dat soort katten is al dat kattenvoer weggegooid geld.'

'Alsof je Nana zou weigeren als hij zijn poten zou laten bungelen.'

'Ik kan iemand die helemaal vanuit Tokio naar hier komt rijden vanwege een kat toch niet in de kou laten staan?'

'Nee, vanzelfsprekend niet,' antwoordde Satoru op een toon alsof hij Daigo niet zo serieus nam. 'Trouwens, hoe heet deze kleine?'

'Chatran.'

'Wat afgezaagd, zeg.'

'Vind je?'

Daigo was advies gaan vragen bij zijn buren die ook katten hadden, en zijn buurman had meteen gezegd: 'Een oranje gestreepte kat? Dan zou ik hem Chatran noemen.' En die naam vond Daigo wel geschikt.

'Na die film *De avonturen van Chatran* is het een beetje een cliché geworden om een oranje katje Chatran te noemen.'

'Dat maakt me niet uit.'

Chatran met de afgezaagde naam herkende een kattenliefhebber in Satoru, want hij lag languit op zijn schoot.

'Wat heb ik dit gemist. Vroeger deed mijn kat precies hetzelfde.'

Satoru had nog nooit de naam van zijn vroegere kat uitgesproken in het bijzijn van Daigo. Waarschijnlijk was dat onbewust; zijn hart zou weer breken van liefde en verdriet.

Zelfs een kattenleek als Daigo snapte dat.

In de lente van zijn tweede jaar op de middelbare school werd Daigo overgeplaatst naar een nieuwe school, waar hij later ook zijn diploma zou halen.

'Dit is Daigo Yoshimine en vanaf vandaag is hij jullie nieuwe klasgenootje.'

De jonge klassenlerares was een knappe juffrouw die in haar studententijd nog was uitverkozen tot Miss-zus-en-zo, maar meteen al vanaf hun eerste ontmoeting mocht Daigo haar niet.

Ze benauwde hem. Toen ze hem de school had laten zien had ze hem al benauwd door heel overdreven haar best te doen lief voor hem te zijn en hem op zijn gemak te stellen. Waarschijnlijk had ze een ideaalbeeld in haar hoofd van hoe ze moest zijn als lerares, maar Daigo was het niet aan haar verplicht om daarin mee te gaan. Hij probeerde het gelaten over zich heen te laten komen, maar ze hing hem algauw de keel uit, zeker nu ze hem aan de klas voorstelde.

'Daigo's ouders hebben het erg druk met hun werk in Tokio, vandaar dat hij hier bij zijn oma is komen wonen en vanaf nu bij ons naar school gaat. Is het niet flink van Daigo dat hij hier is, helemaal zonder zijn ouders? Ik hoop dat jullie allemaal aardig voor hem zullen zijn.'

Aha, blijkbaar was ze zo lief voor hem uit médelijden, ging het door Daigo heen. Maar diep vanbinnen kreeg hij een afkeer van haar. Zelfs voor een jonge middelbare scholier met weinig levenservaring was het zonneklaar dat dit de slechtst mogelijke manier was om een nieuwe leerling aan de klas voor te stellen.

'Daigo, zeg iedereen eens gedag.'

'Euh...' Hij draaide zich naar haar om. 'Mevrouw, waarom vertelt u zomaar aan iedereen mijn thuissituatie? Daar heb ik u toch helemaal niet om gevraagd?'

Er ontstond rumoer in het klaslokaal en de glimlach op het gezicht van zijn knappe klassenlerares vertoonde een grote barst van beroering.

'Hè? Ik probeer je alleen maar te helpen, Daigo.'

'Ik voel me er eerder ongemakkelijk door. Ik heb liever dat iedereen mijn familie en zo erbuiten laat.'

Ze stamelde: 'Ja maar, ik bedoel...' Het zag er niet naar uit dat ze hier een positieve wending aan kon geven. Daigo draaide zich weer om naar zijn nieuwe klasgenoten.

'Ik ben Daigo Yoshimine. Dat met mijn familie en zo stelt allemaal niet zoveel voor, dus hopelijk kunnen we gewoon vrienden worden.'

Het werd doodstil in het lokaal. Hij leek zijn hand nu al te hebben overspeeld.

'Wat gemeen,' snotterde de lerares half. 'Ik wilde alleen maar dat je je niet eenzaam zou voelen.'

'Waar wilt u dat ik ga zitten?'

Het leek hem het beste eerst maar alvast de dingen te vragen die hij moest weten, maar hij had de vraag nog maar net gesteld of ze barstte in tranen uit. Juist op dat moment klonk de bel die het eind van het mentorkwartiertje inluidde. De lerares schoot als de wiedeweerga het lokaal uit.

Nu wist hij nog niet waar hij moest gaan zitten.

'Ga gewoon zitten op een plek die nog vrij is.'

Het was Satoru die dat zei en naar een paar lege tafeltjes achter in het lokaal wees.

Na het eerste lesuur bleven zijn klasgenootjes hem een beetje angstig en van een afstand gadeslaan, maar Satoru kwam meteen op hem afgestapt.

'We moeten van klaslokaal wisselen voor het volgende uur. Je weet vast niet waar het is, dus loop maar met mij mee.'

Ze hadden algemene natuurwetenschappen. Daigo pakte zijn lesboeken en schriften bijeen en stond op.

'Zeg,' begon hij terwijl ze door de gangen liepen. Iets zat hem dwars, hij moest het wel vragen: 'Doe je alleen maar aardig tegen me door wat de lerares daarstraks heeft gezegd?'

'Nee, totaal niet,' antwoordde Satoru ronduit. 'Ik vond het behoorlijk kinderachtig – van jullie alle twee.'

'Hè? Ook van mij?'

'Onze klassenlerares heeft nu eenmaal de neiging om overdreven aardig te doen tegen leerlingen bij wie thuis iets aan de hand is. Maar ze bedoelt het niet slecht, zie je.'

Iets aan de manier waarop hij dat verwoordde, dat ze 'aardig wilde zijn maar het niet slecht bedoelde', gaf Daigo de indruk dat de jongen en hij iets met elkaar gemeen hadden.

'In de eerste klas deed ze bij mij precies hetzelfde op mijn eerste schooldag, dus ik begrijp wel hoe je je voelt. Toen ik op de lagere school zat zijn mijn ouders omgekomen bij een verkeersongeluk en nu woon ik bij mijn tante. Maar dat betekent nog niet dat ik zoiets breed wil uitmeten in de hele klas.'

Tussen neus en lippen door werd Daigo dat even verteld, maar in vergelijking met zijn eigen omstandigheden was het nogal wat. De klassenlerares had de jongen vast en zeker nog stukken vervelender dan hem onder haar hoede genomen.

'Maar je schiet er niks mee op om over elk wissewasje te gaan lopen klagen. Laat het gewoon over je heen komen, weet je, word volwassen.'

Ben jij niet veel te filosofisch voor een tweedeklasser? dacht Daigo. Toch zat er wel wat in wat de jongen zei, en dus hield hij zijn mond.

'Maar om je waarheid te zeggen,' zei Satoru met een grijns,

'voelde het toch goed wat je daar deed. Toen ik hier net op school kwam had ik precies hetzelfde willen zeggen.'
'Hoe heet je eigenlijk?' vroeg Daigo.
'Satoru Miyawaki. Aangenaam.'
Daigo hoefde verder niks meer te zeggen: ze hadden al vriendschap gesloten.

Vanaf het begin had Daigo het verpest bij zijn klasgenoten en klassenlerares, maar nu hij bevriend was geraakt met Satoru waren de dagen op zijn nieuwe school redelijk goed door te komen.
Satoru was opgewekt en had veel vrienden, zodat Daigo als vanzelf in de klas opging als ze samen waren. Van nature was Daigo niet snel geliefd bij anderen en meestal werd hij op een afstandje gehouden vanwege zijn lichaamsbouw en norse uiterlijk. Hij zou waarschijnlijk helemaal op zichzelf zijn aangewezen als Satoru er niet was geweest.
Satoru had blijkbaar een goed woordje voor hem gedaan bij de klassenlerares. Daigo had geen idee wat Satoru tegen haar had gezegd, maar op een dag hield ze hem plotseling tegen op de gang en met een betraand gezicht bood ze haar verontschuldigingen aan.
'Het spijt me, Daigo. Ik heb jouw verdriet niet goed ingeschat.'
Daigo voelde dat er een geweldig misverstand zat aan te komen, maar het was hem te veel moeite om zijn kant van het verhaal uit te leggen. Hij volgde Satoru's advies om volwassen te worden op, en met een kort 'Het is al goed' deed hij de zaak af.
'Wees maar gerust, ik zal het vanaf nu niet meer over je familie hebben.'
Al met al bleef het misverstand over zijn gezinssituatie dus bestaan. Alleen Satoru begreep hem echt.
'Mijn ouders werken allebei,' had Daigo aan Satoru uitgelegd, 'en ze vinden het veel te leuk wat ze doen.' Zijn vader was werkzaam in de productontwikkeling bij een Japans elektronicaconcern en zijn moeder werkte voor een buitenlandse handelsfirma. Ze waren bijna nooit tegelijk thuis en het kwam regelmatig voor dat Daigo zijn ouders een paar dagen niet zag.

'En vanaf dit voorjaar hebben ze het nog eens extra druk, zodat thuis er helemaal bij inschiet. Dat betekent dat ze dus ook geen tijd voor mij hebben.'

Ze probeerden de verantwoordelijkheid voor hun zoon op elkaar af te schuiven en binnen de kortste keren lag heel het gezin overhoop.

'Daarom besloten ze om mij voorlopig maar naar mijn oma van vaderskant te sturen totdat alles weer wat tot bedaren komt.'

'O, wat sneu.'

'Dat ik mijn vrienden niet meer kan zien vind ik wel moeilijk.'

Daigo vond het niet zo zwaar om bij zijn ouders weg te zijn.

'Bovendien was ik in de vakanties altijd al bij mijn oma, en ik ben erg op haar gesteld. Zo heel veel verandert er dus niet met vroeger. Dat onze lerares dat nu zo breed moet uitmeten?'

Zoveel stelde het allemaal niet voor. Er waren genoeg kinderen die veel ergere dingen hadden meegemaakt – zoals Satoru bijvoorbeeld. Het moest een zware tegenslag zijn om op zo'n jonge leeftijd je ouders te verliezen, maar Satoru was altijd zo opgewekt dat hij je zijn achtergrond totaal deed vergeten.

'Hé, Daigo.' Een klasgenoot riep hem en onderbrak hun gesprek. 'Heb je interesse om bij de judoclub te komen?'

'Nee,' antwoordde hij onmiddellijk.

De klasgenoot liet teleurgesteld zijn schouders hangen, maar hij bleef een poosje aandringen en probeerde Daigo te paaien met de belofte om hem een vaste positie binnen het team te geven. Toen de jongen vroeg: 'Nou, wat zeg je ervan?' en Daigo recht voor z'n raap antwoordde: 'Het lijkt me niks,' gaf zijn klasgenoot het eindelijk op en liep hij weg.

Omdat Daigo goedgebouwd was kreeg hij de hele tijd uitnodigingen van sportclubjes, maar hij wees ze allemaal af.

'Wil je niet bij een club?' vroeg Satoru.

'Ik heb niet zoveel met sport,' antwoordde hij. Daigo was sterk, maar hij vond al die spelregels maar niets en blonk in geen enkele sport uit.

'En iets anders dan?'

'Als er een tuinierclub is wil ik er best op.'

Zijn oma kwam van een boerenfamilie. Hij kwam van jongs af aan bij haar over de vloer, en hield ervan om met zijn handen in de aarde te wroeten. Een paar jaar geleden was zijn opa overleden, maar zijn oma werkte nog altijd op het land en hij hielp haar daarbij.

'In een hoek van het schoolterrein staat een broeikas. Ik vraag me af of ze die nog gebruiken.' Daigo was al nieuwsgierig naar de oude kas sinds hij op school was gekomen. Misschien kon hij er iets kweken.

'Daar heb ik nooit zo over nagedacht. Wil jij er iets mee doen?'

'De akkers van mijn oma zijn allemaal buiten, weet je. Ik heb nog nooit in een kas gewerkt.'

'Je vindt het echt leuk om te doen, hè?'

Daigo dacht dat het onderwerp daarmee was afgedaan, maar een poosje later begon Satoru er opnieuw over.

'Nog even over die tuinierclub. Een aantal jaar geleden zijn ze gestopt omdat ze geen leden meer hadden. Maar als je interesse hebt wil de leraar van algemene natuurwetenschappen wel toezicht houden, zelfs als we maar met z'n tweeën zijn. En we mogen de kas gebruiken.'

Er waren twee dingen waarover Daigo zich verbaasde: ten eerste dat Satoru het daadwerkelijk voor hem had uitgezocht, en ten tweede dat hij zelf ook mee wilde doen.

'Doe jij soms ook mee?'

'Ik ben ook nog nergens lid van, maar ik wil het wel met je proberen.'

'Maar je hebt toch helemaal niets met tuinieren?'

'Het is niet zozeer dat ik er geen interesse in heb, ik heb gewoon nooit de kans gehad. Ik ken geen enkele boer in mijn omgeving.'

'O, helemaal niemand? Ook niet je opa en oma of zo?'

Een echte stadsjongen, dacht Daigo onder de indruk, maar Satoru wuifde het weg.

'Dat is het niet,' zei Satoru. 'Mijn ouders hadden beiden nauwelijks contact met hun familie. Mijn opa en oma van moederskant zijn overleden toen mijn moeder jong was en mijn vader kon niet zo goed overweg met zijn ouders. Ik zag ze praktisch voor het eerst van mijn leven op de begrafenis van mijn ouders, maar toen heb ik nauwelijks met ze gepraat.'

Dus daarom had Satoru's tante zich over hem ontfermd. Het leek Daigo dat je naar je opa en oma ging als je ouders overleden – als ze nog gezond waren. Dat een alleenstaande vrouw je in huis nam, was toch apart.

'Als ik het niet probeer nu ik er de kans toe heb, doe ik het waarschijnlijk de rest van mijn leven nooit meer.' Satoru begon te lachen. 'Eigenlijk droom ik er stiekem een beetje van om op het platteland te wonen. Midden tussen de velden, zoals in de animatiefilm *Mijn buurman Totoro*.'

En zo begonnen ze met zijn tweeën met tuinieren. Daigo's oma nodigde Satoru uit om bij hen thuis langs te komen en het echte buitenleven te ervaren als dat zo bijzonder voor hem was. Satoru zelf woonde in het centrum van het provinciestadje en had normaal gesproken weinig te zoeken in de buitenwijken waar de akkers en rijstvelden zich uitstrekten.

Hij was een sleutelkind; zijn tante was altijd druk aan het werk. Al snel kwam hij geregeld op bezoek bij Daigo, en in het weekend bleef hij soms logeren.

'Hopelijk zullen jullie goede vrienden worden, jongens,' zei Daigo's oma, zoals alle ouderen plegen te doen als een klasgenootje van hun kleinkind voor het eerst langskomt om te spelen. 'Kan Daigo het op school een beetje vinden met iedereen? Hij wordt toch niet gepest, hè?'

'Dat zit wel goed, hoor,' antwoordde Satoru. 'Het lijkt me vrij onwaarschijnlijk dat iemand Daigo ooit zou pesten.'

Daigo gaf hem een por met zijn elleboog. 'Wat bedoel je daar nou weer mee?'

'Dat weet je donders goed.' Satoru gaf hem een stomp terug.

Daigo's oma was maar wat blij dat haar kleinkind iemand mee naar huis nam, want ze had zich bezorgd afgevraagd of hij op zijn nieuwe school wel snel vrienden zou maken. Het duurde niet lang voordat ze erg op Satoru gesteld raakte.

'Zal ik een videospel of iets anders voor jou en Satoru kopen?'
Ze vroeg dit omdat ze bang was dat het werk op het land Satoru ging vervelen.
'Die heb ik al, en Satoru heeft ze ook.'
'Maar willen jullie dan niet nog iets anders om mee te spelen?'
'Maak je nou maar geen zorgen.' Satoru genoot van het boerenwerk op het land alsof het een soort uitstapje was. 'Op school zijn we samen een tuinierclub begonnen. Volgens mij vindt hij het heel erg leuk om te doen, hoor.'
'Is dat zo? Nou, dan is het goed,' zei zijn oma gerustgesteld. 'Ik ben in ieder geval blij dat je hier zo'n goede vriend hebt weten te vinden. Is alles toch nog goed gekomen.'
Zijn oma zei dat niet alleen deze ene keer, maar liet het zich om de haverklap ontvallen. Net alsof ze zichzelf ervan wilde overtuigen dat ze er echt gerust op kon zijn. Dat stak Daigo een beetje: was hij voor zijn oma dan nog steeds een klein kind?
Ze vond Satoru een voorkomende jongen en bovendien was hij een vriend van haar kleinzoon – vandaar dat ze hem maar al te graag vertroetelde. Ook Satoru raakte op zijn beurt erg op haar gesteld.
'Geluksvogel die je bent. Had ik ook maar zo'n oma!'
Met zijn eigen opa en oma had Satoru nauwelijks contact, het was voor hem een heel nieuwe ervaring om bij een ouder iemand over de vloer te komen.
'Als je met een oude vrouw als ik genoegen neemt, beschouw het hier dan maar als het huis van je eigen oma waar je altijd in en uit kunt lopen.'
Daigo was ontzettend blij dat zijn oma dat tegen Satoru zei.
'Jouw oma is echt aardig, Daigo.'
Daigo wist dat Satoru jaloers op hem was omdat hij zo'n lieve oma had, maar hij had er nooit iets naars over gezegd. Hij wist maar al te goed dat Satoru zijn best deed om zijn tante zo min mogelijk tot last te zijn, en hij wist natuurlijk ook dat Satoru verder niemand had op wie hij zich kon verlaten.

'Je mag altijd bij ons langskomen, dat weet je, hè? Mijn oma is dol op je,' verzekerde Daigo zijn vriend van tijd tot tijd.

Satoru knikte daarop altijd glunderend.

Op een middag wierp Daigo tijdens de les een blik uit het raam. Hij had het warm. De lucht vlak boven de grond trilde van de hitte. Op het weerbericht spraken ze al van middagtemperaturen die op zouden lopen tot boven de 30 graden Celsius – die tijd van het jaar was het.

Ineens schoot hem iets te binnen, en hij schoof zijn stoel wild achteruit en sprong op. De docent en zijn klasgenoten keken allemaal verschrikt in zijn richting.

'Daigo, wat heb jij opeens?' viel de docent tegen hem uit.

'Niks,' zei hij, en hij maakte aanstalten om het lokaal uit te hollen.

'Wácht!' riep Satoru, die binnen de klas de taak op zich had genomen om er op dit soort momenten iets van te zeggen. 'Waar ga je nou heen?'

'Ik kom meteen terug!'

'Daigo!'

In plaats van de leraar kwam Satoru achter hem aan het klaslokaal uit gerend.

'Wat heb je toch?'

'De kas. Ik ben vanmorgen vergeten de ventilatieroosters open te zetten. Met dit soort temperaturen wordt het er kokend heet.'

Behalve tomaten kweekten ze nog een aantal andere groenten en ze verzorgden ook de orchideeën van hun leraar algemene natuurwetenschappen. Tomaten kunnen niet goed tegen regen en dus was een dak erboven ideaal, was het niet dat de streek waar ze woonden een gematigd klimaat had en het in de zomer veel te warm werd in zo'n kas.

'Je had best even kunnen wachten tot de pauze! Het is nog maar een halfuurtje.'

'Maar het is nu het warmste moment van de dag. Hoe eerder we de warmte weglaten, hoe beter.'

'Doe dan ten minste alsof je naar de wc moet of zo! Het is je eigen schuld als ze onze tuinierclub verbieden.'
'Zeg maar dat ik naar de wc ben dan.'
'O, wat ben je ook hopeloos.' Satoru zuchtte en liep terug naar het lokaal.
'Daigo is door guerrilla's aangevallen, zegt hij!'
Er ontstond rumoer in de klas toen Satoru zijn verslag deed.

Hoewel ze de klas zo van tijd tot tijd in verwarring brachten, slaagden ze er nog voor de zomervakantie in een rijke oogst aan tomaten en andere groenten binnen te halen. Ook de orchideeën van de leraar waren van de verwelking gered.

Toen Daigo, Satoru en de leraar de groenten verdeelden, kreeg Daigo een paar extra tomaten toebedeeld. De tomaten van zijn oma hadden door de aanhoudende slagregens in het regenseizoen flink te lijden gehad en de oogst was grotendeels mislukt.

'Neem er nog maar een paar. Mijn tante en ik zijn maar met z'n tweetjes dus zoveel hoef ik er niet,' zei Satoru, en hij probeerde Daigo nog een stel tomaten toe te stoppen.

'Maar mijn oma en ik zijn thuis net zo goed met ons tweeën, en oma is hartstikke oud.' Daigo barstte in lachen uit.

'Van ons tweetjes ben jij anders degene die het meeste eet,' kaatste Satoru de bal terug. 'En jij wilde toch zo graag kastomaten kweken om aan je oma te geven?'

Satoru had in één semester behoorlijk wat kennis opgedaan over tuinieren. Het was hem niet ontgaan dat Daigo kastomaten had geplant zodat hij een reservevoorraad had voor zijn oma als haar oogst mislukte. Dankbaar pakte Daigo drie of vier tomaten extra.

'De eerste week van de zomervakantie ga ik naar mijn ouders,' zei hij.

'Ik snap het,' antwoordde Satoru meteen. 'Ik zorg dan wel voor de kas.'

Ze hadden hun eerste oogst binnen, maar er lagen nog genoeg groenten rijp te worden.

'Het is voor het eerst dat je teruggaat sinds je hier bent, toch? Hopelijk vermaak je je er een beetje.' Satoru begreep wel hoe de situatie lag, vandaar dat hij niet gewoon zei dat hij blij voor Daigo was. Zijn ouders zouden geen snipperdagen opnemen voor hun zoon, en hij ging alleen maar even terug om zijn gezicht weer eens te laten zien.

'Ach, kan ik mijn vrienden daar ook weer eens zien.'

Meer had Daigo niet om naar uit te kijken.

'Als er weer wat tomaten rijp zijn in de tijd dat jij er niet bent dan breng ik ze wel naar je oma.'

Zijn oma bracht hem in haar tuffende pick-uptruckje naar het vliegveld en Daigo vloog terug naar Tokio.

Er stond niemand te wachten om hem op te halen van luchthaven Haneda nadat hij was geland. Zo ging het altijd, ook die keren dat hij in de schoolvakanties naar zijn oma was geweest. Hij woonde met zijn ouders in een appartement in een voorstadje dat met de shuttlebus goed te bereiken was. Nu hij het hele semester bij zijn oma had gewoond, kwam het hem allemaal nog benauwender voor.

Meteen de eerste dag kreeg hij de sleutel en daarna moest hij het verder zelf maar uitzoeken.

Maar zo'n drie dagen nadat hij was thuisgekomen, kwamen zijn ouders alle twee vroeg terug van hun werk. Zijn moeder kookte zelfs voor hen en ze gingen met zijn drietjes rond de eettafel zitten.

Na het eten zette zijn moeder thee, iets wat al helemaal nauwelijks voorkwam. Daigo raakte volkomen in de war: wat gebeurde hier allemaal?

Zijn vader, die tegenover Daigo zat, keek hem ernstig aan.

'We moeten je iets belangrijks vertellen,' begon hij.

Zijn moeder ging naast zijn vader zitten – dit leek geen gezellig gesprek te gaan worden.

'Je moeder en ik hebben besloten om te gaan scheiden.'

Ah, dus toch. Hij had altijd al geweten dat deze dag zou komen. Zijn vader en moeder hielden nu eenmaal veel te veel van hun werk.

'Daigo, bij wie wil je wonen? Bij je moeder of bij mij?'

Hij keek naar de uitdrukkingen op hun gezichten en realiseerde zich met een schok hoe de vork in de steel zat.

Ze slikten en wachtten vol spanning af – niet om gekozen te worden, maar juist om niet gekozen te worden. Nee, ze staken het niet onder stoelen of banken, deze twee. Mochten ze gekozen worden dan zouden ze daarin berusten en het minimale doen wat van hen werd verwacht. Maar als het even kon, hoopten ze dat hij zou kiezen voor de ander.

'Sorry,' bracht Daigo uiteindelijk uit. 'Ik kan niet meteen tot een besluit komen. Ik wil wat meer bedenktijd.'

Zijn ouders haalden zichtbaar opgelucht adem. Ze waren blij dat de loden last niet direct op hun bordje kwam te liggen.

'Is het goed als ik morgen weer naar oma ga?'

Daigo wist zich geen houding meer te geven nu het zo duidelijk was dat hij zijn ouders, om het even wie van de twee, tot last was. Ze hadden natuurlijk geen enkele reden om hem tegen te houden, dus de volgende dag stapte hij even na het middaguur weer op het vliegtuig. Omdat de vliegmaatschappij een uitstekende dienstverlening had voor alleenreizende kinderen, hoefden zijn ouders hem niet te komen uitzwaaien. Een geschenk uit de hemel.

Zijn oma kwam hem op de luchthaven ophalen en andermaal tuften ze in haar pick-uptruckje terug naar de boerderij.

'Vader en moeder gaan scheiden.'

'O, is dat zo?' antwoordde zijn oma.

'Bij wie van hen moet ik nou blijven?'

'Dat is om het even, Daigo. Je kunt gewoon bij mij blijven wonen.'

Hij kreeg een brok in zijn keel.

'Je hebt hier nu een goede vriend, dus alles is goed, jongen.'

Dat was waar ook, drong het tot hem door.

Zijn oma had vanaf het begin al geweten dat het hier op uit zou draaien, vanaf het moment dat ze zich over hem had ontfermd. De brok in zijn keel groeide en groeide, en tegen de tijd dat ze bij de boerderij aankwamen deed het bijna pijn.

'Ik ga even langs school.'

Eenmaal thuis kleedde hij zich snel om in zijn schooluniform. Vakantie of niet, de leerlingen mochten het schoolterrein niet op in vrijetijdskleren.

'Zou je niet wachten tot het wat later is? Het is nu zo ongelooflijk warm.'

'Ik maak me zorgen over de kas.'

Daigo schudde de bezwaren van zijn oma van zich af en reed op zijn fiets richting school. Terwijl hij verwoed trapte zonk de brok van zijn keel naar zijn maag.

In het fietsenhok stond de fiets van Satoru. Daigo liep naar de kas en zag dat Satoru opgewekt in z'n eentje tomaten en komkommers aan het plukken was.

'Hoi,' begroette Daigo hem achteloos vanaf de ingang.

'Hé, waar kom jij nou –?' Satoru's stem sloeg over. 'Ik dacht dat je pas veel later terug zou komen?'

'Ja, er waren wat problemen.'

Ze wasten de groenten bij de waterkranen buiten en in de schaduw van het schoolgebouw begon Daigo de reden voor zijn vroege thuiskomst uit te leggen. In zijn ooghoek zag hij dat de spelers van de honkbalclub in de weer waren met slagoefeningen. Boven het zand danste de lucht van de hitte. Hij was ervan onder de indruk dat ze zo fanatiek bezig konden zijn.

'Ik had er niet zoveel achter gezocht toen ze me naar mijn oma stuurden. Ik was er onderhand wel aan gewend dat mijn ouders me altijd maar een beetje links lieten liggen.'

Het medeleven van de klassenlerares was misschien toch niet zo heel misplaatst geweest.

'Ze waren al die tijd al bezig met hun scheiding. Had ik moeten opmerken, maar ik zag het niet.'

'Dat is niet waar,' bracht Satoru in. Hij had stilletjes zitten luisteren en knikken, maar nu opende hij zijn mond. 'Je wilde er gewoon niet aan denken.'

Daigo kreeg opnieuw een brok in zijn keel. *Hou daarmee op, sukkel*, zei hij tegen zichzelf.

*Je bent zo'n makkelijke jongen, Daigo.* Wat nu als hij wél een lastpak was geweest die zijn ouders alleen maar hoofdpijn bezorgde?

Van jongs af aan wist hij dat zijn ouders heel erg van hun werk hielden. Hij wist ook dat ze nauwelijks in hem waren geïnteresseerd. En dus had hij besloten om een voorbeeldig kind te zijn dat hun zo min mogelijk last bezorgde.

Daigo kon al die tijd dat hij thuis in z'n eentje moest wachten vrij ademen. Tijdens de weinige momenten dat het gezin bij elkaar was, was niemand in een slechte stemming. Misschien had hij deze situatie juist wel in het leven geroepen doordat hij aan rust in de tent op de korte termijn de voorrang gaf.

*Een gemeenschappelijk kind houdt man en vrouw te vriend*, luidt het spreekwoord. Maar als het erop aankwam kon een kind als hij zijn ouders onmogelijk bij elkaar houden. Misschien had een kind dat jengelde en zich misdroeg omdat het zich niet bemind voelde het huwelijk van zijn ouders wél kunnen redden.

*Genoeg.* Daigo schudde zijn hoofd om de rondrazende gedachten tot stilstand te brengen. Hij had er niets aan om over dingen te peinzen die toch niet meer teruggedraaid konden worden. Het deed alleen maar die tweede brok in zijn keel groeien. En die was al groot genoeg.

'Ach ja,' zei hij hardop om zijn terugkerende gedachten de kop in te drukken. 'Er zijn wel meer ouders die scheiden.'

Hij had gedacht om dit luchtig te zeggen, maar zijn stem trilde. Zou Satoru het gehoord hebben?

'Jij hebt het toch veel zwaarder, Satoru.'

'Zoiets moet je niet met elkaar vergelijken. Ik heb inderdaad mijn ouders verloren, maar dat neemt niet weg dat het zielig voor jou is – dat het zíéliger voor jou is.'

'Maar ik heb mijn oma nog.'

'Maar mijn ouders hebben mij nooit gezien als een last.'

Daigo had daarop niks terug te zeggen. De brok in zijn keel barstte eindelijk open. Voor het eerst sinds hij had gehoord dat zijn ouders gingen scheiden, huilde hij. Toen hij uiteindelijk tot bedaren kwam, vroeg Satoru: 'Wil je er een?' en hij stak Daigo een tomaat toe.

Dat meen je niet, dacht ik terwijl ik Daigo gadesloeg.

Ik zat naast mijn reismand. Satoru weigerde namelijk het deurtje dicht te doen. 'Kom er maar weer uit zo gauw je je op je gemak voelt,' zei hij. Maar met het luikje wagenwijd open kwam dat verdomde oranje gestreepte katertje met de bespottelijke naam Chatran steeds naar binnen geklauterd en was het ondraaglijk om in mijn mandje te blijven zitten.

Ja, Tijger. Jouw baasje is kennelijk ook door zijn ouders verstoten. Maar het katje was aan het stoeien met een speelgoedmuis en ging daar zo in op dat hij mij niet hoorde. Haha, ik vraag me af wanneer je inziet hoe vruchteloos het is om met die nepmuis te spelen.

Ik moest natuurlijk ook niet denken dat het mogelijk was om een zinvol gesprek aan te knopen met zo'n klein, jong ding. Hij was van de leeftijd waarop hij at, door de kamer rondsprong en daarna pardoes in slaap donderde alsof zijn batterijen het plotseling begeven hadden.

En als hij wel net bezig was om me iets te vertellen, hoefde hij maar lichtjes door een opwaaiend gordijn of zo aangeraakt te worden, en hij liet alles varen en stortte zich erop. Was ik ook zo'n idioot toen ik zijn leeftijd had? Ik zou toch denken dat ik wel ietsje beter bij mijn verstand was. Maar ach, er zijn nu eenmaal individuele verschillen in mentale ontwikkeling, hè? Het zou al te sneu zijn om hem te vergelijken met zo'n zeldzaam wijze kater als ik.

Zijn verhaal bestond uit losse flarden doordat hij telkens zijn aandacht verloor, maar wanneer ik alle snippers op de juiste manier met elkaar verbond, klonk het zo: van alle broertjes en zusjes in het nest was hij het zwarte schaap, en toen zijn moeder op zoek ging naar een nieuwe slaapplek kon hij haar tempo niet bijhouden en werd hij achtergelaten.

Dat kwam inderdaad weleens voor in de kattenwereld. Lastig groot te brengen katjes of slome duikelaars worden makkelijk verstoten. Al doet een moederkat nog zo haar best, er is een grens aan hoeveel melk ze kan geven, en ze verspilt het liever niet aan duffe katjes.

In mijn eigen nest had er ook zo eentje tussen gezeten. Een schim was hij. Soms wist je niet eens zeker of hij er nu wel of niet was, totdat het plotseling op een dag tot ons doordrong dat hij al een hele poos nergens meer te bekennen was, alsof hij überhaupt nooit had bestaan.

Voor zijn leeftijd was Tijger aan de kleine kant. Je kon wel zeggen dat hij alles tegen had gehad. Daigo had puik werk geleverd. Je kunt nog zo je handen uit de mouwen steken, met zo'n futloos geval is in de meeste gevallen niets te beginnen.

Het was misschien onbeschoft van Daigo om iemand meteen bij de eerste ontmoeting in zijn nekvel te grijpen. Toch kon er geen twijfel over bestaan: hij had een hart van goud, anders had hij dat onbeholpen katje wel aan zijn lot overgelaten.

Het gebeurde dus dat mensen die groot en sterk waren en heel makkelijk op te voeden leken toch gewoon in de steek werden gelaten. Een beetje triest eigenlijk. En dat terwijl hij op een voorkeursbehandeling had kunnen rekenen als hij een kat was geweest.

Maar goed, dat daargelaten.

Nu je aan een zekere dood bent ontsnapt, moet je dan niet iets terugdoen voor Daigo om je dankbaarheid te tonen? Jazeker, ik heb het tegen jóú.

Het oranje gestreepte katje deed heel even alsof hij zijn oren spitste, maar blijkbaar had hij geen flauw benul waar het over ging want hij begon met mijn staart te ravotten.

Hm, het gespreksniveau moest dus nog verder naar beneden.

Hé jij daar, vind je Daigo lief?

Nu had ik beet. Terwijl hij op mijn staart kauwde, knikte hij. Hé, dat doet pijn, mafkees! Hup, ik zwiepte mijn staart omhoog.

Als je hem lief vindt, wil je hem dan niet blij maken?

Hij trok zich niets aan van mijn vermaning, klampte mijn staart vast en begon er opnieuw op te kauwen. Ik zeg je toch dat het pijn doet! Hup!

Daigo ziet het liefst dat katten muizen vangen, begrijp je dat? Als je nou eens een flinke kat zou worden die muizen vangt, dan weet ik zeker dat hij zijn geluk niet op kan.

Tijger hield op met kauwen. Ik had zijn interesse gewekt.

Maar dat kun je nu nog wel vergeten. Niet eens in de buurt ben je. Op deze manier is een muis, wat zeg ik, zelfs het vangen van een hagedis veel en veel te hoog gegrepen voor jou.

Luister: als je wilt breng ik je de beginselen van de jacht bij. Hoe lijkt je dat? Maar met jagen alleen ben je er niet. Ik leer je ook in een straatgevecht met rivalen niet het onderspit te delven. Daigo zal zich nog zorgen maken als je het keer op keer moet afleggen tegen anderen.

Nu ik het zo voor hem uitspelde, snapte hij eindelijk waar ik naartoe wilde. Hij ging rechtop zitten en smeekte me om hem alles te leren. Goed zo, jongen, in de kattenwereld moet je goede manieren tonen.

Toen ik hem de kunst van het jagen begon bij te brengen, bracht Satoru een kreet uit van blijdschap.

'O! Kijk nou, Daigo. Ze zijn samen aan het spelen!'

'Hebben ze geen ruzie?'

'Nee joh, Nana houdt zich in.'

Dit is geen spel hoor, maar les. Ach, laat ook maar.

'Als ze een beetje vertrouwd met elkaar raken kan ik Nana misschien zo bij je achterlaten.'

Als jullie nu gewoon eens op jezelf letten in plaats van op ons, dan kan ik mijn ding doen.

Satoru keek toe hoe het oranje gestreepte katje op mijn aanwijzingen boven op de speelgoedmuis sprong, en vernauwde zijn ogen tot spleetjes.

'Precies zo speels als mijn vroegere kat.'

Wat je zegt, speels. Als hij zich verborgen moet houden, trekt de leukerd veel te veel aandacht met zijn staart. Hij houdt hem niet gedeisd zoals ik, maar strekt hem volledig uit en zwaait er als een helikopterpropeller mee in het rond. En wanneer hij laag bij de grond op de loer gaat liggen, torent hij met zijn hele lichaam overal bovenuit.

'Hoe was dat bij Nana?'

'Ik heb Nana pas gevonden toen hij al volwassen was, dus hoe hij als jong katje was weet ik niet. Dat vind ik nog steeds erg jammer. Ik weet zeker dat hij erg schattig was.'

Wis en waarachtig! Zo schattig als ik als katje was... Voorbijgangers verdrongen zich om mij met iets lekkers te kunnen vereren. Er waren er zelfs bij die naar de supermarkt snelden om wat voor me te kopen, zodra ze me ontdekten.

'Trouwens,' zei Daigo alsof het hem net te binnen schoot. 'Heb je die kat die je vroeger had daarna nog weleens gezien?'

'Helaas niet, dat was de laatste keer. Toen ik in de bovenbouw van de middelbare school zat is hij doodgegaan.'

'Ach,' zuchtte Daigo. Hij klonk oprecht bedroefd.

'Had je hem toen maar kunnen zien. Sorry nog daarvoor.'

'Nee joh, ik ben degene die... Ik ben je echt heel erg dankbaar, Daigo. Ik wilde hoe dan ook niet dat mijn tante erachter zou komen.'

Nee toch, Satoru! Heb je op de middelbare school soms wat op je kerfstok gehad?

Ik instrueerde het oranje gestreepte katje om de kunstgrepen die ik hem had geleerd in zijn eentje verder te oefenen, en richtte al mijn aandacht op het gesprek van Daigo en Satoru.

～

Het huwelijk van Daigo's ouders werd met wederzijdse instemming ontbonden en zijn vader kreeg het ouderlijk gezag toegewezen. Daigo had namelijk aangegeven dat hij bij zijn oma wilde wonen. Hij ontkwam daardoor ook aan de rompslomp die het veranderen van zijn achternaam met zich meebracht.

Van hun ketenen bevrijd, nam zowel zijn vader als zijn moeder een baan in het buitenland aan en het leek goed met hen te gaan. Daigo van zijn kant voelde zich als een vis in het water bij zijn oma, alsof het nooit anders was geweest.

Er ging een klein jaar voorbij. Ze zaten in de derde klas van de middelbare school en in het eerste semester hadden ze hun eindejaarsreis van de onderbouw. De bestemming van hun schoolreis was de stad Fukuoka op het zuidelijke eiland Kyushu.

Het viel Daigo op dat Satoru uit zijn doen was – hij wist dat Satoru's ouders bij een verkeersongeval om waren gekomen toen hijzelf met zijn klas op reis was.

Al vanaf hun vertrek keek Satoru een beetje somber. Tijdens het vrije uurtje op de eerste dag struinden ze met hun vaste vriendengroep door Fukuoka, maar Satoru hield zich opvallend stil.

Zou zijn vriend in de put zitten doordat er allerlei herinneringen bij hem bovenkwamen, dacht Daigo bezorgd, maar met de anderen erbij zag hij geen kans om hem op te beuren.

Na het avondeten, toen ze in de souvenirwinkel van het hotel wat stonden te keuvelen, zag hij eindelijk kans om hem apart te nemen.

'Gaat het?'

Satoru keek bedachtzaam. Heel even keek hij op naar Daigo, om daarna meteen zijn ogen weer neer te slaan.

'Ik vroeg me af of ik naar Kokura zou kunnen,' fluisterde Satoru.

Vanaf station Hakata was het met de shinkansen-trein een ritje van nog geen twintig minuten naar Kokura. In principe was het dus mogelijk. Ware het niet dat ze op schoolreis waren.

Hun docenten hadden zich op hun surveillanceposities opgesteld en hielden de leerlingen scherp in de gaten. Het reisschema was tot op de minuut nauwkeurig opgesteld en eindigde elke dag met inchecken in hun hotel, waarna ze onder geen beding nog naar buiten mochten. In de lobby stond voortdurend een van de docenten op wacht. Ieder die 's avonds probeerde naar buiten te glippen om te gaan stappen, kon verwachten linea recta naar huis gestuurd te worden.

Praktisch gesproken was het dus niet mogelijk. Maar Satoru was niet op zijn achterhoofd gevallen, en hij zou nooit zoiets uitkramen zonder er een goede reden voor te hebben.

'Hoezo dat?' vroeg Daigo.

'In Kokura heb ik verre familie wonen.' Satoru keek nog steeds wezenloos voor zich uit. 'Degenen die mijn kat hebben geadopteerd. Mijn tante heeft het veel te druk, dus ik kan haar niet zomaar vragen om me eventjes naar Kokura te brengen alleen maar om mijn kat te zien. Ik had gedacht in het vrije uurtje tussen de middag misschien weg te kunnen glippen.'

'Wil je hem zo graag zien, die kat van je?'

'Hij is familie,' antwoordde Satoru bedeesd.

*Op die manier.* Daigo vouwde zijn armen over elkaar. Zelf had hij nog nooit een huisdier gehad. En hij had ook niet speciaal een zwak voor katten. Maar voor Satoru was zijn kat de laatste die de herinnering aan de gelukkige tijd van vroeger met hem deelde. Het was de kat die hij samen met zijn ouders vertroeteld had. Die redenering kon Daigo prima volgen.

Goed.

Het was dus maar een kat, maar tegelijk niet zomaar een kat. Het was voor zijn vriend de enige op deze hele wereld.

'Laten we nu gaan!' zei Daigo.

Maar Satoru krabbelde terug. 'Ik weet het niet,' trilde hij.

'We hebben nog drie uur tot de lichten uit moeten. Je hebt het adres toch?'

Satoru's familie bleek te wonen in een flat niet ver vanaf station Kokura.

'Als we het bad overslaan halen we het met gemak. Als je het niet erg vindt om je zakgeld eraan op te maken.'

Voor een retourtje Kokura waren ze minstens een paar duizend yen kwijt.

'We zeggen natuurlijk niets tegen de andere jongens van onze groep, anders zijn die straks ook de pineut als we gesnapt worden. Als het tijd is om in bad te gaan zeggen we gewoon dat ze maar alvast moeten gaan en dat wij iets later komen.'

'Als ik ga, ga ik alleen. Ik wil er verder niemand in betrekken.'

'Doe niet zo raar. We zijn toch vrienden?' Daigo sloeg hem op zijn rug en legde hem zo het zwijgen op.

Het was hun verboden om vrijetijdskleren mee op reis te nemen, dus konden ze enkel kiezen tussen hun schooluniform en hun pyjama. Ze sliepen allebei in een trainingspak, dus dat kozen ze om in te ontsnappen. Dat viel minder op dan een uniform.

Toen het hun beurt was om in bad te gaan deden ze alsof ze nog niet klaar waren en ze lieten de andere jongens die in dezelfde kamer sliepen alvast vooruitgaan naar het gemeenschappelijke bad.

Ze wachtten drie minuten en gingen toen de gang op. In de lobby stond een docent op wacht, wisten ze, dus die route hadden ze meteen al uitgesloten. Ze hadden hun hoop gevestigd op de nooduitgang. Maar de klink van de branddeur was voorzien van een plastic veiligheidsgrendel en het zou opvallen als die eraf was. Je kon er donder op zeggen dat zo gauw een van hun docenten het in de gaten kreeg, ze onmiddellijk alle koppen gingen tellen.

'Wat doen we nu?' peinsde Satoru. 'Reken maar dat ze hier ook patrouilleren.'

'Naar boven!' Daigo trok Satoru achter zich aan en duwde hem de lift in. 'Op een andere verdieping komen ze er nooit achter wie het gedaan heeft.'

Het hotel had gastenkamers vanaf de vierde verdieping en hoger, en zij gebruikten voor hun eindejaarsreis de vierde, vijfde en zesde verdieping, zo was hun verteld. Toen ze op de zevende verdieping uitstapten, verbaasden ze zich dat het zo stil in het hotel kon zijn.

'Oké, daar gaan we!'

Ze trokken de veiligheidsgrendel eraf, duwden de loodzware branddeur open en belandden in een somber trappenhuis dat bekleed was met linoleum. Ze stormden naar beneden.

Eenmaal op de begane grond bleek de trap uit te komen op de dienstuitgang. Met een gladgestreken gezicht stapten ze op de deur af, maar iemand riep hun achterna. 'Hé, jullie daar!' Ze draaiden zich geschrokken om en zagen dat het een hotelmedewerker was.

'Jullie zijn toch niet van die schoolklas?'

Ze vloekten binnensmonds. Blijkbaar was het personeel gevraagd om een extra oogje op de leerlingen te houden zodat ze niet op de loop gingen.

'Nee, hoor!' Daigo reageerde vliegensvlug. Hij draaide zich om en maakte aanstalten om naar buiten te stappen.

'Staan blijven jullie!' De man kwam achter hen aan.

'Rennen!' Daigo zette het op een lopen met Satoru in zijn kielzog.

'Hou die kinderen tegen!'

Uit het niets verschenen meerdere hotelmedewerkers en slingerend tussen alle hindernissen door renden ze door het hotel om uiteindelijk toch in de lobby terecht te komen. Hun klassenlerares uit de tweede had de wacht – de knappe juffrouw die er een handje van had om haar medeleven te tonen.

'Daigo en Satoru! Wat spoken jullie uit?'

Satoru had gedacht dat Daigo hun poging hier wel zou staken, maar Daigo bulderde: 'Doorstoten nu, niet aan de gevolgen denken!' Satoru's versnelling deed niet onder voor die van zijn vriend. De lerares zwaaide met haar armen in het rond om hen tegen te houden, maar ze glipten eronderdoor en sprongen het gedrang in van de straat voor het hotel.

Allebei schoten ze in de lach. Ze hadden net zo goed meteen de voordeur kunnen nemen. Ze renden op een drafje verder om hun achtervolgers van zich af te schudden.

'Luister,' begon Satoru, 'als ze ernaar vragen hou het er dan maar op dat we zijn weggeglipt omdat ik wou gaan stappen.'

Ze liepen haastig door de onbekende straten terwijl ze aan voorbijgangers de weg vroegen, en na krap twintig minuten kwamen ze aan bij station Hakata. Juist toen ze aan het loket een kaartje naar Kokura wilden kopen galmde een stem door de stationsruimte.

'Hé daar, jullie twee!'

Het was de gymleraar. Ze stoven bij het loket vandaan, maar Daigo werd bij zijn jasje gegrepen. Terwijl hij worstelde om los te komen kwamen er andere docenten bij en werd Satoru ook ingerekend. En dat was *The end*.

Ze werden naar de hotelkamer van de leraren geroepen en kregen flink de wind van voren.

'Waar hadden jullie in vredesnaam gedacht heen te gaan?' Ze

werden aan een kruisverhoor onderworpen waarop ze niet waren voorbereid. Ze staarden elkaar aan en wogen af wie van hen als eerste zijn mond open zou doen.

'Satoru,' was de knappe juffrouw hun voor. 'Valt het je misschien zwaar om op schoolreis te zijn?'

Alsjeblieft, dacht Daigo, stop met die onzin. Altijd maar dat medelijden. Zo'n soort bescherming had Satoru niet nodig. Hij had er een hekel aan als mensen dat deden.

'Dat is het niet,' zei Satoru. Het klonk neutraal, maar hij trok witjes weg. 'Ik wou gewoon gaan stappen. Echt waar.'

'Lieg niet tegen me. Zo ben jij helemaal niet, Satoru.'

Daigo schoot bijna in de lach. Wat weet jíj nou van Satoru. *Als ze ernaar vragen hou het er dan maar op dat we zijn weggeglipt omdat ik wou gaan stappen* – Satoru wilde niet aan de grote klok hangen dat hij van plan was geweest om naar zijn familie in Kokura te gaan om zijn kat te zien.

'Satoru, sorry. Hou maar op,' zei Daigo alsof hij zich gewonnen gaf. Meteen verplaatsten de docenten hun aandacht naar hem.

'Mevrouw, het is mijn schuld,' zei hij. 'Ik wou zo graag Nagahama-noedelsoep gaan eten. We waren bij het station om de weg te vragen. Ik heb lang geleden eens bij een eetstalletje in de wijk Tenjin noedels gegeten met mijn ouders, toen ze nog niet gescheiden waren. Nu we zo dicht in de buurt zijn, komen al die goede herinneringen aan mijn ouders en de fijne tijd die we toen samen hadden weer boven. Satoru was zo aardig om met me mee te gaan.'

De omstandigheden mochten dan verschillen – verongelukt tegenover een gestrand huwelijk – beide jongens waren van hun ouders gescheiden. Twee eenzame tieners die steun bij elkaar zochten: zie daar een verklaring voor hun gedrag.

'Daigo...' probeerde Satoru, maar Daigo viel hem in de rede.

'Laat nou maar.' *Hou je mond, Satoru, als je niet wilt dat iedereen het weet van je kat.*

De docenten deden er met een moeilijk gezicht het zwijgen toe. Ze zaten overduidelijk in dubio wat ze hier nu mee aan moesten – de jongens simpelweg een standje geven ging niet meer.

'We snappen best hoe jullie je voelen, maar regels zijn regels. Je kunt niet zomaar op eigen houtje de boel gaan verkennen terwijl we op schoolreis zijn, wat de reden daarvoor ook is,' merkte de gymleraar zuur op.

Daarmee was de kous af. Ze hoefden alleen nog maar hun hoofd te buigen en te zeggen dat het hun speet. Hun voogden werden wel op de hoogte gebracht en ze moesten voor straf, en als voorbeeld voor de rest, tot laat op de avond op hun knieën in de gang zitten.

Zodra Daigo weer thuis was van de reis klampte hij meteen zijn oma aan.

'Oma, alsjeblieft. Je moet iets voor me doen,' zei hij.

Hij wilde dat ze Satoru's tante zou bellen om zich voor hem te verontschuldigen. Hij wilde dat ze zich ervoor verontschuldigde dat hij Satoru erin betrokken had.

Zijn oma wist maar al te goed dat haar kleinzoon nooit in Tenjin was geweest met zijn ouders, maar zonder iets te vragen deed ze wat Daigo van haar verlangde.

'Het spijt me verschrikkelijk, hoor. Het is Daigo's schuld dat Satoru het ook heeft moeten bekopen.'

'Welnee, ik ben degene die zich moet verontschuldigen,' antwoordde Satoru's tante bedremmeld. 'Daigo wilde het plan laten varen, maar Satoru heeft hem meegesleurd.'

Satoru had op zijn beurt thuis ook een draai aan het verhaal gegeven.

'Dank je wel, oma.'

'Het is niets, hoor,' lachte zijn oma. 'Jullie zouden de regels nooit overtreden zonder goede reden.'

Daigo voelde een brok in zijn keel opkomen.

Zo'n tien jaar geleden was Daigo's oma overleden, op hoge leeftijd.

Satoru was verhuisd nadat ze beiden de onderbouw van de middelbare school hadden afgerond. Ze waren elkaar altijd brieven blijven schrijven en toen Daigo hem jaren later van zijn oma's dood op de hoogte bracht, kwam Satoru helemaal afgereisd om bij de begrafenis te zijn.

'Bedankt dat je speciaal gekomen bent,' zei Daigo.

Satoru glimlachte. 'Het was toch ook míjn oma?'

Daigo knikte glimlachend en slikte zijn opwellende tranen weg.

Zijn vader, de erfgenaam, had natuurlijk geen interesse om de boerderij over te nemen en wilde de grond en het huis overdragen aan familieleden in de buurt. Toen zijn oma slecht ter been was geworden hadden zij de rijstvelden en akkers immers bewerkt. Maar Daigo stelde voor dat hij de boerderij over zou nemen.

Zijn familieleden probeerden hem ervan te weerhouden. Het leverde immers geen cent op. Een vrouw kon hij dan ook wel vergeten, waarschuwden ze hem. Maar zijn vader, die nog steeds weinig belangstelling voor zijn zoon had, vond het zoals gewoonlijk allemaal best.

'Een vrouw heeft het me zoals mijn familie al voorspelde niet opgeleverd.'

'Ik had het anders wel geweten als ik een vrouw was geweest.'

'Als je een vrouw kent die jouw opvattingen deelt, stuur haar dan maar door,' zei Daigo en hij schonk een nieuw glas *shochu* voor zichzelf in.

Aan het begin van de avond waren ze even naar de velden wezen kijken, en daarna waren ze gaan borrelen. Satoru had eerst meegedaan met het bier, maar dronk later alleen nog gerstewater. Hij had nooit zo goed tegen alcohol gekund, en de laatste tijd viel drank steeds vaker verkeerd.

'Vind je het goed als ik morgen even bij het graf van je oma langsga voordat ik vertrek?'

Het graf lag in de heuvels achter het huis. In Daigo's kleine pick-up duurde het nog geen vijf minuten om er te komen.

Het was al erg lang geleden dat Daigo zijn jeugdvriend sprak, en hij had gedacht om tot diep in de nacht op te blijven, maar zijn lichaam was er zo aan gewend om vroeg te gaan slapen en weer vroeg op te staan, dat hij er niet eens in slaagde de datum op de klok te zien verspringen.

Satoru en Daigo stapten 's ochtends vroeg in de auto en reden weg – niet in de zilverkleurige minivan, maar in Daigo's kleine pick-uptruck.

Op naar het graf van zijn oma waar ze het gisteravond over hadden zeker.

Goed, ik op mijn beurt ga vandaag de puntjes op de i proberen te zetten. Hé, Tijger! Je herinnert je de les van gisteren nog, mag ik hopen? Tijd om de techniek van het straatgevecht nog eens door te nemen.

Ik plooide mijn neus en drukte mijn oren plat naar achteren.

Oké, je ziet een boze kat een gezicht trekken zoals ik nu. Wat doe jij dan?

Het katje plooide net als ik zijn neus, drukte zijn oren plat achterover, spande zijn lichaam bol als een boog en liet zijn haren en staart rechtovereind staan.

Kijk, kijk, goed gedaan.

Oké, we zijn toegekomen aan je laatste test. Zodra ik een boos gezicht trek, neem je onmiddellijk de gevechtshouding aan. Zorg ervoor dat je Daigo imponeert. Deze test duurt totdat wij weer weggaan, heb je dat? Niet verslappen nu!

Hij was voldoende strijdlustig, en daar kwamen Satoru en Daigo alweer terug. Op het moment dat ze de kamer binnenstapten instrueerde ik onze Tijger om zijn vechthouding aan te nemen. Hij blies en maakte zich groot door zijn staart en alle haren over zijn hele lichaam op te zetten, net een pluizenbolletje dat ontplofte. Hij was vastbesloten om Daigo te laten zien waar hij toe in staat was.

'Hé?!' Satoru slaakte een kreet van ontzetting. 'Gister waren jullie nog wel zo leuk bezig samen. Wat is er mis opeens?'

Tja? Katjes zijn nu eenmaal wispelturig. Hij is vast van gedachten veranderd, denk je niet?

'Zou hij dat na een nachtje slapen alweer vergeten zijn?' Daigo hield zijn hoofd schuin.

'Ach, laten we het maar even aankijken. Misschien is hij met z'n verkeerde poot uit bed gestapt.'

Satoru was eigenlijk van plan geweest om 's ochtends te vertrekken, maar hij bleef talmen tot na enen. Ondertussen probeerde hij verschillende dingen uit. Zo zette hij ons zelfs even in twee aparte kamers. Maar helaas, de eindtest van Tijger duurde totdat wij zouden vertrekken. Telkens als ik hem aanspoorde, sprong hij met alles wat hij in zich had in zijn gevechtshouding. Hij was best strijdlustig voor zo'n jonge kat. Op deze manier zag ik nog wel een veelbelovende toekomst voor hem openliggen. Jagen was misschien niet z'n sterkste punt, maar goed.

'Laat Nana anders gewoon hier? Misschien dat ze over een paar dagen aan elkaar gewend raken,' stelde Daigo voor. Hij kwam net terug van zijn ochtendwerkzaamheden op het land.

'Vergeet het,' zei Satoru, en hij liet zijn schouders hangen. 'Nana is nu ook boos en weigert uit z'n mand te komen, misschien is het toch niet zo'n goed idee. Het is jammer, maar als hun karakters botsen is het alleen maar zielig om ze met elkaar op te schepen.'

'O, wat jammer. Nana is nog wel zo'n goede kat.'

Daigo, ik heb niets tegen jou, oké? Maar ik ben gewoon nog niet van plan om die zilverkleurige minivan vaarwel te zeggen.

Satoru leek er moeite mee te hebben om de knoop door te hakken, maar Tijger trok nu zo'n vervaarlijke bek en ging zo door het lint, dat Satoru het uiteindelijk toch maar opgaf. Hij pakte mijn reismand op en zette me in de zilverkleurige minivan.

'Wat vind ik dat nu jammer, echt waar.'

'Je kijkt me er anders wel net wat te blij bij,' plaagde Daigo.

'Oef,' steunde Satoru. Blijkbaar had zijn vriend de vinger op de zere plek gelegd. 'Nou ja... het is waar dat ik hem liever niet kwijt ben.'

'Waarom moet je eigenlijk van hem af als je zo dol op hem bent?'

Welja! Je bent wel erg direct, hè Daigo? Bijna net zo direct als toen je bij onze eerste ontmoeting je pezige arm in mijn reismand stak.

Satoru leek uit het veld geslagen en deed er het zwijgen toe.

'Ach, laat ook maar,' zei Daigo zonder er verder op in te gaan. 'Als je in de problemen zit kun je altijd hier komen wonen. Trouwen kun je als boer wel op je buik schrijven en geld levert het niet op, maar aan voedsel is er op een boerderij in ieder geval geen gebrek.'

'Maar Chatran en Nana dan?'

'Ze maken elkaar vast niet af als het zover komt, gewoon bij elkaar stoppen en zien hoe het gaat. Het zijn maar beesten, die hebben niks te klagen over of ze elkaar liggen of niet.'

'Dat is toch harteloos. Straks verliezen ze hun haren nog van de stress.'

'Als het echt niet gaat regel ik wel een leegstaand huis voor je in het dorp. Er zijn genoeg mensen die je er voor nop laten wonen omdat het anders toch maar vervalt. Het dorp doet er echt alles aan om jonge mensen aan te trekken.'

'Bedankt,' zei Satoru. Hij lachte, maar desondanks klonk hij bedroefd. 'Als ik echt niks meer te eten heb weet ik je te vinden.'

'Mooi zo, je bent altijd welkom.'

Ze schudden elkaar stevig de hand voordat Satoru instapte.

'Bedankt voor alles. Ik ben blij dat ik het graf van je oma heb kunnen bezoeken.'

Satoru stapte in, maar voordat hij wegreed liet hij zich een 'O ja' ontvallen en hij deed het raam naar beneden.

'Heb ik je eigenlijk ooit de naam van mijn eerste kat verteld?'

Daigo schudde zijn hoofd.

'Hij heette Hachi. Sprekend Nana, met twee van die streepjes in de vorm van het karakter voor 8.'

'En Nana heet vast Nana omdat zijn staart de vorm van een 7 heeft.' Daigo bulderde het uit. 'Chatran vind je afgezaagd zeg je, maar de namen die jij bedenkt liggen ook wel heel erg voor de hand.'

Iets noemen naar hoe het eruitziet versus woordspelingen. Lood om oud ijzer, als je het mij vraagt.

Satoru toeterde zachtjes en we lieten Daigo's huis achter ons liggen.

'Foei, Nana. Zo'n klein katje zo op de huid zitten.'

Hmpf. Dacht je dat je mij zomaar kon achterlaten en naar huis kon gaan?

'Maar ergens ben ik er blij om dat we samen naar huis kunnen.'

Vertel mij wat.

'Zullen we op de terugweg langs de zee rijden, zoals afgesproken?'

Oe, ja! Hoeveel zeevruchten van mijn gourmetmix met kipfilet & zeevruchten zijn daar wel niet te vinden?

Satoru stopte onderweg bij een kleine supermarkt waar hij boodschappen deed en meteen ook de weg vroeg.

'Verderop schijnt een rotsstrandje te zijn, laten we daar maar naartoe gaan.'

En zo gingen we op weg. Ik vond het te veel gedoe om in het mandje te klimmen, dus toen we er eenmaal waren liet ik me door Satoru in zijn armen naar de zee dragen. Hij klauterde het pad naar het strand af en – lieve help!

'Hé, Nana. Wat zit je met je klauwen te prikken? Je doet me pijn.'

O nee! Wat is dat voor gebulder dat daar uit de diepte van de aarde lijkt te komen? Ik geloof niet dat ik zoiets ooit eerder heb gehoord. Wat is het nou, Satoru, dat zware, overweldigende geruis?

En op dat ogenblik ontvouwde de zee zich voor onze ogen. Een onmetelijke hoeveelheid water golfde onophoudelijk op ons af.

'Kijk, Nana, de zee! Wat een mooie golven, hè?'

Mooi?! Wat is hier nou mooi aan? Hoe zorgeloos kunnen jullie mensen zijn, als je deze oneindig voortbewegende watermassa met al zijn tomeloze energie móói durft te noemen?

Ik weet niet hoe het met mensen zit, maar voor een kat betekent het een gewisse dood hoor, als hij daarin terechtkomt.

'Zullen we naar de rotsen lopen?'

AMMENOOITNIET!

'Wacht, Nana! Au! Dat doet pijn, zeg ik je toch!'

Ik wrong me uit Satoru's armen en in blinde paniek probeerde ik een hoger heenkomen te vinden. In één beweging door klom ik boven op zijn hoofd.

'Je klauwen! Nana, zet je klauwen niet zo in mijn hoofd!'
Hier zit ik ook niet veilig. En hup.

Ik zette me af, sprong op de harde zandgrond en maakte me uit de voeten, weg van de branding.

'Nee hè, Nana!'

Dichtbij was een klip, waarop ik pijlsnel omhoogschoot. Ik vond een veilig plekje op de stam van een pijnboom die scheef uit de rotsgrond groeide. Ha, missie geslaagd!

'Verdikkeme, waarom moet je nou weer zo hoog wegklimmen. Kom naar beneden!'

Dank je de koekoek! Als ik niet oppas word ik meegesleurd door de golven, dat overleef ik nooit.

'Nana! Kom nou alsjeblieft van die rots af.'

Uiteindelijk klom Satoru met pijn en moeite omhoog naar waar ik zat.

En zo leerde ik die allereerste keer aan zee een nieuwe levensles:

*Oceaan van mij,*
*van een gepaste afstand*
*verlang ik naar je*

Zeevruchten zijn niet bedoeld om door katten zelf gevangen te worden. Het is méér dan genoeg om er alleen van te eten wat mensen voor ons klaarmaken.

'Je hebt mijn hele hoofd toegetakeld, dat gaat nog prikken bij het haren wassen.'

Satoru zat wat te mopperen, maar na een poosje begon hij te grinniken.

'Ik had niet gedacht dat je zo bang voor de zee zou zijn, Nana. Heb ik toch weer een nieuwe kant van je kunnen zien. Daar ben ik blij om.'

Vanaf gepaste afstand hou ik er best van hoor, van de zee.

De minivan reed vlotjes verder langs de kustlijn. Ik keek naar het glinsterende, azuurblauwe wateroppervlak en stak mijn staart vrolijk de lucht in. Als we niet aan deze reis waren begonnen, had ik de zee nooit van mijn leven in het echt gezien. Mijn leventje tot dan toe had zich in een zeer beperkt territorium afgespeeld, met de kamer van Satoru als middelpunt. Als leefgebied voor een kat redelijk ruim, maar in vergelijking met de weidsheid van de wereld slechts een speldenprikje.

Er zijn zoveel plekken en uitzichten op deze wereld die een kat niet één keer te zien krijgt voor zijn dood.

Zeg, Satoru?

Nadat we aan onze reis zijn begonnen heb ik twee steden gezien waar je bent opgegroeid. Ik heb een plattelandsdorpje gezien. En de zee.

Ik vraag me af wat we verder nog samen te zien krijgen voordat deze reis ten einde komt.

# 3

*Het pension van Shusuke*
*en Chikako*

*Kom samen met uw geliefde huisdier heerlijk tot rust in ons pension met een adembenemend uitzicht op de berg Fuji.* – Zo luidde de slogan waarmee Shusuke Sugi samen met zijn vrouw Chikako een pension was begonnen. Inmiddels waren ze ongeveer drie jaar verder.

Ze hadden de stap gewaagd toen het bedrijf waar Shusuke voor werkte in moeilijkheden was gekomen en alle werknemers gevraagd werd of ze gebruik wilden maken van een vertrekregeling. Juist in die tijd stond een goedkoop pension naast de fruitkwekerij van Chikako's ouders te koop, dat ze met inboedel en al aankochten. Ze hadden bedacht dat ze zichzelf konden onderscheiden van andere hotels en bed and breakfasts in de buurt door hun gasten de mogelijkheid te bieden fruit te plukken in de kwekerij – tegen een kleine vergoeding. De kwekerij kon op haar beurt ook van de toeristen profiteren, en zo was de beslissing snel genomen.

Maar wat uiteindelijk nog het meest voor hun pension leek te spreken, was dat huisdieren bij hen waren toegestaan.

Dat was een idee van Chikako.

Ze verdeelden het pension in drie aparte zones: de begane grond, de eerste verdieping en nog een vakantiehuisje elders op het terrein, zodat ze gasten met een hond en gasten met een kat strikt van elkaar gescheiden konden houden. De dieren mochten op hun eigen verdieping vrij rondlopen zonder dat ze in hun kooi hoefden te blijven of aangelijnd dienden te worden, zolang ze het maar goed konden vinden met hun soortgenoten. De baasjes mochten grotendeels zelf bepalen wat binnen de groep kon en wat niet. Vrijwel nergens anders in de buurt accepteerden ze zowel honden als katten; verreweg de meeste pensions waren enkel ingericht op honden – als ze al dieren toestonden. Er waren wel een aantal iets grotere, traditionele hotels waar zowel honden- als katteneigenaren terechtkonden, maar daar mochten ze niet vrij rondlopen in de gemeenschappelijke ruimtes.

'Weet je,' had Chikako gezegd toen ze overlegden hoe hun pension eruit moest komen te zien, 'er zijn beslist mensen die samen met hun kat op reis willen. Dat lijkt me toch fijn, een plek waar poezen gezellig kunnen blijven overnachten.'

Je moest een kattenliefhebber zijn om op zo'n idee te komen. Shusuke zelf hield meer van honden en had aanvankelijk sceptisch tegenover het voorstel van zijn vrouw gestaan, maar nu, drie jaar later, kon hij niet anders dan toegeven dat ze een vooruitziende blik had gehad.

Afgezien van het familiebedrijf van Chikako's ouders waren er in de omgeving nog tal van andere boomgaarden en wijnboerderijen. De regio trok redelijk wat toeristen, maar een plek waar katten vrij van alle stress konden overnachten, dat was iets nieuws. Dankzij mond-tot-mondreclame en terugkerende bezoekers steeg het aantal kattenbezitters onder de gasten gestaag en inmiddels waren ze zelfs in de meerderheid.

Chikako ontving haar gasten altijd even opgewekt – ze vond het leuk om allerlei verschillende poezen te ontmoeten – maar naar de gasten die vandaag kwamen keek ze echt uit. Ze had op de eerste verdieping de bedden verschoond van de zonovergoten tweepersoonshoekkamer, en kwam nu met het afgehaalde vuile linnengoed in haar armen al neuriënd de trap af.

'Wat ben jij vrolijk,' zei Shusuke. Hij had het luchtig willen laten klinken, maar er had een jaloerse ondertoon in doorgeklonken. Chikako hield verbaasd haar hoofd een tikkeltje schuin.

'Ben jij dan niet blij? Het is voor het eerst dat Satoru zijn kat meebrengt, hoor.'

'Natuurlijk wel,' vergoelijkte Shusuke vlug. 'Ik hoop alleen dat zijn kat het een beetje kan vinden met onze dieren.'

In huize Sugi hielden ze zelf een kai – een driejarige reu die luisterde naar de naam Toramaru – en een twaalfjarige, grijsbruin gestreepte bastaardkat die Momo heette. De naam Toramaru dankte hij aan het typische vachtpatroon van kai-honden, dat iets weg heeft van een tijgervacht – *tora* betekent 'tijger'. Momo, oftewel 'perzik', had haar naam te danken aan de belangrijkste vrucht van de familiekwekerij.

'Zenuwpees. Onze dieren zijn toch aan bezoek gewend,' lachte Chikako, maar Shusuke hield voet bij stuk: 'Satoru komt anders wel mooi zijn kat van de hand doen. Zo heel erg blij zal hij daarover toch niet zijn.'

Degene die hen een bezoek kwam brengen was Satoru Miyawaki, met wie ze sinds de bovenbouw van de middelbare school bevriend waren.

Satoru hield zielsveel van zijn kat, maar door omstandigheden kon hij niet langer voor hem zorgen en nu zocht hij naar een nieuw baasje, stond in de e-mail te lezen die bij Shusuke in zijn mailbox was verschenen. Er stond verder niets over die 'omstandigheden', maar Shusuke had onlangs in de krant gelezen over de massaontslagen die bij een of ander concern waren gevallen, dus vroeg hij er maar niet naar. Satoru's werkgever was een dochtermaatschappij van dat concern, meende hij zich te herinneren.

Als zo'n grote onderneming al moest reorganiseren, dan zeker mijn oude bedrijf. Ze konden waarschijnlijk niet anders, dacht Shusuke afwezig. Hij mocht van geluk spreken dat hij zijn firma op het meest gunstige moment had kunnen verlaten.

'Maar we kunnen de kat toch altijd weer aan Satoru teruggeven?' zei Chikako en ze lachte. 'In mijn ogen passen we er alleen maar even op, hoor. Natuurlijk zal ik in de tussentijd wel helemaal verknocht aan hem raken, maar goed.'

Zo had Shusuke het nog niet bekeken. Chikako was altijd zo optimistisch. Ze wist overal een positieve draai aan te geven en bekeek alles vanaf de zonnige kant. Daarmee was ze precies het tegenovergestelde van Shusuke, die er een handje van had om pessimistisch te zijn, al kon je dat misschien ook nog wel 'bedachtzaam' noemen om het beter te laten klinken.

'Natuurlijk zal hij zijn redenen hebben om zo plotseling zijn kat af te staan, maar Satoru kennende komt hij hem op een dag vast en zeker weer ophalen.' Chikako geloofde dus oprecht dat Satoru's liefde voor zijn kat alle denkbare moeilijkheden zou overwinnen. Die twee zaten altijd al op één lijn wat betreft hun liefde voor katten.

Met het vuile beddengoed in haar armen liep Chikako het washok in. 'Momo, kom daar eens vanaf,' hoorde Shusuke haar zeggen. De poes had kennelijk liggen slapen op de wasmachine. 'Satoru's kat heet Nana. Zul je aardig voor hem zijn?' Alsof ze aan het zingen was, zo bracht ze Momo op de hoogte.

'O ja,' verhief ze haar stem. 'Licht jij Tora eventjes in?'

De hond en kat waren hun beiden even dierbaar, maar op de een of andere manier lagen de verantwoordelijkheden vast. Chikako, die meer van poezen hield, zorgde voor Momo, terwijl Shusuke, die meer van honden hield, voor Toramaru zorgde.

*Als er iets belangrijks binnen het gezin gebeurt, stellen we onze hond en kat daar netjes van op de hoogte* – luidde Chikako's huisregel.

Shusuke stak zijn voeten in een stel slippers dat in het voorportaal stond en stapte naar buiten. Op zonnige dagen lieten ze Toramaru overdag loslopen in een deel van de tuin dat ze met een hek hadden afgezet. Het hondenhok was in elkaar getimmerd door Shusuke's schoonvader, die zich erop voor liet staan goed met een hamer overweg te kunnen.

'Tora!'

Zodra hij hem hoorde, kwam Toramaru wild kwispelend met zijn krulstaart op Shusuke afgesprongen. Het hek was hoger dan strikt noodzakelijk, maar Toramura sprong zó hoog dat hij er bijna overheen ging. Ze legden hem voor de zekerheid in zijn hok aan de ketting als er gasten kwamen.

De hondenliefhebber van wie hij Toramaru gekregen had, had hem uitgelegd dat er twee soorten kai bestonden: een rank type dat geschikt was voor de hertenjacht; en een wat logger type voor de jacht op everzwijnen. Toramaru was het schoolvoorbeeld van een hertentype.

Omdat er die dag en de volgende dag behalve Satoru geen andere gasten zouden komen, lag Toramaru niet aan de ketting.

'In de namiddag komt Satoru. Ik heb het toch wel vaker over hem gehad? Hij is een vriend van ons.'

Ze hadden Toramaru in huis gehaald toen ze hun pension waren begonnen, maar in die periode was Satoru juist overgeplaatst naar een drukke afdeling op zijn werk. Daardoor had hij geen tijd meer kunnen vinden om langs te komen. Shusuke reisde soms naar Tokio om bijvoorbeeld etenswaren in te slaan en had Satoru dus wel zo nu en dan gezien, maar voor Chikako was het voor het eerst in drie jaar dat ze hem zag, en voor Toramaru was het zelfs de allereerste keer.

Omdat Satoru altijd met zijn werk bezig was, had Shusuke gedacht dat hij erg gewaardeerd werd op zijn werk, maar natuurlijk speelden er meer factoren mee bij een reorganisatie.

'Je ziet Satoru en Nana voor het eerst, Toramaru. Ik kan er toch van op aan dat je aardig tegen ze zult doen?'

Shusuke wreef hem hard over zijn kop en Toramaru gaf een korte grom diep vanuit zijn keel. Er ging niks boven het lekker stevig aaien van een hond. Shusuke hoefde het bij Momo niet te proberen. Ze zou hem aanvliegen met haar klauwen uit.

'Gedraag je hè, trouwe makker van me.'

Toramaru keek Shusuke recht in de ogen en gromde nogmaals diep achter in zijn keel.

~

Vandaag stond er in de zilverkleurige minivan eens geen duiven-komen-uit-een-hoed-muziek op. Misschien dat Satoru de stereo af en toe wat rust gunde, want in plaats daarvan had hij de radio aanstaan. Al enige tijd was een al wat oudere man met een deftig accent erg enthousiast over een boek aan het vertellen. Van beroep was hij acteur, zo bleek.

Hij praatte deftig maar liet, in al zijn enthousiasme, achter elkaar woorden vallen als 'nogal' en 'enorm'. Zelfs een eenvoudige kat als ik kon een glimlach niet onderdrukken. Tjonge, was die me daar nógal dol op dat boek.

Maar hoe interessant het boek ook mocht klinken, lezen kon ik het niet. Zoals ik eerder al eens heb uitgelegd zijn de meeste dieren redelijk meertalig als het op luisteren aankomt, maar lezen, dat gaat ons petje te boven. Lezen en schrijven is zo'n speciaal taalsysteem, dat is alleen voor mensen weggelegd.

'Hm, als Kodama dat boek aanraadt, moet ik het misschien toch ook maar eens lezen,' mompelde Satoru. Thuis besteedde hij meer tijd aan het lezen van boeken dan aan tv-kijken. Af en toe pinkte hij een traantje weg terwijl hij een bladzijde omsloeg. Als ik hem dan lag aan te gapen zei hij steevast – en enigszins bedremmeld: 'Wat kijk je nou?'

Het praatprogramma met de enthousiaste boekenmeneer was afgelopen, en na een tijdje klonk een of ander zoet kinderliedje.

*Steek je hoofd hoog boven de wolken,*
*Kijk omlaag naar de bergen om je heen...*

Ook weleens leuk, hoor, zo'n kabbelend liedje. Ik word alleen wel een beetje slaperig van die melodie.

*Hoor de donder onder je toch eens rommelen...*

Wauw, wat hoog, wat hóóg!

*Fuji is de allerhoogste berg in heel Japan...*

O? Bij deze laatste regel richtte ik me op en met mijn voorpoten tegen het raam aan de passagierskant strekte ik me uit om naar buiten te kijken. Al enige tijd lag daar een hoge, driehoekige berg onderuitgezakt tegen de horizon.

'Hé, begrijp je soms waar de tekst over gaat, Nana?'

Ik zei toch al dat mensen onze taalvaardigheden schromelijk onderschatten? Jullie doen wel erg uit de hoogte alleen maar omdat jullie een beetje kunnen lezen en schrijven.

'Je hebt gelijk, dit liedje gaat over de berg Fuji. Wat een goede timing, zeg.'

Even later rees die driehoekige kolos met weids glooiende heuvels aan zijn voet recht voor ons op.

'Dat is nou de Fuji,' vertelde Satoru.

Op de tv en op foto's zag hij er gewoon uit als een platgeslagen driehoek, maar zo in het echt was hij een overweldigende sensatie. Alsof er een muur op je afkwam.

Satoru legde me van alles uit over de berg: dat hij met 3776 meter de hoogste berg van Japan is; dat het ezelsbruggetje om de hoogte te onthouden *Fuji-san no yō ni mina narō* luidt, oftewel 'Laten we allemaal worden zoals de berg Fuji' (waarbij *mi* eveneens 'drie' kan betekenen, *na* 'zeven' en *ro* 'zes', dus 3776); en dat er over de hele wereld best hogere bergen zijn, maar dat de Fuji voor een eenzaam gelegen berg zeldzaam hoog is. Mwah, voor een kat dus allemaal vrij nutteloze informatie.

Ik zie zo ook wel dat hij vrij bijzonder is. Je hoeft echt niet eindeloos door te blijven ratelen over allemaal ditjes en datjes. En dat hij in een lied bezongen wordt, daar kan ik ook nog wel bij.

Deze berg moet je gewoon eens met je eigen ogen gezien hebben. Als je alleen maar de beelden van de tv en van foto's kent, zal het altijd een platgeslagen driehoek blijven. Precies zoals de berg Fuji tot nog toe voor mij was.

Alleen al het feit dat iets groot is heeft waarde. Zoals een grote kat ook een stuk gemakkelijker door het leven gaat alleen omdat hij groot is.

Maar het ís dan ook een overweldigende berg! Hoeveel katten zouden er in Japan zijn die kunnen zeggen dat ze de berg Fuji met eigen ogen hebben gezien? Niet al te veel denk ik, tenzij ze hier in de omgeving wonen.

Onze zilverkleurige minivan was net een magische koets. Telkens als ik instapte bracht hij me naar nieuwe, onbekende oorden.

Zonder enige twijfel waren wij op dit moment 's werelds gelukkigste reizigers, en ik 's werelds gelukkigste reizende kat.

De minivan sloeg van de grote weg af en reed een weelderige boomgaard in. Aan weerskanten van de weg stonden bomen vol met witte papieren zakjes aan de takken. Daarin zaten perziken, had ik me laten vertellen, die werden ingepakt tegen de insecten en om ze beter te laten rijpen.

De minivan reed verder over een slingerend weggetje, totdat eindelijk een groot huis met witte muren en houten balken voor ons opdoemde.

'We zijn er, Nana.'

Dan was dit dus het pension waar Satoru het over had gehad. Vandaag hadden we het rijk helemaal voor ons alleen, want er waren geen andere gasten.

Terwijl Satoru parkeerde op een parkeerplaats waar ruimte was voor ongeveer tien auto's, kwam er een man van Satoru's leeftijd het pension uit gelopen.

'Shusuke!'

Satoru zwaaide naar de man en begon met uitladen. De man stak ook zijn hand op.

'Welke bagage heb je nodig? Ik draag ook wel wat.'

'Het is maar voor één nachtje, dus behalve Nana heb ik genoeg aan deze tas met wat kleren.'

Shusuke nam Satoru's tas over en Satoru droeg mij in mijn reismand, en zo liepen we het flauw stijgende pad op dat naar het pension leidde.

'Mooi pension heb je hier, zeg. Is dat een hondenren?'

Halverwege de helling was een vrij ruim veldje afgebakend met een hek. Achteraf stond iets wat leek op een hondenhok.

'We hebben tegenwoordig een hond en het leek me wel een goed idee als hij ergens de ruimte heeft om los te lopen.'

'Een kai zei je toch dat het was, die nieuwe hond van je?'

Ik snuffelde in mijn reismand. Ja, deze penetrante lucht kwam inderdaad van de aartsrivaal van katten, oftewel van een hond. Spiedend door een kiertje in mijn mand zag ik een woeste hond ons uitdagend en bewegingloos gadeslaan.

'Ja, hij heet Toramaru.'

'Gaat hij goed samen met katten?'

'Hoe bedoel je? We hebben Momo toch? En er komen heel wat gasten met een kat.'

'O ja, dat is ook zo.'

Van Satoru had ik al begrepen dat ze een poezentante hadden die Momo heette. Bijna twee keer zo oud als ik. Ik vroeg me af of zo'n jonkie als ik het met haar zou kunnen vinden.

'Hé daar, hallo. Leuk je te ontmoeten, Toramaru.'

Sst! Ga nou geen honden lopen roepen! Ik trok een zuur gezicht in mijn mandje.

Toramaru staarde ons met een venijnige blik aan en ontblootte grommend zijn witte tanden.

'O, is hij in een slechte bui?'

Satoru hield zijn hoofd schuin en – *wraf!* De hond begon wild tegen hem te blaffen.

'Oeps!' Ondanks zichzelf deinsde Satoru geschrokken achteruit.

Wat moet dat, jij lelijk stuk vreten!

In mijn mandje zette ik al mijn haren rechtovereind. Als je ruzie zoekt met Satoru zul je eerst met mij te doen krijgen. En ik ben een kat die zo zijn trots heeft. Als je wilt dat ik die neus van je niet direct aan repen snij, bied je nu je excuses aan, rothond!

'Tora!' Shusuke gaf hem een flinke uitbrander, maar die rothond bleef verongelijkt grommen.

'Nana, het is al goed. Stil nu maar,' probeerde Satoru mij te sussen. Dat hij het luikje van mijn mandje stevig dichtgedrukt hield, was natuurlijk omdat hij wel wist dat ik een gevecht met die rothond niet uit de weg zou gaan.

'Sorry hoor, dit doet hij anders nooit.'

'Nee, geeft niet... Heb ik misschien iets verkeerds gedaan om Toramaru zo van streek te maken?'

Op dat moment kwam er een vrouw naar buiten gehold. 'Wat is er aan de hand?' Het was een aantrekkelijke, levendige vrouw met een keukenschort om haar middel. 'Is Tora boos?'

'Het is niks, hoor. Leuk je weer eens te zien, Chika.'

Satoru stak zijn hand op.

'Satoru! Het spijt me hoor, is alles in orde?'

'Ja, het gaat wel. Ik schrok gewoon een beetje omdat ik niet vaak door katten of honden word belaagd.'

Zo is dat. Voor dieren is Satoru een mens die heel weinig stress veroorzaakt en voorbijkomende katten of honden vinden hem eigenlijk altijd aardig. Een hond die hem zo onbeschoft aanvalt, dat is nooit eerder gebeurd.

'Het spijt me echt,' verontschuldigde Shusuke zich opnieuw en hij kafferde die rothond nog eens uit. 'Foei!' De hond begon met zijn gekrulde staart tussen zijn poten te janken. Eigen schuld, dikke bult.

'Het is al goed, echt,' wuifde Satoru het vlug weg. Hij stak zijn hand door het hek en aaide die rothond over zijn hals. 'Volgens mij ben jij een hele brave hond. Ik zag er gewoon een beetje verdacht uit, hè?'

Die rothond liet zich nu rustig aanhalen, maar het was voor mij klip-en-klaar dat hij nog steeds opgefokt was. Laat nog één keertje je tanden aan Satoru zien, al is het maar een glimp, en je zult met mij te doen krijgen!

Nijdig wisselden hij en ik vijandige blikken uit, maar omdat Satoru het huis werd binnengeleid, moesten we onze strijd staken en kwam ik langzaam weer bij zinnen.

We werden voorgegaan naar een zonnige kamer op de eerste verdieping.

'Als je je spulletjes hebt uitgepakt, kom je maar naar beneden,' zei Chikako, en ze liep vlug de trap af.

Nou, laat ik dan maar eventjes op onderzoek uitgaan. Ik tikte het deurtje open en glipte uit mijn reismand. Het was een keurig kamertje met een houten vloer en het zag er best gezellig uit, ook voor een kat.

'O, hallo Momo.'

Bij het horen van Satoru's stem draaide ik me om richting de deur. Daar zat een parmantige, grijsbruin gestreepte poes. Bijna twee keer zo oud als ik, maar nog altijd haar souplesse niet verloren.

*Aangenaam kennis met je te maken.*

Momo begroette me met een evenzo parmantige stem als dat ze eruitzag.

Ik hoorde dat je meteen al met Toramaru hebt lopen bekvechten.

Hmpf, snoof ik.

Hij was me toch onbeschoft. Je tanden laten zien als iemand je alleen maar even vriendelijk wil begroeten, dan ben je toch niet helemaal goed opgevoed.

Ik was expres sarcastisch, en Momo glimlachte een tikkeltje wrang.

Vergeef het hem alsjeblieft. Zoveel als jij om jouw baasje geeft, zoveel geeft Toramaru om dat van hem.

Omdat je baasje belangrijk voor je is, ga je blaffen tegen zijn vriend? Daar begreep ik helemaal niets van.

Ze merkte mijn ongenoegen blijkbaar op, want ze glimlachte opnieuw.

Het spijt me. Ik geloof dat ons baasje een stuk minder sterk in zijn schoenen staat dan de jouwe.

Ik begreep er nog steeds niets van. Dat ik haar niet tegensprak, kwam alleen maar omdat ik beleefd wou blijven tegen een oudere dame.

~

'Met Momo lijkt hij het goed te kunnen vinden.'

Satoru kwam de trap afgelopen naar de woonkamer die ook dienstdeed als lobby en wees glimlachend omhoog naar de bovenverdieping.

'Ze zijn kennis met elkaar aan het maken in de kamer boven. Nu hoeft Toramaru alleen nog maar wat bij te draaien. Zou hij boos zijn omdat ik een kat heb meegebracht?'

'Daar zou hij toch gewend aan moeten zijn.'

Chikako hield haar hoofd schuin en zette een kop thee voor Satoru neer die ze had laten trekken van kruiden uit eigen tuin.

'Heb je Toramaru wel duidelijk gezegd dat ze zouden komen?' zei Chikako plagerig tegen Shusuke.

'Héb ik gedaan,' antwoordde Shusuke terwijl hij zijn lippen tuitte. Hij klonk een beetje nors omdat hij zich schuldig voelde.

*Gedraag je, hè*, had Shusuke gezegd, en Toramaru had hem diep in de ogen gekeken. Dus waarom moest hij dan toch zo tegen Satoru blaffen?

'O, lekker zeg dit,' prevelde Satoru terwijl hij van zijn kruidenthee slurpte.

'Daar ben ik blij om!' Chikako glunderde van oor tot oor. 'Onze gasten zijn er ook dol op. De kruiden komen uit onze eigen tuin.'

Ze keek Shusuke scherp aan. 'Deze meneer hier zei de eerste keer dat ik kruidenthee voor hem zette dat het smaakte alsof hij tandpasta dronk.'

Eén keertje had Shusuke zich versproken toen ze net getrouwd waren, en nog altijd nam Chikako het hem kwalijk. In vergelijking met Shusuke was Satoru veel tactvoller, en vaak genoeg dacht Shusuke dat hij wat meer zoals hij wilde zijn. Maar Shusuke voelde zich veel te ongemakkelijk om iemand hardop een compliment te geven.

'Ik proef iets zoetigs, wat zit erin?'

'Ik heb er wat honingkruid in gedaan.'

'Ah, nu je het zegt.'

'Wat fijn dat ik met jou tenminste over dit soort dingen kan praten!'

'Jullie pension lijkt goed te draaien.'

'Ja,' zei Shusuke. 'Blijkbaar is het een goede zet geweest om ons te richten op gasten met een kat.'

'Dat was míjn idee,' sloeg Chikako zichzelf op de borst.

'Alle lof gaat naar mevrouw.' Dat was zijn manier om een complimentje te geven. Hij richtte zich weer tot Satoru. 'Is met jou alles in orde? Ik bedoel... dat je zo plotseling je kat van de hand moet doen en zo?'

Via e-mail had Shusuke het moeilijk gevonden om erover te beginnen, dus had hij bedacht ernaar te vragen wanneer ze elkaar zouden zien.

'Ja, nou ja...' Satoru lachte ongemakkelijk en plotseling zag hij er ontzettend oud uit.

'Ik hoorde dat het concern waar jouw bedrijf onder valt begonnen is met een grote reorganisatie?'

'Ach ja, maar er speelt nog van alles meer.'

Misschien is hij dan toch uit eigen beweging vertrokken, peinsde Shusuke, maar Chikako maande hem onopvallend met haar ogen. Ik weet het, beantwoordde hij haar blik. Satoru had duidelijk liever niet dat ze hem ernaar vroegen.

'Jullie helpen me geweldig door te zeggen dat jullie Nana willen adopteren. Tot nog toe zijn er wel een paar anderen geweest die zich hebben aangeboden en waar ik met Nana langs ben gegaan, maar dat liep allemaal niet zo gesmeerd.'

'Laat me je dit alvast zeggen, Satoru.' Chikako ging rechtop zitten. 'Wat ons betreft passen we alleen maar even op Nana. Natuurlijk zullen we goed voor hem zorgen, maar zodra je alles een beetje op orde hebt, kom je hem gewoon weer ophalen.'

Satoru trok een gezicht alsof hij diep getroffen was en hij richtte zijn ogen naar beneden terwijl hij op zijn lip beet. Shusuke en Chikako kenden die blik van vroeger.

Hij zal toch niet weer – dacht Shusuke, maar Satoru sloeg zijn ogen weer op en glimlachte. 'Bedankt. Het klinkt een beetje zelfzuchtig, maar ik ben maar wat blij dat van jullie te horen.'

Shusuke en Chikako waren allebei met Satoru bevriend, maar het was Shusuke geweest die als eerste vriendschap met hem had gesloten.

Toen ze in de lente naar de bovenbouw van de middelbare school gingen kwamen ze alle drie bij elkaar in de klas te zitten.

Shusuke Sugi en Chikako Sakita kenden elkaar al van jongs af aan en hij had haar altijd met 'Chika' aangesproken en zij hem met 'Shu', tot hun klasgenootjes hem een paar jaar geleden daarover begonnen te plagen en hij haar net als iedereen 'Chikako' was gaan noemen.

'Waarom doe je nou weer zoiets stoms?' had ze verongelijkt gezegd, en toen hij haar vroeg of ze hem ook gewoon met zijn voornaam wilde aanspreken luisterde ze niet en bleef ze hem koppig

'Shu' noemen. Dat maakte hem verlegen maar tegelijkertijd ook zielsgelukkig.

In het begin klonterden leerlingen die elkaar al kenden van de onderbouw samen – er waren leerlingen die doorstroomden van de derde klas van dezelfde scholengemeenschap en leerlingen die van andere scholen kwamen. Iedereen tastte elkaar af om te zien hoe ze hun vriendenkring konden uitbreiden, maar Satoru hoorde nergens bij. Hij kletste vrolijk met iedereen mee, al was er in de klas niemand die van dezelfde school kwam als hij.

Satoru was in de voorjaarsvakantie vlak voor het begin van het schooljaar verhuisd en had een plaatsingstoets gedaan, hoorde Shusuke later. Lachend had Satoru hem verteld hoe wanhopig hij vrienden had proberen te maken.

Het ijs tussen de twee jongens was gebroken in hun eerste toetsweek. Shusuke had de hele nacht voor zijn proefwerken zitten blokken en zijn hoofd puilde uit met wiskundige formules en Engelse woordjes. Hij fietste zo voorzichtig mogelijk richting school zodat zijn hoofd niet zo heen en weer werd geschud dat alles wat hij erin had gestampt hem zou ontschieten.

Op de weg naar school ontdekte hij een bekend gezicht. Hé, daar heb je Satoru uit mijn klas, dacht hij terwijl hij hem naderde. Satoru was van zijn fiets gestapt en stond aan de rand van een brede greppel.

Eigenlijk was het meer een kanaaltje dan een greppel: aan weerskanten van een beek waar irrigatiewater doorheen stroomde voor de landbouw waren de oevers met beton verstevigd en ongeveer zo hoog als een kind lang was.

Satoru keek met een ernstig gezicht naar beneden de greppel in. Wat zou hij toch aan het doen zijn, vroeg Shusuke zich nieuwsgierig af, maar tijd om te stoppen had hij eigenlijk niet. Hun blikken kruisten elkaar, en Shusuke knikte bij wijze van groet. Eigenlijk wilde hij het daarbij laten en doorfietsen, maar dat zou ongemakkelijk voelen als ze elkaar in de klas weer zagen, bedacht hij. Hij was Satoru al voorbij, toen hij op de rem trapte.

'Wat ben je aan het doen?' riep Shusuke.

Satoru keek verbaasd zijn richting uit. Hij had vast gedacht dat Shusuke door zou fietsen.

'Nou, ik heb hier iets zieligs gevonden.'

Satoru wees naar beneden, waar midden in het kanaaltje een hondje stond te rillen van de kou op een piepklein eilandje van aangeslipt grind en aarde. Zijn wollige witbruine vacht was kletsnat en lag plat tegen zijn lijf.

'O, een shih tzu.'

Dat Shusuke het hondenras wist, kwam doordat ze bij Chikako thuis zo'n hond hadden. Iedereen in haar familie, die een fruitkwekerij runde, hield van dieren en al toen hij en Chikako nog jong waren liepen er meerdere honden en katten over het erf rond om de klanten te verwelkomen. Sinds jaar en dag was hij jaloers op Chikako en hoe ze bij haar thuis met dieren omgingen.

Shusuke zelf kwam uit een eenvoudige familie van kantoormedewerkers en woonde met zijn ouders in een flatje van zijn vaders bedrijf. Omdat zijn moeder allergisch was voor dierenhaar, mocht hij alleen haarloze huisdieren hebben zoals goudvissen of een schildpadje. Van kinds af aan droomde hij van een hondje, maar hij wist maar al te goed dat die wens nooit in vervulling zou gaan, dus ging hij altijd maar bij Chikako langs om zijn verlangen te stillen.

'Hij is er vast in gevallen.'

'Waarschijnlijk,' knikte Satoru. Ze konden zo snel geen trappetje of pad in de buurt vinden waarmee ze af konden dalen naar het kanaaltje.

'Ik kan me niet voorstellen dat zo'n hondje ergens buiten aan de ketting wordt gehouden, dus hij is vast uit huis weggeglipt en daarna verdwaald.'

Bij Chikako thuis mochten de honden overdag gewoon loslopen in de boomgaard en liepen ze kwispelend over het erf mee met de dagjesmensen die fruit kwamen plukken, maar 's avonds werden ze binnengehaald.

'Ik red het hier wel, ga maar vast,' spoorde Satoru hem aan, maar zo makkelijk lag het voor Shusuke niet. Als Chikako erachter zou komen dat hij een verdwaald hondje dat in het water was gevallen in de steek had gelaten, kon hij er donder op zeggen dat ze flink tegen hem zou uitvallen.

'Ach, laat maar. Ik vind het ook zielig.' Shusuke wierp vlug een blik op zijn horloge en stapte van zijn fiets. Voor de ochtendbespreking kwam hij waarschijnlijk al te laat, maar als hij op school was vóór het eerste lesuur begon, kon hij gewoon meedoen met de toetsen.

'Laten we hem snel helpen.'

Satoru lachte vrolijk. 'Jij bent me nog eens 'n goeie gozer, Shusuke.'

In werkelijkheid maakte Shusuke zich alleen maar druk over Chikako en wat zij ervan zou denken, dus nu Satoru hem veel te hoog aansloeg schaamde hij zich voor zichzelf.

'Als we naar beneden gaan worden we nat tot aan onze enkels.'

Het eilandje waarop de shih tzu stond lag te ver van beide oevers af om naartoe te springen. De greppel was begroeid met waterplanten waardoor ze de bodem niet goed konden zien, en om daar nu met blote voeten doorheen te waden? Stel dat er glas lag, dan waren ze nog verder van huis.

Plotseling zag Shusuke verderop een stapel lange planken langs de kant van de weg liggen. Restanten van een afgebroken bouwsteiger, vermoedde hij.

'Kunnen we die niet gebruiken?' Shusuke rende erop af en trok er een plank van de juiste lengte tussenuit. 'Als we deze nu eens vlak naast hem als een loopbrug tegen de kant leggen. Misschien kan hij dan naar boven klimmen.'

'Ja, wie weet.'

Maar al lag de plank recht voor zijn neus, de shih tzu kwam niet naar boven. Met zijn tweeën probeerden ze hem aan te moedigen, maar het hondje bleef bibberend staan en verzette geen poot.

'Ziet hij hem soms niet?' zei Satoru met een frons. 'Kijk maar, vanaf de zijkant zijn z'n ogen helemaal troebel. Zou hij al staar krijgen?'

Het was moeilijk in te schatten hoe oud het hondje was. Zijn kop zag er erg jong uit, maar zijn vacht was inderdaad al een beetje vaal en dof aan het worden, leek het.

'Hij mag nog van geluk spreken dat-ie zo ver gekomen is!'

Vlakbij was een drukke doorgaande weg. Het was een klein wonder dat hij niet was aangereden. Het leed geen twijfel dat hij in het kanaaltje gevallen was doordat hij nauwelijks iets van zijn omgeving kon zien.

'Ik ga wel naar hem toe. Met behulp hiervan hoef ik niet eens nat te worden.' Satoru zette zijn voet op de plank die schuin naar beneden liep.

'Pas nou op!' Het hout zag er verrot uit. Een hondje kon de plank misschien nog wel houden, maar een middelbare scholier? Shusuke had het nog maar net gezegd, of het hout begon vervaarlijk te kraken.

'Oei!'

Satoru probeerde wankelend zijn evenwicht te bewaren, maar de plank brak pardoes onder hem in tweeën en hij tuimelde achterover het kanaaltje in. Er klonk een luide plons en water spatte op.

De shih tzu kefte wild en zette het blindelings op een lopen, dwars door het ondiepe kanaaltje.

'Nee, wacht!' Satoru krabbelde vlug overeind en zette de achtervolging in. Maar al dat gespetter maakte het hondje alleen maar banger en hij weigerde stil te blijven staan. Hij rende zo hard door het kanaaltje dat je niet zou denken dat hij oud en slechtziend was.

'Ik hou hem aan de andere kant wel tegen, dan sluiten we hem in! Laat hem niet ontsnappen!' Shusuke trok een sprintje over de stoep en toen hij de shih tzu had ingehaald sprong hij naar beneden. Hij plonsde wild in het water waardoor het hondje zo erg schrok dat hij een sprongetje maakte en eventjes als aan de grond genageld bleef staan. Daarna draaide de shih tzu zich om en stormde hij terug in de richting waar hij vandaan gekomen was.

'Daar komt-ie, grijp 'm!'

Satoru dook als een keeper op het hondje af. De shih tzu probeerde langs hem heen te glippen door snel van richting te veranderen, maar Satoru wist hem bij zijn achterpoot te grijpen. Het

hondje was wild van paniek en beet Satoru hard in zijn hand.
'aauw!'
'Niet loslaten nu, hou vol!' Shusuke trok vlug zijn blazer uit, gooide hem over de shih tzu heen en greep het hondje beet. Hij wikkelde hem erin en knoopte de mouwen vast. Eindelijk bond het hondje in.
'Gaat het?' vroeg Shusuke.
Satoru lachte wrang. 'Hij heeft me goed te grazen genomen,' zei hij en hij liet zijn rechterhand aan Shusuke zien. Voor zo'n klein mormel kon de shih tzu behoorlijk bijten: uit een rij gaatjes sijpelde bloed.
'Je kunt maar beter naar het ziekenhuis gaan.'
Die proefwerken van vandaag kan ik nu wel helemaal vergeten, dacht Shusuke.

Ze brachten het hondje naar het politiebureau aan de doorgaande weg en fietsten daarna door naar het ziekenhuis. Eenmaal daar bleek dat Satoru geen verzekeringspasje bij zich had. Als middelbare scholieren hadden ze natuurlijk ook niet genoeg geld op zak. Pas nadat ze hun schoolpasjes afgaven en beloofden dat ze later terug zouden komen om te betalen, werd Satoru behandeld.
Toen ze eindelijk op school aankwamen liep het tweede lesuur al op zijn eind. Ze meldden zich bij de lerarenkamer en legden aan hun klassenleraar uit wat er was gebeurd. Het hele voorval leek wel een grap, maar doordat Satoru er als een verzopen kat uitzag en zijn hand in het verband zat, geloofde hun leraar hen op hun woord.
De proefwerken die ze gemist hadden mochten ze op een andere dag inhalen. Door de heisa van die ochtend was alle lesstof die Shusuke in zijn hoofd had gestampt hem volledig ontschoten, dus hij was blij dat hij een herkansing kreeg.
'Hé jongens, waar waren jullie nou?' vroeg Chikako als een bezorgde grote zus zodra ze het klaslokaal in liepen. Toen ze haar het hele verhaal uit de doeken hadden gedaan wilde Chikako de shih tzu die ze hadden gevangen zelf weleens zien, en zij en Shusuke

besloten om op de terugweg langs het politiebureau te fietsen. Satoru, die benieuwd was wat er met het hondje ging gebeuren, ging ook mee.

De oude shih tzu met zijn troebele ogen lag aangelijnd in een hoek van de hal en had een bakje hondenvoer en een kommetje water voor zich staan. Er was nog geen navraag naar hem gedaan.

'Het is echt al een oud hondje, hè. Ik geloof niet dat hij nog erg veel ziet.' Chikako zwaaide met haar hand voor zijn ogen, maar de shih tzu reageerde nauwelijks.

'Kunnen jullie hem misschien voorlopig mee naar huis nemen?' opperde een politieagent van middelbare leeftijd. 'De reglementen staan ons niet toe om verdwaalde honden in bewaring te nemen. We kunnen hem niet al te lang hier houden.'

'Maar als jullie hem niet hier kunnen houden, wat gebeurt er dan met hem?' vroeg Satoru.

De politieagent hield zijn hoofd schuin en dacht even na. 'Als zijn baasje vandaag of morgen niet op komt dagen, gaat hij naar het asiel.'

'Dat kun je niet maken!' snauwde Chikako fel. 'Dan wordt hij direct afgemaakt! Als zijn baasje niet op tijd is...'

'Daarvoor moet je niet bij mij zijn.'

Satoru porde Shusuke met een wit weggetrokken gezicht in zijn zij. 'Shusuke, als jij hem nu eens mee naar huis neemt?' In plaats van te discussiëren met de harteloze agent, probeerde hij een praktische oplossing te vinden.

'Sorry, ik mag geen huisdieren want mijn moeder is allergisch voor dierenharen. Kan het niet bij jou?'

'In onze flat zijn huisdieren verboden.'

Chikako, die zo op de politieagent had staan foeteren, draaide zich naar hen om. 'Laat maar,' zei ze. 'Ik neem hem wel mee naar huis.'

'Gaat dat zomaar? Moet je niet eerst met je ouders overleggen?' Satoru leek zich een beetje zorgen te maken over haar impulsieve beslissing, maar Chikako keek hem boos aan.

'We kunnen hem toch niet hier laten?'

Chikako belde naar huis vanuit de telefoon in de hal en na een uurtje wachten kwam haar vader in een kleine pick-uptruck voorrijden. Ze tilden haar fiets in de laadbak en Chikako nam met de shih tzu op haar schoot plaats naast haar vader.

'Nou dag, hè! En Satoru, kom gerust eens bij ons langs als je hem wilt zien.'

'O, bedankt.' Satoru leek overweldigd door Chikako's wervelende enthousiasme. Ze keken Chikako na die als een storm verdween en toen ze weg was barstten ze bijna tegelijk in lachen uit.

'Dat is me er ook eentje, die Chikako.'

'Ja, hè? Al vanaf toen ze klein was, is ze zo resoluut met dieren.'

'Ken je haar al zo lang?'

'Sinds de kleuterschool,' legde Shusuke uit.

'Aha,' knikte Satoru alsof het kwartje viel. 'Dus daarom noemt ze je Shu.'

'Ik heb haar al gezegd dat ze daarmee moet ophouden.'

'Waarom dat nou weer? Ik bedoel, ze is mooi en je kan van haar op aan.'

Shusuke schrok ervan dat Satoru haar langs zijn neus weg 'mooi' noemde. Chikako was vrolijk, zachtaardig en, inderdaad, mooi. Dat wist hij allang. Maar Shusuke had dat nooit hardop kunnen uitspreken zoals Satoru nu deed. Hij voelde zich verslagen.

'Maar ik vraag me af of ze er bij haar thuis blij mee zijn dat ze plotseling een hondje mee naar huis neemt.'

'Zit daar maar niet over in. Die zijn allemaal gek op dieren in haar familie. Ze hebben altijd wel een stuk of vijf, zes honden en katten rondlopen.'

'Echt, ook katten?'

'Ja, Chikako is eigenlijk meer een kattenmens.'

'O,' glunderde Satoru. 'Ik hou ook van katten. Ik wil die shih tzu zeker zien, en die katten ook.'

Shusuke voelde zich opgelaten en was er niet gerust op. Satoru en Chikako konden het vast goed met elkaar vinden.

Die avond belde Chikako naar Shusuke en prees hem dat hij zelfs zijn toetsen had laten schieten om het hondje te redden.

'Wie van jullie had hem eigenlijk gevonden?'

Had ik hem nou maar gevonden, schoot het door Shusuke heen. Maar als hij hem had ontdekt, was hij vast en zeker zonder om te kijken doorgefietst. Misschien dat hij op de terugweg eventjes poolshoogte was gaan nemen, maar meer ook niet.

'O, we kwamen ongeveer tegelijk langs,' loog Shusuke. Meteen begon zijn geweten aan hem te knagen. Niet zo erg dat het pijn deed, maar erg genoeg om eraan toe te voegen: 'Maar volgens mij zag Satoru hem als eerst.'

'Ik had nog nooit echt met hem gepraat, maar Satoru is best oké, hè?' Blijkbaar vond ze Satoru aardig – had hij het niet gedacht.

Vanaf toen kletsten ze vaak met z'n drieën. Shusuke en Satoru gingen regelmatig bij Chikako langs om te kijken hoe de verdwaalde shih tzu het maakte. Net als Shusuke, die al van jongs af aan moest helpen met klusjes in de boomgaard als hij bij Chikako was, werd Satoru meteen aan het werk gezet. Satoru praatte als een echte stadsjongen, toch was hij eraan gewend om op het land te werken. Chikako's familie mocht hem direct.

Het baasje van de verdwaalde shih tzu meldde zich niet en ze besloten om het hondje te houden. Satoru voelde zich bezwaard en zei iemand te zullen zoeken die hem wilde adopteren, maar Chikako stond erop hem te houden. De oude shih tzu kon het goed vinden met de jonge shih tzu die ze al hadden, ze leken net ouder en kind. Chikako noemde hem 'De-shih-tzu-die-Satoru-ons-gaf'.

De katten bij Chikako thuis hechtten zich algauw meer aan Satoru dan aan Shusuke. Ze hadden van begin af aan door dat Shusuke meer een hondenmens was. Omdat de honden op hun beurt meer gesteld waren op hem, vond Shusuke het niet erg. De-shih-tzu-die-Satoru-ons-gaf was aardiger tegen Shusuke dan tegen Satoru, hoewel die hem gevonden had. Waarschijnlijk was het hondje nog niet vergeten hoe Satoru hem achterna had gezeten in het kanaaltje.

Op een dag zat Satoru op school een gratis vacaturekrant door te bladeren. Het was vlak voor hun laatste toetsweek en de leraren plaagden hen er al mee dat ze dit keer maar geen hondjes moesten vangen.

'Zoek je een baantje? Voor in de zomervakantie?' vroeg Shusuke.

'Ja. Ik vroeg me af of er iets te vinden is met een hoog uurloon en dagelijkse uitbetaling.'

'Zulke goeie baantjes liggen vast niet voor het oprapen.'

'Ik weet het,' zei Satoru en hij krabde zich op zijn hoofd. 'Eigenlijk had ik meteen aan het begin van het schooljaar een bijbaantje willen nemen.' De school verbood het echter om buiten de vakanties een bijbaantje te hebben.

'Hoezo dat? Krijg je te weinig zakgeld?'

Alsof een middelbare scholier ooit geld genoeg had.

'Nee, ik ben van plan om in de zomervakantie op reis te gaan. Eigenlijk wou ik zo snel mogelijk vertrekken.'

'Waarnaartoe?'

'Kokura,' antwoordde Satoru. Shusuke hield zijn hoofd schuin. Van die plaatsnaam had hij nog nooit gehoord. 'Dat ligt in de provincie Fukuoka, iets boven Hakata,' legde Satoru uit.

Dan wist Shusuke het wel zo ongeveer te liggen. Toch begreep hij niet goed waarom Satoru daarnaartoe zou willen en niet naar Hakata zelf.

'Waarom wil je nou weer naar Kokura?'

'Ik heb er familie wonen. Jaren geleden hebben ze mijn kat geadopteerd toen wij hem niet meer in huis konden hebben. Ik ben daarna nog niet één keer langsgegaan om hem te zien.'

Aha, dacht Shusuke, hij wil dus niet zozeer naar Kokura, maar naar zijn kat.

'Waarom kon je dan niet meer voor hem zorgen?' vroeg Shusuke langs zijn neus weg. Satoru glimlachte een beetje beduusd. Hij leek te twijfelen of hij het Shusuke moest vertellen of niet. Shusuke begon zich net af te vragen of hij van onderwerp moest veranderen, toen er een schaduw over hen heen viel.

'Dat heb ik gehoord, dat heb ik gehoord!' Chikako verscheen giechelend.

'Jij steekt je neus ook echt overal meteen in, hè?' grapte Shusuke.
'Hou je mond,' zei Chikako en ze gaf Shusuke een speels tikje. 'Ik kan me maar al te goed voorstellen dat je een reis wilt maken om je geliefde kat te zien. Laat mij je een handje helpen!'
'Weet je waar ik een baantje kan krijgen?' vroeg Satoru.
'En je kunt er dit weekend nog beginnen!' zei Chikako met opgeheven hoofd.
'Waar dan? Als het een goeie baan is mag je het mij ook wel vertellen,' zei Shusuke, die zelf ook overwoog om vakantiewerk te zoeken.
'In principe is het niet toegestaan om tijdens het schooljaar te werken, maar er is een uitzondering. *Deze beperking geldt niet voor het meehelpen in een familiebedrijf,* staat er. En het mooie is dat als je zo'n formulier inlevert je ook toestemming krijgt om bij een familiebedrijf van een klasgenoot mee te helpen in het weekend. Onder het mom van stage, hè.'
Met andere woorden, Chikako stelde voor dat Satoru bij hen op de fruitkwekerij kwam werken.
'Het verdient niet zoveel per uur, maar ik vraag wel of je per week uitbetaald kan krijgen. Als je nu begint kun je in de eerste week van augustus nog op reis, denk je niet?'
'Bedankt!' Satoru sprong zo wild op van zijn stoel dat hij hem bijna omver trapte.

Op de kwekerij was het hoogseizoen en er kwamen veel dagjesmensen om fruit te plukken. Shusuke sloot zich bij Satoru aan en behalve in de proefwerkweek gingen ze elke zondag samen aan het werk in de boomgaard. Het verdiende nog minder per uur dan vakkenvullen in de supermarkt, maar toen de vakantie begon hadden ze allebei ongeveer twintigduizend yen bij elkaar weten te sparen.
'Shu, weet jij al wat je met je geld gaat doen?' vroeg Chikako.
'Daar heb ik nog niet over nagedacht,' zei hij, maar dat was gelogen. Op een zo nonchalant mogelijke toon, alsof het net in hem opkwam, vroeg hij haar: 'Zullen we anders naar de film gaan?'
'Op jouw kosten?'

Hij had erop gerekend dat ze meteen zou toehappen. 'Best hoor. Jij hebt me immers aan een bijbaantje geholpen.'

'Joepie! Misschien dat ik me dan ook maar op een etentje laat trakteren.'

Shusuke moest zich inhouden om geen gat in de lucht te springen. 'Oké, oké,' antwoordde hij met een wrange glimlach – alsof er niets anders voor hem opzat nu Chikako erom bedelde.

'Te gek! Meen je dat echt? Niet later terugkrabbelen, hè?' Het was wel duidelijk dat Chikako het niet als een afspraakje beschouwde – maar dat kon Shusuke nu even niks schelen.

Hij hoefde zich niet te haasten, zei Shusuke tegen zichzelf.

Op de eerste dag van de laatste week van juli kwam Satoru niet op zijn werk opdagen. Het was niks voor Satoru om niets van zich te laten horen – normaal gesproken was hij altijd zo stipt. Shusuke vroeg zich af wat er aan de hand kon zijn, maar begon toch maar alvast met werken.

Uiteindelijk kwam Satoru ongeveer een uur te laat aanzetten.

'Sorry dat ik zo laat ben,' verontschuldigde hij zich met een bleek en gespannen gezicht bij de volwassenen.

'Als je je niet lekker voelt kun je beter even rusten,' zei Chikako's vader, maar Satoru luisterde niet.

'Het gaat wel,' hield Satoru vol.

Rond lunchtijd konden Chikako's ouders het niet langer aanzien en riepen ze hen alle drie naar binnen. Satoru zag er steeds slechter uit.

'Wat heb je toch? Is er iets gebeurd?' vroeg Shusuke.

'Er is níks,' bleef Satoru koppig volhouden. Chikako had zwijgend staan toekijken, maar zei toen: 'Er is toch niet iets met je kat gebeurd?'

Satoru trok een droevig gezicht. Hij staarde naar de grond en probeerde zich flink te houden – maar hij brak en de tranen drupten omlaag. Zijn kat was door een auto aangereden, bracht hij snikkend uit. Blijkbaar had hij het nieuws die ochtend gehoord.

'Je kat was erg belangrijk voor je, hè?' zei Chikako vol medelijden.

'Hij was familie,' snotterde Satoru.

Waarom kon je dan niet meer voor hem zorgen? Toen Shusuke dat een keer eerder aan Satoru had gevraagd, had hij geen antwoord gekregen. Nu bleek dat Satoru zijn kat als familie beschouwde, vond Shusuke het alleen nog maar vreemder.

Als het nieuws je zó van streek maakt, had je hem gewoon nooit moeten laten gaan, was de ietwat harteloze gedachte die door Shusuke heen ging. Waarschijnlijk was hij een beetje jaloers op de twee en hun gedeelde liefde voor katten. Maar Shusuke's jaloezie verdween op slag door wat Satoru daarna zei.

'Hij was onze kat toen mijn ouders nog leefden.'

Word ik even op mijn nummer gezet, dacht Shusuke. Dat krijg je als je zulke gemene dingen denkt over je verdrietige vriend – wat ben ik toch een kleinzielige egoïst.

'Had je hem nou nog maar even kunnen zien,' zei Chikako.

Wat was ze lief en meelevend! Als kind al had Shusuke de mooie, vrolijke en zachtaardige Chikako bewonderd omdat ze zo goedhartig was. Hijzelf kon nooit zo'n soort mens als zij worden.

Lieve help – ik wist niet dat Satoru's ouders overleden waren. Als ik het had geweten, had ik nooit zulke gemene gedachtes gehad.

Shusuke kreeg het gevoel alsof hij werd uitgelachen. *Al had je het geweten, Shusuke, dan nog was je nooit zo meelevend geweest als Chikako.*

'Wat doe je met je bijbaantje? Blijf je wel werken?' vroeg hij uiteindelijk. Chikako trok naast hem een gezicht van 'En daarom kan ik jongens niet uitstaan'. Maar Shusuke kon nu onmogelijk nog iets zeggen om Satoru op te beuren. Dat zou alleen maar ongemeend overkomen.

'Het heeft nu weinig zin meer om naar Kokura te gaan,' zei Satoru. Hij haalde zijn neus op en glimlachte flauwtjes. Maar Chikako mengde zich luid tussenbeide.

'Je kan beter wel gaan, naar Kokura. Gewoon doorsparen en je kat een waardig afscheid geven!'

Satoru knipperde verbaasd met zijn ogen.

'Als je niet fatsoenlijk rouwt om je dode kat kan je het nooit een plekje geven,' ging Chikako hartstochtelijk verder. 'Blijf nou niet hier zitten kniezen omdat je niet op tijd was. Ga naar hem toe en rouw om hem. Zeg hem dat je misschien te laat bent, maar dat je er wel van alles aan hebt gedaan om hem op te zoeken.'

Shusuke besefte maar al te goed hoe diep deze woorden Satoru troffen. Hij voelde de tranen immers zelf ook al opwellen.

Satoru begon te glimlachen. Er viel niets tegen Chikako's woorden in te brengen. Hij ging door met zijn bijbaantje. Maar als hij dan toch op reis ging, wilde hij ook meteen wat andere plaatsen zien, zei hij. Dus bleef Satoru tot half augustus werken. Tegen het eind van de zomervakantie vertrok hij.

Toen het nieuwe semester begon en Shusuke en Satoru elkaar weer zagen, leek Satoru iets van zich te hebben afgeschud. Hij gaf Shusuke en Chikako alle twee een souvenir. Noedels uit Hakata voor Shusuke, waar hij om gevraagd had, en papieren gezichtsdoekjes en een handspiegeltje voor Chikako, die Satoru in Kyoto had gekocht.

'Wauw, van de Yojiya!' Blijkbaar was dat een bekend merk, want Chikako was uitzinnig van vreugde. Ze werd door een vriendin geroepen en zei haastig 'dank je wel!' terwijl ze er vlug vandoor ging.

'Dus je bent in Kyoto geweest?' vroeg Shusuke.

Satoru knikte. 'Toen ik in de zesde klas van de lagere school op schoolreisje naar Kyoto was zijn mijn ouders bij een auto-ongeluk om het leven gekomen. Mijn moeder had me gevraagd om gezichtsdoekjes van de Yojiya als souvenir voor haar te kopen. Ik heb er toen wel naar lopen zoeken, maar ze nooit gevonden. Een vriend van me heeft ze uiteindelijk voor me meegenomen, maar zelf had ik die gezichtsdoekjes dus nog nooit gekocht.'

'En het spiegeltje?'

'Dat zou ik nu voor mijn moeder gekocht hebben.'

Shusuke voelde een steek in zijn borst opkomen. Eigenlijk was Chikako degene die dit zou moeten horen, maar Shusuke wilde liever niet dat ze er iets van wist.

Was iemand anders dan hijzelf Satoru maar tegengekomen toen

de shih tzu in het kanaaltje was gevallen, ging het door Shusuke heen. Had iemand anders maar samen met Satoru dat hondje gered.

Hij vertelde het Kyoto-verhaal van Satoru niet door aan Chikako. Shusuke onderdrukte zijn schuldgevoel met de gedachte dat als Satoru wilde dat ze het wist, hij dat haar zelf wel zou vertellen.

Shusuke moest lijdzaam toezien dat zijn voorsprong op Satoru omdat hij Chikako al veel langer kende, als sneeuw voor de zon verdween. Het maakte hem bang.

Chikako sprak Satoru gewoon met zijn voornaam aan, maar Shusuke noemde ze Shu. Shusuke dacht niet langer meer dat ze daar iets mee bedoelde. Als ze erachter kwam wat Satoru van haar vond, viel ze vast voor hem. Satoru was, in tegenstelling tot Shusuke die met zichzelf in de knoop zat, allang een man waar Chikako zich niet voor hoefde te generen.

En dat terwijl Satoru als kind zoiets ergs had meegemaakt. Hij had zijn beide ouders verloren en zijn dierbare kat was bij hem weggehaald. En alsof dat nog niet erg genoeg was, kwam hij te laat om zijn kat nog eens terug te zien. Desondanks beschuldigde Satoru niemand ergens van. Hij vond het niet oneerlijk wat hem allemaal overkwam.

Had Shusuke in Satoru's schoenen gestaan, dan zou hij een slachtofferrol hebben aangenomen. Dan zou hij zijn eigen situatie gebruikt hebben voor allerlei gemakzuchtige smoesjes. En hij zou het vast en zeker ook gebruikt hebben om Chikako voor zich te winnen.

Waarom kon Satoru op zo'n ontspannen en natuurlijke wijze overeind blijven? Hoe beter Shusuke hem leerde kennen, hoe verder hij zich in het nauw gedreven voelde. Hij zou onmogelijk van Satoru kunnen winnen.

Het gaf Shusuke een minderwaardigheidsgevoel dat hijzelf in weelde was opgegroeid. Hij had het veel beter getroffen dan Satoru, en toch voelde hij zich elke dag tekortgedaan. Zonder erbij na te denken maakte hij ruzie met zijn ouders en zei hij allemaal lelijke dingen tegen hen. Soms ging hij zelfs zover dat hij zijn moeder aan het huilen bracht.

Ik kom absoluut niks tekort, dacht Shusuke, maar waarom ben ik dan toch zo kleinzielig? Waarom kan ik niet aardiger zijn dan Satoru, die zoveel minder heeft dan ik?

Chikako was net zo onbezorgd opgegroeid als Shusuke, maar zij voelde zich niet minderwaardig of jaloers als ze samen met Satoru was. Ze ging heel vanzelfsprekend en plezierig met Satoru om, wat Shusuke nog verder in het nauw dreef.

Op deze manier verloor Shusuke haar, terwijl hij al veel langer verliefd was op Chikako!

'Zou Satoru iemand hebben die hij leuk vindt?' liet ze zich eens ontvallen toen die niet in de buurt was. Onmiddellijk werd Shusuke door emotie overmand. Hij was jaloers en voelde zich geen knip voor de neus waard.

'Ik ben verliefd op Chikako. Van kinds af aan al,' zei hij. Degene aan wie hij dit opbiechtte, was niet Chikako maar Satoru. Shusuke ging ervan uit dat Satoru, die altijd aardig was en zijn vrienden op de eerste plaats zette, zijn eigen gevoelens zou onderdrukken als hij dit hoorde. En dus nam hij Satoru in vertrouwen en deed alsof hij hem om advies vroeg.

Satoru's ogen werden groot van verbazing en na een kort stilzwijgen glimlachte hij.

'Ik begrijp het.'

*Je snapt het toch wel? Jij zou het als geen ander moeten begrijpen.*

Zo snoerde Shusuke hem de mond, en zonder ooit iets van zijn eigen gevoelens voor Chikako te laten merken, ruimde Satoru uiteindelijk het veld: in de lente van hun laatste schooljaar op de middelbare school verhuisde hij naar een andere school. Zijn tante, bij wie hij woonde, werd vaak voor haar werk overgeplaatst, had Satoru uitgelegd.

Shusuke voelde zich oprecht verdrietig, maar zijn opluchting was er niet minder om. Nu hoefde hij zich nergens meer zorgen over te maken – dat dacht hij tenminste.

'Waarom ben je toch zo'n goeie vent ondanks dat je ongelukkig bent?' lalde Shusuke voordat hij het goed en wel besefte. Het was de schuld van de wijn die ze bij het avondeten hadden ontkurkt. Omdat het een speciale gelegenheid was had hij bedacht Satoru op een lokale wijn te trakteren; een rode Ajiron. Deze had echter een zoete geur en smaak en je dronk er gauw te veel van.

Chikako was al van tafel opgestaan om een bad te nemen. Misschien ook daardoor liet Shusuke zich ineens gaan.

Satoru antwoordde met een wrange glimlach. 'Of ik een goeie vent ben of niet weet ik niet. Maar ik was niet ongelukkig. Dat maak jij er alleen maar van.'

'Wat bedoel je daar nou weer mee? Wou je soms beweren dat je het zo goed hebt?'

'Je bent dronken. Word nou maar een beetje nuchter voordat Chikako uit bad komt.' Terwijl Satoru dat zei trok hij de wijnfles naar zich toe zodat Shusuke er niet meer bij kon.

∽

Wij katten worden helemaal week van kattenkruid, mensen worden dat blijkbaar van drank.

Satoru drinkt thuis ook weleens iets. Hij slaat er dan een paar achterover terwijl hij in zijn eentje naar van die balspelen voor mensen – zoals honkbal en voetbal – zit te kijken. Hij wordt er altijd vrolijk van en binnen de kortste keren gaat hij er languit bij liggen.

Als ik dan per ongeluk vlak langs hem heen loop lalt hij vleiend 'Nanatjè-èèh' en druk hij me tegen zich aan, waar ik echt niet tegen kan. Ik probeer op zulke momenten dus maar zo ver mogelijk bij hem uit de buurt te blijven. Bovendien stinkt hij naar alcohol.

Het gebeurt ook weleens dat hij buitenshuis drinkt en in een walm van alcohol thuiskomt, maar ook dan is hij vrijwel altijd goedgeluimd. Vandaar dat ik dacht dat mensen altijd vrolijk worden als ze wat op hebben. Zoals katten ook vrolijk worden van kattenkruid.

Shusuke was de eerste die ik somber van alcohol zag worden. Nadat Chikako de kamer uit was gelopen om in bad te gaan, was hij plotseling knorrig geworden en op Satoru begonnen te mopperen. Als Shusuke het niet leuk vindt, waarom drinkt hij dan? Ik lag boven op de tv in de woonkamer en sloeg de twee vanaf daar gade. Het leek erop dat Satoru ten slotte de fles wijn bij Shusuke wegpakte.

Trouwens, het televisietoestel hier beviel me erg goed. Ik was ervan uitgegaan dat alle tv's plat als een plank zijn, maar deze was doosvormig en voor een kat erg uitnodigend om op te gaan liggen. Bovendien gaf hij een beetje warmte af wat heel behaaglijk was voor mijn buik. In de winter moest het pas echt geweldig zijn.

Momo had me uitgelegd dat het al een erg oud ding was. Vroeger zagen ze er allemaal zo uit, zei ze. Wat een technologische achteruitgang – om zo'n perfect design te vervangen voor een dun, smakeloos geval.

Volgens Momo waren katten in twee generaties in te delen, al naargelang ze deze doosvormige tv's kennen of niet. Chikako, zei Momo, wilde vooral dat katten het zich hier gemakkelijk konden maken, en had dus geen platte tv in huis gehaald. Een uitstekende beslissing, als je het mij vraagt.

Waarom kijk je zo chagrijnig? Als je genoeg hebt van de tv neem ik haar weer van je over, hoor.

Ik werd aangesproken door Momo, die op een sofa vlak bij me in de buurt lag te dutten, en raakte even van mijn stuk. Ze had haar speciale plekje boven op de tv immers aan mij, haar gast, afgestaan.

Dat is het niet. Het is gewoon...

Ik wierp een blik in de richting van de onderuitgezakte Shusuke.

Ik had begrepen dat ze vrienden van elkaar waren, maar Shusuke lijkt niet echt op Satoru gesteld te zijn.

Momo schudde glimlachend haar kop.

Denk alsjeblieft niet dat hij hem niet met een warm hart onthaalt. Die wijn is hij gisteren speciaal gaan halen. Om aan Satoru te laten proeven, zei hij.

Maar waarom zit hij Satoru dan zo op de huid? Waarom zegt hij dan dat hij zich afvraagt waarom Satoru zo'n goeie vent is, alsof hij er niet blij mee is?

Hij mag Satoru best, maar hij is ook jaloers op hem. Mijn baasje wil net zo worden als jouw baasje.

Dat begrijp ik niet. Satoru is Satoru, en Shusuke is toch Shusuke?

Zo is het maar net. Maar mijn baasje lijkt te denken dat Chikako meer van hem zou houden als hij zoals Satoru kan zijn.

Lieve help, daar geef je me nog eens een veelzeggende verklaring.

Chikako had vroeger een oogje op jouw baasje.

Blijkbaar was dat iets van een eeuwigheid geleden. Ruim voordat Momo geboren werd, toen de drie nog kinderen waren. Ze had het gehoord van de kat die hier voor haar woonde, zei ze.

Ik vraag me af hoe Satoru over haar dacht. Zou hij Chikako ook leuk gevonden hebben?

Als iemand die speciaal voor katten een oud televisietoestel laat staan Satoru's vrouw was geweest, zou dat pas echt geweldig zijn.

Tja, dat weten wij niet. Maar het lijkt erop dat mijn baasje een kwaad geweten heeft tegenover Satoru als het om Chikako gaat.

Wat een gedoe, zeg. Chikako heeft uiteindelijk voor Shusuke gekozen en is met hem getrouwd, dus waar maakt hij zich nou druk over?

Bij katten is het op het moment dat een vrouwtje haar keuze maakt een uitgemaakte zaak. En niet alleen bij katten: bij alle dieren, afgezien van de mens, is het oordeel van het vrouwtje over de liefde heilig. Zelf ben ik de ware natuurlijk nooit tegengekomen omdat Satoru vanaf mijn jonge jaren voor mij heeft gezorgd. Ik was vroeger een iets te zachtaardige kater om een poes aan de haak te slaan. Als ik nou eens een wat grotere, ruige kop had gehad, zoals Daigo. Die zou goed in de markt liggen als kat.

Ha, dat verklaart een boel.

Momo hield haar kop schuin en ik vervolgde –

Die rothond is zeker van Shusuke?

Honden zijn niet zulke rationele wezens. Die laten zich veel te veel meeslepen en kiezen meteen de kant van hun baasje, wat hij ook beweert. Die rothond stond natuurlijk vierkant achter Shusuke nu hij een tikkeltje somber was.

Tussen twee haakjes, katten laten zich niet zoveel aan hun baasje gelegen liggen, al gaat deze nog zo tekeer. Een kat volgt alleen datgene waarin hij zelf gelooft.

Toramaru is nog jong en wil weleens wat te rechtlijnig denken.

Toen de avond was gevallen hadden ze die rothond in huis gelaten en meteen naar een andere kamer geleid. Hij was niet tegen ons beginnen te blaffen zoals 's middags toen we hem hadden ontmoet, maar omdat hij zo onbeschoft tegen Satoru had gedaan stonden hij en ik op scherp en er hoefde niet veel te gebeuren of we zouden elkaar weer aanvliegen.

'Nou nou, jij hebt al een paar glaasjes op, hè?' Chikako kwam net teruggelopen van de badkamer. 'Gaan we maar eens slapen?' vroeg ze alsof ze een kind suste.

'Wil ik niet!' antwoordde Shusuke en hij schudde als een verwend joch met zijn hoofd. 'Als jij en Satoru nog langer opblijven, doe ik dat ook.'

Chikako en Satoru keken elkaar aan en er verscheen een glimlach op hun gezicht – een ongemakkelijke maar ook vertederde glimlach. Was dat nou zo schattig, zo'n dronkaard? Ik vond hem er eerder een beetje bespottelijk uitzien. Ik mag toch hopen dat ik er niet zo uitzie als ik kattenkruid heb lopen snuiven.

'Ik ben ook moe, dus ik ga maar eens slapen. Kom.' Satoru hielp Shusuke overeind en ze tuimelden bijna omver. Misschien was Shusuke zwaarder dan hij had gedacht. Of misschien wel verder heen dan hij had gedacht. Chikako schoot Satoru te hulp en ondersteunde Shusuke aan zijn andere zijde.

En zo brachten ze hem met z'n tweeën naar zijn slaapkamer.

~

Niet lang nadat Satoru van school was vertrokken, had Shusuke verkering met Chikako gekregen.

Ze wilden allebei naar dezelfde universiteit. Ze hadden het met zijn tweetjes besproken en besloten om voor een universiteit in Tokio te gaan. Chikako was van plan om in de toekomst op de fruitkwekerij mee te helpen, dus als ze nu niet buiten de provincie ging studeren zou ze haar hele leven op dezelfde plek slijten. Het was een wens van haar om ten minste één keer in haar leven in de grote stad te wonen.

Ze slaagden allebei moeiteloos voor hun toelatingsexamen. Chikako ging bij familie in Tokio wonen en Shusuke in een studentenflat van de universiteit. Het was een tweepersoonskamer en hij maakte zich zorgen of hij wel met zijn kamergenoot op zou kunnen schieten. Toch had de kamer twee voordelen: de handige ligging en de lage huur.

Chikako en hij hadden afgesproken elkaar één keer te zien voor de introductieceremonie. Eerst wilden ze hun nieuwe woonplek een beetje op orde hebben. Gewapend met een stratenkaart ging Shusuke op zoek naar zijn studentenflat. Het was hem niet helemaal duidelijk bij welke steegjes hij af moest slaan en hij liep wat in cirkeltjes rond, maar uiteindelijk kwam hij er niet zo gek veel later dan gepland aan.

Hij stond juist bij de receptie de formaliteiten te regelen.

'Shusuke!'

Hij had in Tokio nog helemaal geen vrienden of kennissen gemaakt die hem zouden kunnen roepen. Hij draaide zich onzeker om en was met stomheid geslagen.

'Satoru,' wist hij nog uit te brengen voordat zijn verstand ter plekke bevroor. Het was een opluchting om in deze nieuwe omgeving een oude bekende te zien, maar waarom was Satoru hier, vroeg hij zich af. En dan was er nog het schuldgevoel dat hij diep weggeborgen had nadat Satoru was verhuisd.

'Van Chikako had ik gehoord dat ze zich voor deze universiteit had ingeschreven, dus ik dacht al dat jij dat misschien ook had gedaan. Heb ik het toch goed geraden.'

'Hoezo gehoord? Heb je haar nog gezien nadat je bij ons van school bent gegaan?'

'Ben je gek? Via de post.'

Middelbare scholieren liepen in die tijd nog niet allemaal met een mobiele telefoon rond.

'Ik had jullie mijn nieuwe adres toch gegeven? Chikako heeft me toen een brief gestuurd. Van jóú heb ik echter nooit een brief gehad,' zei Satoru er plagerig achteraan.

'Ik heb je toch een paar keer gebeld?'

'Ach ja, zo gaat dat nu eenmaal bij jongens. Met mijn vrienden uit de onderbouw van de middelbare school bel ik ook bijna nooit meer. Toen ik die brief van Chikako kreeg was ik echt verbaasd dat ze zo ijverig contact bleef houden. En sindsdien schrijven we elkaar af en toe.'

Dus Satoru was erachter gekomen op welke universiteit Chikako haar zinnen had gezet. Had Satoru misschien ook daarom voor deze universiteit gekozen?

'Chikako heeft me nooit verteld dat jij je hier hebt aangemeld, Satoru.'

'Natuurlijk niet, ik heb het ook nooit aan haar verteld,' antwoordde Satoru eerlijk. 'Ik dacht wel: hé, we willen naar dezelfde universiteit, maar als een van ons tweeën zou worden uitgeloot, was dat alleen maar pijnlijk geweest. Jullie twee konden elkaar misschien aanmoedigen en steunen bij het examen, maar voor mij was het anders.'

Het had dus misschien toch niet zoveel te betekenen, dacht Shusuke. Maar in hoeverre is het waar wat Satoru zegt? Kan ik hem zomaar op zijn woord geloven?

'Dus Chikako heeft je nooit geschreven dat ik hier ook toelatingsexamen ging doen,' wierp Shusuke een balletje op.

'Tja, waarom zou ze dat niet gedaan hebben, hè?' Satoru hield zijn hoofd schuin. 'Misschien omdat zij net als ik redeneerde dat het pijnlijk zou zijn als bleek dat een van jullie was uitgeloot.'

Waarschijnlijk was zoiets inderdaad de reden. Evenzogoed bleef Shusuke er meer achter zoeken, maar dat was zijn eigen probleem – de prijs die hij betaalde voor het feit dat hij op die ene dag zijn vriend de mond gesnoerd had.

'Zullen we vragen of we op dezelfde kamer ingedeeld kunnen

worden? Mijn kamergenoot is er nog niet, dus nu kan het misschien nog.'

Satoru was er al een week en had met zijn innemendheid meteen links en rechts contacten gelegd. Hij liep bij een aantal mensen langs, zoals de huisopzichtster en de beheerder, en al snel had hij geregeld dat Shusuke bij hem op de kamer kon.

Chikako was verheugd dat Satoru op dezelfde universiteit terecht was gekomen als zij, maar viel wel tegen hem uit. 'Waarom heb je me niks laten weten?' zei ze boos. Ze had hem juist een brief willen schrijven om te vertellen dat ze op dezelfde universiteit was toegelaten als Shusuke.

Hoewel Shusuke zich van tevoren een beetje zorgen had gemaakt over het leven in de studentenflat, was het er dankzij Satoru vanaf het begin prettig wonen. Het legde Shusuke geen windeieren dat hij Satoru als vriend had. Dat het oude schuldgevoel hem af en toe toch nog als een vage herinnering bekroop, was helemaal aan hemzelf te wijten.

En zo ging het eerste semester voorbij en begon het tweede.

'Hier Shusuke, een cadeautje van een ouderejaars,' zei Satoru, en hij kwam binnenzetten met blikjes bier van een goed merk dat vrijwel nooit afgeprijsd werd. In het studentenleven hielden ze zich alleen voor de schijn aan de wettelijke leeftijdgrens van twintig jaar om te drinken. In de studentenflat ging de drank van hand tot hand, ook onder de minderjarigen. Ze hielden het zodanig binnen de perken dat ze aan de aandacht van de huisopzichtster ontsnapten.

'O, dan ga ik even wat snacks regelen.'

De studenten kregen geregeld pakketjes van hun ouders opgestuurd, dus ze hoefden maar een rondgang door de flat te maken om al ruilend aan redelijk goede spullen te komen. Shusuke had juist dure druiven van thuis gekregen en met dat startkapitaal wist hij van een medestudent uit Hokkaido gedroogde zalm en speciale zoutjes te ontfutselen.

Satoru had een goede dronk, maar was niet echt een stevige

drinker. Hij hoefde slechts twee blikjes bier achterover te slaan en hij kreeg al bloeddoorlopen ogen.

Ze hadden wat zitten kletsen toen hun gesprek om de een of andere reden afdwaalde naar een liefdesaffaire binnen de studentenflat. Er was een jolige eerstejaarsstudent die stoutmoedig avances maakte richting een oudere studente, maar telkens een blauwtje liep. Hij kreeg er de lachers mee op de hand, maar werd door de andere jongens ook aangemoedigd.

'Hoe vaak is hij ook weer afgewezen?'

'Laatst zei hij dat het de elfde keer was dat ze geweigerd had om met hem uit te gaan.' Satoru, die goed geïnformeerd was, grinnikte terwijl hij Shusuke de stand van zaken uitlegde. 'Hij zat er totaal niet mee, dat was nog het lachwekkendste van alles. Hij zegt dat hij voor het eind van het tweede semester de twintig nog wil halen.'

'En dan? Wat bereikt hij ermee om zo vaak mogelijk afgewezen te worden? Hij verliest helemaal uit het oog waar het eigenlijk om draait.'

'En toch ben ik wel een beetje jaloers op dat soort roekeloosheid.'

Satoru's rode ogen begonnen te fonkelen. Shusuke kreeg prompt een naar voorgevoel.

'Op de middelbare school was ik eigenlijk een beetje verliefd op Chikako.'

Het liefst was Shusuke dat nooit van zijn leven ter ore gekomen.

'Omdat jij er was voelde ik me vrij kansloos. Had ik het nou toch maar gewoon één keer tegen haar gezegd, ook al had ik een blauwtje gelopen.'

Waarschijnlijk had het de geschiedenis veranderd.

'Alsjeblieft,' bracht Shusuke uit en zijn stem sloeg over. 'Vertel dat nooit aan Chikako.' *Als hij het haar nu gewoon eens zei* – waarschijnlijk viel de geschiedenis ook nu nog te veranderen. 'Ik smeek het je.'

Hoe diep kan ik zinken, dacht Shusuke, dat ik mijn hoofd zo voor hem buig. Hij begreep maar al te goed dat hij er walgelijk uitzag, maar toch deed hij het.

Het zou Satoru in toom houden, wist Shusuke.

Satoru's ogen werden een tikkeltje groter van verbazing. Precies zoals die eerste keer dat Shusuke hem de mond had gesnoerd door hem om advies te vragen.

'Maak je geen zorgen,' zei Satoru met een glimlach. 'Het is waarschijnlijk dikker aan tussen jullie twee dan je zelf denkt.'

En zo slaagde Shusuke erin om Satoru tot aan het einde toe het zwijgen op te leggen.

Shusuke studeerde af, keerde terug naar zijn geboorteplaats, en een paar jaar later trouwde hij met Chikako.

Satoru kwam ook naar de bruiloft.

Nadat Shusuke en Chikako getrouwd waren, begon Satoru haar met 'Chika' aan te spreken. De geschiedenis kon nu toch niet meer op zijn kop worden gezet. Niet door Satoru, en niet door Chikako. Dat lag niet in hun aard.

Evenzogoed voelde Shusuke zich soms onrustig vanbinnen als hij aan Satoru dacht – zijn straf voor wat hij gedaan had. Als hij Satoru's kat overnam, werd hij er vast om de haverklap mee geconfronteerd. En toch.

Nu Satoru in de problemen zat en zijn dierbare kat aan hem wilde toevertrouwen, zag Shusuke het als zijn plicht om hem te helpen.

Misschien wat raar voor zo'n laffe, bekrompen vent als ik om hier nog zo laat mee voor de dag te komen, dacht Shusuke, maar toch: ik mag je heel erg, Satoru. Ondanks dat je veel ergere dingen hebt meegemaakt dan ik ben je zo joviaal en aardig, en daar heb ik je altijd heel erg om bewonderd. Ik heb altijd willen worden zoals jij, als het ook maar even had gekund.

Dit over zijn lippen krijgen, kon hij echter niet.

~

De volgende ochtend besloten ze om mij en die rothond nog eens bij elkaar te zetten om te kijken hoe we op elkaar zouden reageren. Na het ontbijt in de gezamenlijke eetruimte liep Chikako naar hem toe in de andere kamer.

'Wees alsjeblieft een brave jongen, Tora,' drukte Chikako hem aan de andere kant van de deur op het hart. Shusuke liep rusteloos op en neer. Satoru keek ook wel een beetje bezorgd. De enigen die hun kalmte bewaarden, waren Momo en ik.

Ik had die ochtend een speciale tonijnmix gegeten met gedroogde kipfilet als topping, dus ik kwam goed beslagen ten ijs. Laat maar eens zien wat je in huis hebt, rothond.

En toen ging de deur open.

De hond bleef pal in de deuropening staan en staarde brutaal onze kant op. Maar in de richting van Satoru keek hij niet. Terecht – gisteren had Shusuke hem herhaaldelijk de huid vol gescholden en gezegd dat Satoru een belangrijke vriend van hem was waartegen hij niet mocht blaffen. Er bleef dan nog maar één doelwit over.

Kom maar op, ik lust je rauw.

Hij begon zo fel te blaffen dat het leek alsof hij elk moment op me af zou komen springen. Perfect! Ik wierp vlug een blik op de gillende mensen in de kamer, kromde mijn rug zo hoog ik kon en zette al mijn haren rechtovereind. Jij neemt geen halve maatregelen zeg, mompelde de toekijkende Momo. Dank u beleefd, dame.

Maak dat je wegkomt!

Die rothond bleef blaffen ondanks dat Shusuke en Chikako hem uitkafferden. Satoru kwam op mij afgestormd om me tegen te houden zodat ik niet op de hond af zou springen.

Als jij hier bent, moeten mijn baasje en zijn vrouw de hele tijd aan Satoru denken! Het is pijnlijk voor mijn baasje als zijn vrouw herinneringen ophaalt aan Satoru.

Ook zonder dat je me dat zegt trek ik mezelf al terug met zo'n domme rothond als jou in huis!

Als het op vechten aankomt ben je geen partij voor mij. Je bent misschien wel groot van postuur, maar ik durf te wedden dat je nog nooit op leven en dood hebt gevochten. Bijvoorbeeld wanneer je territorium van je wordt afgepakt en je de volgende dagen minder te eten hebt. Zo'n gevecht heb je vast nog nooit meegemaakt, jij verwend stuk vreten van een hond.

Ik vuurde een scheldkanonnade op hem af – het soort grof geschut dat ik opgedaan heb tijdens mijn vele veldslagen en dat ik jullie edele dames en heren echt niet ter ore kan laten komen.

Momo keek toe vanaf haar veilige heenkomen boven op de tv en glimlachte ongemakkelijk. Sorry hoor, het spijt me nu echt dat een dame zoals jij zulke lelijke taal moet aanhoren.

Verdomme, rot op!

Hij blafte nu bijna met tranen in zijn ogen. Dacht deze aangelijnde hond van misschien net drie jaar nou echt dat hij het van mij ging winnen? In geen honderd jaar! Momo is misschien twee keer zo oud als ik, maar ík ben twee keer zo oud als jij, rothond.

Ik kan in dit huis niemand toelaten die ze aan Satoru herinnert!

Ik bedoel –

Zwijg! Als je nog een keer je muil opendoet zul je het bezuren!

Ik moet het hem nageven dat hij zich niet stilhield. Misschien liet hij zich gewoon meeslepen, maar toch.

Ik bedoel, die vent ruikt alsof hij niet meer te redden is!

Ik zei je toch dat je stil moest zijn!

'Nana!'

Satoru schreeuwde wanhopig naar me. Ik had me namelijk uit zijn handen losgewrongen en vloog op die rothond af.

*Kai!* Het gejank van de hond weergalmde door de kamer. Uit drie mooie sneeën over zijn oranjebruine snuit sijpelden evenzoveel straaltjes bloed. Maar Toramaru krulde zijn staart niet tussen zijn achterpoten. Hij liet hem wel naar beneden zakken, maar deed dan steeds weer zijn best om hem de lucht in te steken. Hij gromde achter in zijn keel.

'Foei Nana, hem zo verwonden!'

De strijd was gestreden, dus ik liet me gedwee door Satoru in de armen nemen. 'Het spijt me,' verontschuldigde Satoru zich meerdere keren tegen Toramaru, en tegen Shusuke en Chikako.

'Het geeft niet, gelukkig is Nana niet gebeten.' Chikako zuchtte met een wit weggetrokken gezicht. Shusuke hamerde met een gebalde vuist Toramaru op zijn kop.

'Als je Nana echt had gebeten zou hij dood zijn geweest!'

Toramaru jankte zachtjes en liet nu voor het eerst zijn staart tussen zijn poten hangen. Hij staarde mij vernederd aan.

Oké, ik snap het. Deze zal ik niet meetellen als mijn overwinning.

'Sorry, ik weet dat jullie me graag uit de brand hadden geholpen, maar ik neem hem mee terug naar huis,' zei Satoru teleurgesteld. 'Het zou ook sneu voor Toramaru zijn, zo'n kat waarmee hij het niet kan vinden.'

Satoru haalde mijn reismand tevoorschijn. Ik klom in het mandje en draaide me om naar Toramaru.

Dank je wel, Toramaru.

Toramaru trok een bedenkelijk gezicht.

Ik ben hier alleen maar gekomen om met Satoru op reis te kunnen. Niet om geadopteerd te worden. Ik begon me al af te vragen hoe ik weer thuis zou komen, maar dankzij jou is het me zonder al te veel moeite gelukt.

Toramaru sloeg zijn ogen neer en liet zijn staart zakken, en Satoru en ik begaven ons richting de zilverkleurige minivan.

Toramaru werd aangelijnd en mee naar buiten genomen om ons uit te zwaaien. Shusuke hield de lijn kort en wond hem een aantal keer om zijn hand.

Momo voegde zich uit eigen beweging naast de anderen. Het was lang geleden dat ze zo'n serieus robbertje vechten had gezien, complimenteerde ze me.

'Het spijt me echt. Gelukkig heeft Nana niets opgelopen.'

'We hadden echt graag op hem willen passen...'

Shusuke en Chikako verontschuldigden zich beurtelings, maar daar leek Satoru zich alleen maar ongemakkelijker door te voelen. Nogal begrijpelijk, want per slot van rekening was ík degene die daadwerkelijk iemand pijn had gedaan.

Zoals elke keer talmde Satoru met wegrijden omdat ze het moeilijk vonden afscheid te nemen. Zelfs nadat hij achter het stuur was gekropen, bleef Chikako hem het ene na het andere kleinigheidje toestoppen dat ze hem vergeten was mee te geven.

Stilletjesaan was het tijd om te gaan.

'O trouwens,' zei Satoru door het open autoraam. 'Op de middelbare school had ik een oogje op je, Chika. Wist je dat?'

Satoru klonk alsof hij het over het weer had. Shusuke's gezicht verstarde.

Chikako wist niet wat ze hoorde en knipperde verbaasd met haar ogen. Toen begon ze te giechelen.

'Dat is al zo lang geleden. Waarom zou je daar nu over beginnen?'

'Je hebt gelijk.'

Ze schoten allebei in de lach. Shusuke stond wezenloos voor zich uit te staren en begon een paar tellen later ook te lachen, ook al leek het huilen hem nader te staan.

Toen de auto langzaam in beweging kwam, klonk plotseling een schreeuw.

'Toramaru!'

Ik zag Toramaru wild aan zijn riem trekken in een poging om los te komen.

Hé, kat!

Toramaru riep naar mij.

Je mag blijven! Mijn baasje lachte daarnet samen met zijn vrouw en Satoru, dus je mag best hier blijven!

Idioot! Ik heb je toch gezegd dat ik dat helemaal nooit van plan ben geweest.

'Hou nu eindelijk eens je gemak, Toramaru!' Shusuke trok boos aan de riem.

Niet kwaad op hem worden. Hij wou me alleen maar tegenhouden.

Het kwam waarschijnlijk niet in Shusuke op dat er ook nog iets anders kon zijn waarom Toramaru blafte.

'Ik vraag me af of Toramaru wel boos is.' Satoru keek in de achteruitkijkspiegel. 'Hij blaft nu anders dan eerst.'

Daarom ben ik zo dol op je, Satoru. Jij merkt dat soort dingen tenminste op.

De zilverkleurige minivan toeterde kort en liet het pension achter zich.

'Wat zou het mooi zijn geweest als ze je in huis hadden kunnen nemen.'

Heb je hem weer. Wat zit je nou te zeuren. En dat terwijl de berg Fuji alweer achter ons ligt. Als je me op een dag toch weer komt ophalen, kun je me er net zo goed niet achterlaten.

Ik strekte me tegen de achterruit uit om naar de berg te kijken. Satoru lachte.

'De zee vond je maar niks, maar van de Fuji kun je geen genoeg krijgen, hè?'

Ja – die buldert tenminste niet zo hard dat ik het in mijn buik kan voelen trillen. En die eindeloze golven die mij op willen slokken heeft hij ook niet.

'Ik hoop dat we hem nog eens samen kunnen zien.'

We moeten hier inderdaad een keertje terugkomen. En laten we dan ook nog een keer in het pension van Shusuke en Chikako overnachten. We hadden vanaf onze kamer immers een erg mooi uitzicht op de Fuji gehad en –

'Je was ook helemaal weg van die oude beeldbuis-tv, hè Nana?'

Ja, dat ding! Die doosvormige tv is me erg goed bevallen. Zowel het formaat ervan – ik kon mezelf er precies op kwijt als ik mijn poten onder mijn lijf vouwde – als de behaaglijke warmte die eruit opsteeg.

Zeg, Satoru. Kunnen wij ook niet zo'n ding in huis halen? Hij beviel me echt erg goed.

'Sorry dat wij thuis een platte hebben. Nieuwe beeldbuis-tv's zijn nu natuurlijk niet meer te koop.'

Echt niet? Wat is dat nou verschrikkelijk jammer. Maar goed, dan heb ik iets om naar uit te kijken als we naar Shusuke en Chikako gaan. Trouwens, de volgende keer zwaait Toramaru ons vast en zeker met zijn staart tegemoet.

~

In de namiddag kwam er een reservering binnen voor de nacht.

'Misschien kunnen we Toramaru beter even aangelijnd houden.'

'Je hebt gelijk. Na dat gevecht met Nana is hij misschien nog opgefokt.'

Shusuke leidde Toramaru naar buiten en terwijl hij hem bij zijn hok aan de ketting legde richtte hij zich tot Chikako, die meegelopen was.

'Wat Satoru je daarstraks zei hè...'

'Nee maar, je zit er toch niet mee?'

Dat was recht in de roos. 'Zo bedoel ik het niet,' stamelde Shusuke. 'Ik vroeg me gewoon af wat je gedaan zou hebben als Satoru op de middelbare school had gezegd dat hij je leuk vond.'

'Wie zal het zeggen?' Chikako haalde haar schouders op. 'Dat is moeilijk praten achteraf.'

Daar had ze natuurlijk volkomen gelijk in en Shusuke had dan ook geen weerwoord.

'Maar misschien was het helemaal niet zo'n gekke ervaring geweest om als jong meisje tussen twee jongens aan het twijfelen gebracht te worden.'

'Aan het twijfelen?' vroeg Shusuke verwonderd.

'Natuurlijk,' zei Chikako lachend. 'Als ik de keuze had gehad tussen twee leuke jongens had dat me wel gevleid.'

Shusuke voelden de tranen opwellen, maar slikte ze door en vermande zich. Chikako wist niet wie van de twee ze gekozen zou hebben. Maar ze had hem wel op één lijn met Satoru gezet.

Deze kennis haalde de scherpe kantjes van zijn minderwaardigheidsgevoelens en zijn jaloezie. De volgende keer dat hij Satoru zag, zou hij zich als een veel betere vriend kunnen gedragen.

Daar was Shusuke maar wat blij om.

3½

*De laatste reis*

Aan de kade in de haven lag een enorm wit schip afgemeerd.

De mond voor aan het schip stond wagenwijd open. 'Daar rijden we straks met auto en al naar binnen,' vertelde Satoru me.

Hij slokt meerdere auto's op in zijn buik en zinkt niet? Mensen maken echt de meest fantastische dingen. Ik bedoel, wie is er ooit op het idee gekomen om zo'n enorm stalen gevaarte, zo groot als een gebouw, te water te laten? Die moet wel helemaal van lotje getikt zijn geweest. Volgens alle logica zinken zware dingen in water. Op de mens na is er geen enkel ander dier ter wereld dat het in zijn hoofd haalt om de natuurwetten te tarten, maar mensen zijn nu eenmaal rare wezens.

Satoru was een ticket gaan kopen bij de terminal en kwam met een rood hoofd teruggelopen.

'Verdorie, wat een gedoe. Je mag niet eens mee het passagiersdek op, Nana.'

Op de passagierslijst had Satoru mijn naam er ook bij geschreven, legde hij uit. Maar toen ze er bij het loket achter kwamen dat Nana Miyawaki (6 jaar) een kat was, waren ze in de lach geschoten. Soms zat er bij Satoru echt een steekje los.

'Zullen we maar aan boord gaan?'

Een kralenketting aan auto's reed achter elkaar aan door de wijd open mond.

Zeg, dat schip blijft wel echt drijven, hè?

'Nana, waarom maak je je staart zo dik?'

Wat nou? Stel dat het schip onverhoeds zinkt, dan worden we zo de zee in geslingerd, toch?

Ik herinnerde me de zee die we gezien hadden nadat we bij Daigo op bezoek waren geweest. De gedachte om in die onmetelijke hoeveelheid water met zijn bulderende golven geslingerd te worden maakte me niet happig om aan boord te gaan. Zelfs een heldhaftige kat als ik niet. Katten zijn sowieso niet zulke goeie zwemmers en hebben een grondige hekel aan water. (Heel af en toe vind je wel een miskleun die ervan houdt om in bad te gaan, maar dat zijn gewoon mutatiegevalletjes.) Ook voor Satoru zou het een flinke beproeving zijn om met mij op zijn hoofd naar de kust te zwemmen.

Tot mijn ontzetting reed de zilverkleurige minivan de buik van het schip in. Satoru slingerde zijn reistas over zijn linkerschouder en nam mijn mandje in zijn rechterhand. Hij leek met moeite vooruit te komen, en dat terwijl hij tot voor kort dit beetje bagage nog met speels gemak mee had gezeuld.

Hé, zal ik anders zelf lopen?

Ik frunnikte vanaf de binnenkant aan het slot, maar Satoru vermaande me. Licht paniekerig kantelde hij het mandje zodat het deurtje aan de bovenkant kwam te liggen. Oei, oei! Mijn kont gleed onder me vandaan en ik belandde pardoes onder in het mandje.

'Dieren mogen hier niet loslopen. Heb nog heel even geduld.'

Als hij zegt 'dieren', dan geldt dat neem ik aan ook voor honden. Dat is wel zo eerlijk. Op heel wat plekken zijn katten niet welkom terwijl honden wel naar binnen mogen, zelfs bij diervriendelijke hotels. Ze klagen dat katten hun nagels scherpen en zo. Maar dan zouden ze gasten met een kat toch wat extra kunnen laten betalen ter compensatie van enige reparatiekosten? Trouwens, een kat scherpt alleen zijn nagels als hij zich op zijn gemak voelt, dus zo vaak komt het nou ook weer niet voor dat we in een vreemd hotel eens lekker met onze nagels willen krabben. Bovendien zijn de 'dierengeurtjes' waar mensen zich zorgen over maken heel wat minder penetrant bij katten dan bij honden, hoor!

Hoe dan ook, voor een kat komt het nogal hard aan als ze een discriminerend beleid voeren van HONDEN OKÉ, KATTEN VERBOden. Wat dat aangaat is het beter te verteren als honden en katten beide niet toegestaan zijn. Mij bevalt deze veerboot wel.

Satoru nam me mee naar het dierenruim op het schip. Alle dieren werden daar blijkbaar ondergebracht. Het was een ongezellig maar ordelijk vertrek met redelijk grote hokken tot aan het plafond toe. Vandaag bleken er veel passagiers met een huisdier te reizen, want bijna alle tien de kooien waren bezet. Er was me maar één kat voor geweest, een witte pers, maar verder was het een allegaartje aan kleine en grote honden.

'Dit is Nana. Zullen jullie aardig tegen hem zijn totdat we aankomen?'

Satoru nam speciaal de moeite om de andere dieren te begroeten en zette mij over in een van de hokken.

'Alles in orde, Nana? Zul je niet eenzaam zijn?'

Alsof ik tussen al deze honden en katten ook maar eenzaam zou kunnen zijn. Sterker nog: ik had liever in een wat stillere omgeving gezeten. Vandaag waren de honden erg spraakzaam en zaten, ruim in de meerderheid als ze waren, druk met elkaar te kletsen. Wéér een kat. Moet je kijken, een bastaard dit keer, smoesden ze over en weer. Wat een kippenhok.

Sorry hoor dat ik een bastaard ben, nou moe!

'Hadden we het hele stuk maar met de auto gekund. Het spijt me, Nana.'

Ik zeg je toch dat je daar niet over in hoeft te zitten. Dat ene dagje overleef ik wel. Je zou het misschien niet verwachten, maar een kat kan heel wat hebben.

Dit keer hadden we nog een lange reis voor de boeg nadat de veerboot zou aanmeren. Bovendien was Satoru de laatste tijd snel moe.

'Ik kom zo vaak mogelijk even kijken hoe het met je gaat, dus als je je eenzaam voelt moet je maar even doorbijten.'

Zou je misschien wat minder overbezorgd willen zijn waar iedereen bij is? Ik geneer me dood.

'Hé hallo, ik hoop dat jullie aardig voor elkaar zullen zijn als katten onder elkaar.'

Satoru keek in het hok onder dat van mij, waar de pers zat. Ik kon hem nu niet meer zien, maar toen wij het vertrek binnenkwamen lag de pers opgerold in een hoek achter in zijn kooi.

'Volgens mij is deze ook eenzaam. Of misschien is hij bang omdat er vandaag zoveel honden zijn.'

Helaas, je zit ernaast. De opgerolde pers lag de hele tijd met het puntje van zijn staart te bewegen en ik had direct gezien waarom: het geklets van de honden irriteerde hem mateloos.

'Goed. Tot later, Nana.'

Satoru pakte zijn bagage op en verliet het dierenruim.

Hij was nog niet weg, of de honden begonnen wild door elkaar heen tegen mij te praten.

Hé, jij daar! Waar kom je vandaan? Waar ga je heen? Wat is je baasje voor iemand? Ik snapte meteen waarom de pers zich had teruggetrokken en volgde zijn voorbeeld.

Ik had me achter in mijn hok opgerold en deed alsof ik sliep omdat de honden zo luidruchtig waren. Maar zo vatte Satoru het niet op.

'Sorry, Nana. Je voelt je dus toch eenzaam, hè?'

Daarna kwam hij om de haverklap langs om te kijken hoe het met me ging. Nu overdrijf je toch schromelijk. Zo vaak hoef je nu ook weer niet poolshoogte te komen nemen. In vergelijking met de andere baasjes vertoonde Satoru zich zó vaak dat het niet lang duurde of de honden begonnen me ermee te plagen. Zodra Satoru naar buiten stapte hieven ze in koor aan: Verwend! Verwend!

Stil jullie! Ik gromde naar ze en wilde me net weer achter in de kooi oprollen toen –

Jullie beginnen me flink de keel uit te hangen, stelletje snotapen.

Het was de pers direct beneden mij die dat duidelijk hoorbaar voor iedereen bromde.

Snappen jullie dan verdomme niet dat zijn baasje degene is die zich eenzaam voelt?

Voor een duur uitziende langharige kat was de pers behoorlijk grofgebekt. Wat? Maar... maar zijn baasje zegt toch zeker zelf steeds dat Nana eenzaam is, sputterden de honden tegen.

Jullie sukkels hebben allemaal wel een erg slechte neus voor een hond. Die vent ruikt toch alsof hij niet lang meer te gaan heeft? Die wil natuurlijk zo lang mogelijk bij zijn dierbare kat zijn.

De honden deden er plotseling allemaal tegelijk het zwijgen toe, om vervolgens druk door elkaar te smoezen: Wat zielig. O, wat zielig. Als ik eerlijk ben waren ze bepaald niet subtiel, maar ja. Het waren allemaal nog jonge honden, en bovendien niet de snuggerste.

Bedankt, hè.

Ik richtte me tot het hok beneden me, dat ik niet kon zien. De pers antwoordde nors dat hij er alleen maar iets van had gezegd omdat ze hem op de zenuwen hadden gewerkt.

Toen Satoru de keer daarop binnenkwam kwispelden de uitgescholden honden allemaal met hun staart naar hem. 'Kijk nou toch, jullie zijn wel heel erg blij om me te zien,' zei Satoru en hij aaide er een paar tussen de tralies door over hun kop. Al te slim waren ze misschien niet, het waren best wel brave rakkers.

Daarna mengden de pers en ik ons ook af en toe in het gesprek van de honden, en tikten zo de uren weg op de verder weinig enerverende bootreis. Evenzogoed praatten we het grootste gedeelte van de tijd straal langs elkaar heen, want als het bijvoorbeeld over favoriete snacks ging en zij over kauwkluiven begonnen, konden wij ons daar geen enkele voorstelling bij maken.

De volgende middag kwam de veerboot op zijn bestemming aan. Satoru haalde mij meteen op.

'Het spijt me, Nana. Je zult wel eenzaam zijn geweest.'

O nee hoor, helemaal niet. Ik heb best leuk zitten praten met de grofgebekte pers.

Ik zat juist te denken dat het fijn zou zijn als ik nog even persoonlijk afscheid van hem kon nemen toen Satoru het getralied deurtje van mijn reismand richting de hokken draaide voordat hij naar buiten stapte.

'Kijk, Nana. Zeg iedereen maar even gedag.'

Wie weet tot ziens, zei ik, waarop de honden met z'n allen met hun staart naar me kwispelden.

Good luck!
Het was de pers die dat zei. *Good...* watte?
Dat betekent 'het beste!' Mijn baasje zegt dat vaak.
Nu hij het zei, er waren inderdaad een buitenlandse man met blauwe ogen en een Japanse vrouw bij hem komen kijken. De pers had mensentaal geleerd op basis van het Japans, maar hij bleek de vreemde taal van zijn baasje ook grotendeels te begrijpen.
Bedankt! Jij ook good luck!
En zo zeiden we het dierenruim vaarwel, daalden af naar het benedendek van het schip en stapten in de zilverkleurige minivan.

~

Toen we door de mond van de veerboot naar buiten reden vouwde een blauwe lucht zich voor onze ogen uit.
'Eindelijk zijn we dan op Hokkaido, Nana.'
Wat een vlak en weids landschap. Het autoraam bood zicht op een gewoon stadsgezicht, maar alle gebouwen lagen verder uit elkaar. De wegen leken ook veel breder dan die in de omgeving van Tokio.
We reden een poosje en kwamen toen in de buitenwijken. Er was niet zo heel veel verkeer, en we leken een rustig en plezierig ritje voor de boeg te hebben – vanzelfsprekend onder begeleiding van dat ene duivennummer. Langs de kant van de weg stonden paarse en gele bloemen welig in bloei.
De wegen op Hokkaido waren fleurig zonder dat iemand er omkijken naar had. Heel anders dan de straten in Tokio, waar elk stukje grond was geasfalteerd of met beton volgestort. Hier lag er langs de kant van de weg nog gewoon aarde, zelfs in de wat meer stedelijk aandoende gebieden.
'Die gele zijn guldenroede, maar ik vraag me af wat die paarse zijn.'
Satoru zat dus ook al naar de bloemen te kijken. Zo schitterend was de mengelmoes van paars en geel. Het paars was niet effen van

kleur maar had verschillende schakeringen – van donker tot heel licht.

'Zullen we even stoppen?'

Op een stuk weg waar de berm wat breder was bracht Satoru de auto tot stilstand. Hij pakte me op en we stapten uit. Af en toe raasde er een auto langs, vandaar dat Satoru me niet op de grond zette maar mij in zijn armen nam en naar de paarse bloemen liep.

'Ah, wilde chrysanten. Ik had me die eigenlijk wat netter voorgesteld.'

De flink opgeschoten wilde chrysanten hadden stengels vol met bloemknoppen en leken net omgekeerde bezempjes. Ze zagen er niet bepaald sierlijk uit, eerder ruig en levendig.

O!

Zo gauw ik hem zag haalde ik uit met mijn poot. Er vloog een bij tussen de bloemen.

'Doe dat nou niet, Nana. Straks word je nog gestoken.'

Maar dat is instinct! Ik bleef met mijn poot richting de bij maaien, maar uiteindelijk pakte Satoru mijn beide voorpoten met één hand stevig beet.

Nou moe, rondvliegende insecten zijn juist zo spannend om mee te spelen. Laat me los! Ik probeerde me uit zijn greep te worstelen, maar Satoru gaf niet toe en zette me weer in de auto.

'Als je ze nou alleen zou vangen is het nog tot daaraan toe, maar jij probeert ze ook op te eten, Nana. Je wilt toch niet in je mond gestoken worden? Dan ben je er helemaal mooi klaar mee.'

Als je iets gevangen hebt moet je er toch zeker ook even op proberen te bijten? In Tokio hadden we weleens kakkerlakken gehad, en telkens als ik er een doodde beet ik er ook in. De vleugels waren zo hard dat het leek alsof je op celluloid zat te kauwen dus die spuwde ik uit, maar het vlees was best mals en rijk van smaak.

Satoru slaakte elke keer weer een kreet als hij een door mij aangevreten kakkerlak vond. Waarom hebben mensen toch zo'n hekel aan kakkerlakken? Qua bouw zijn ze niet zo gek veel anders dan neushoornkevers of bloemkevers – als Satoru zo'n kever aangevreten zou vinden zou hij niet zo schreeuwen. Voor een kat zijn kakkerlakken veel uitdagender en leuker om te vangen, vlug als ze zijn.

We reden de weg verder af langs een rivier en kwamen uiteindelijk terecht op een kustweg.

wááá!

'Wauw!'

Satoru en ik slaakten vrijwel tegelijk een kreet.

'Het lijkt net de zee!'

Aan weerskanten van de weg strekte zich een vlakte uit met prachtriet. Witte aren bedekten de uitgestrekte vlakte zo ver het oog reikte en dansten als schuimkoppen in de wind.

Er was nog niet zo heel veel tijd verstreken sinds onze vorige stop, maar Satoru zette de auto opnieuw langs de kant van de weg. De berm was hier in elk geval breed en er kwam nauwelijks verkeer langs, dus hij kon parkeren waar hij maar wilde. Hij liep evenwel naar de passagierskant om mij in zijn armen uit de auto te tillen. Hij maakte zich vast zorgen of ik niet plotseling de weg op zou springen. Ik vond hem overbezorgd, maar als het hem geruststelde was ik best bereid om me op te laten pakken. Satoru had grote handen en ik voelde me op mijn gemak in zijn armen.

Ik wilde heel graag dit uitzicht vanaf een hoger punt zien, dus ik ging met mijn voorpoten op zijn schouders staan en strekte me zo ver mogelijk uit. Ik kwam nu precies ter hoogte van Satoru's ogen.

De wind ruiste. Aren golfden. De golven rolden verder dan met het oog te volgen was – alsof ze elkaar najoegen ontstond er direct weer een nieuwe golf zodra de vorige was verdwenen.

Satoru had gelijk. Het was net een zee op het land. Maar in tegenstelling tot de zee hoorde ik hier geen zwaar en dreigend gebulder, vandaar dat ik hier meer gecharmeerd van was.

In deze zee zou ik waarschijnlijk wel kunnen zwemmen.

Ik sprong met een plof op de grond.

En ik baande me een weg de zee van prachtriet in.

Ogenblikkelijk veranderde het uitzicht. Het pad voor me was dichtbegroeid met grashalmen en vrijwel ondoordringbaar, en als ik opkeek zag ik hoog boven mijn kop de witte aren wuiven met daarboven een strakblauwe lucht.

'Nana?'

Satoru's bezorgde stem klonk achter me.

'Nana, waar zit je?'

Ik hoorde het knerpende geluid van verdord gras dat werd vertrapt. Blijkbaar was Satoru ook de zee van prachtriet binnengestapt. Hier ben ik! Satoru, hierzo! Vlak bij je!

Maar al roepend verwijderde Satoru zich steeds verder bij mij vandaan. Wat was dat nu? Vanwaar ik stond kon ik Satoru prima zien, maar andersom kon Satoru mij kennelijk niet zien. Ik werd vast door al dat prachtriet aan het zicht onttrokken.

Niets aan te doen, verzuchtte ik, en ik haastte me achter Satoru aan zodat hij niet zou verdwalen.

'Nana.'

Jaha, ik ben hiehier! Ik beantwoordde zijn geroep, maar het leek erop dat mijn stem door de wind werd weggedragen en hem niet bereikte.

'Nana!'

Er klonk een tikkeltje wanhoop door in Satoru's stem.

'Nana! Nana, waar ben je!'

Satoru begon nu zo hard te roepen dat zijn stem tot in de verre omtrek droeg. Ik kon het niet langer meer aanzien en riep zo hard ik kon.

HIERZO!

Ik keek omhoog tussen de aren door, en scherp afgetekend tegen de blauwe lucht keek Satoru op me neer. Op het ogenblik dat onze ogen elkaar vonden ontspande zijn gezicht en ook zijn blik. Tranen biggelden over zijn wangen en fonkelden in het zonlicht.

Zonder een woord te zeggen knielde Satoru op de grond en drukte mij stevig tegen zich aan. Au, je doet me pijn. Straks plet je me nog.

'Domkop! Als ik je hier kwijtraak vind ik je nooit terug!'

Satoru foeterde me uit met een snik in zijn stem.

'Voor iemand van jouw grootte is deze grasvlakte net de bomenzee!'

Daar had ik eerder over gehoord, over die bomenzee. Toen we naar de berg Fuji waren geweest had Satoru me erover verteld. Het was een soort bos daar aan de voet van de berg waar een kompas het niet deed en je alle gevoel van richting verloor.

Idioot, ik zou nooit zo ver bij je vandaan gaan dat ik je uit het oog zou verliezen.

'Laat me niet alleen achter... Blijf bij me.'

Hèhè – eindelijk.

Eindelijk is het hoge woord eruit. Ik wist allang hoe Satoru zich voelde. Hij deed heel erg zijn best om een nieuw baasje voor mij te vinden, maar nam mij elke keer weer opgelucht mee naar huis als de kennismaking op niets uitliep.

Tegen zijn vrienden zei hij wel dat hij het jammer vond, maar op de terugweg in de auto zag ik hem altijd glunderen van oor tot oor. Hoe kon ik hem ooit in de steek laten?

Ik verlaat Satoru nooit ofte nimmer.

Satoru zat gesmoord te huilen en ik likte liefdevol zijn handen. Het is al goed, het is al goed, het is al goed.

Zo moet Hachi zich ook gevoeld hebben toen hij bij Satoru werd weggehaald. Hoe erg moet hij het niet gevonden hebben om van een kind gescheiden te worden dat zo naar hem smachtte. Er was echter niets geweest dat het kind of de kat had kunnen doen om de situatie te veranderen.

Maar Satoru is geen kind meer. En ik ben een voormalige zwerfkat. Ditmaal zouden we toch in staat moeten zijn om het te doen zoals we het zelf willen.

Goed, laten we gaan. Dit is onze laatste reis.

We hebben nog zoveel te zien. Ik vraag me af wat de toekomst allemaal voor ons in petto heeft. Wedden dat daar nog heel veel moois bij zit?

Mijn knikstaart in de vorm van een 7 zou al het moois dat aan ons voorbijkomt aan de haak moeten kunnen slaan.

We keerden terug naar de auto en reden de weg weer op. De cd was afgelopen. Daarna begon een lage, aangename vrouwenstem met een rare intonatie te zingen in een taal die ik niet kende.

Van het nummer met die duiven had Satoru's moeder gehouden, en op de muziek met de lage vrouwenstem was Satoru's vader dol geweest.

~

Onze auto tufte verder. De weg doorsneed kilometer na kilometer velden vol paarse en gele bloemen. Hoelang was het al niet geleden dat we voor het laatst voor een stoplicht waren gestopt?

We weken af van de kust en begaven ons landinwaarts. Aan weerskanten van de weg strekte een ongerept landschap zich uit. Uiteindelijk gingen de grasvlaktes over in glooiende heuvels die door mensenhanden waren bewerkt.

Het was ongelooflijk. Wie had gedacht dat het land zo eindeloos uitgestrekt zou kunnen zijn? Het landschap hier was anders dan om het even welke plek waar ik ooit was geweest.

Langs de kant van de weg stond inmiddels een houten hek. Binnen die omheining stond een – wat zou het zijn? Een of ander groot dier stond met zijn neus vlak boven de grond gras te eten. Wat was dát?

Ik zette mijn voorpoten tegen het raam aan de passagierskant en strekte me uit. (Dat deed ik wel vaker wanneer ik de omgeving in me op wilde nemen, dus op een gegeven moment had Satoru mijn zitplek verhoogd met een grote doos en een kussen. Evenzogoed klauterde ik nog steeds tegen het raam aan als er iets te zien was wat mijn aandacht trok.)

'O, dat is een paard. Er zijn allemaal weilanden hier.'

Welja, een paard? Dat? Ik had weleens paarden op televisie gezien, maar het was voor het eerst dat ik er een in het echt zag. Op televisie leken ze veel groter. Het paard dat langs de kant van de weg gras stond te kauwen was wel degelijk groot, maar ook relatief fijngebouwd.

Toen ik nog eens omkeek begon Satoru te lachen.

'Zullen we de volgende keer dat we er eentje tegenkomen anders even stoppen, als je ze zo leuk vindt?'

In het volgende weiland waar we voorbijreden stond er een paard een eindje van de weg af, zo ver dat hij er klein uitzag.

'Hij staat wel wat ver, hoor.'

Satoru stapte een beetje teleurgesteld uit en nam mij weer in zijn armen. Toen hij de deur met een klap dichtgooide stopte het paard met grazen en keek naar ons op – terwijl hij toch zo ver stond dat hij kleiner leek dan Satoru's hand.

Voor een moment hing er een gespannen sfeer tussen het paard en ons. Hij spitste zijn oren en staarde ons aan. Tjongejonge, wat een gevoelig wezen.

'O, hij kijkt naar ons, Nana.'

Hij keek niet alleen, hij hield ons nauwlettend in de gaten. Om na te gaan of wij gevaarlijk voor hem waren of niet. Misschien was hij juist omdat we zo ver weg stonden zo angstvallig. Als we dichtbij genoeg hadden gestaan zodat hij in één oogopslag kon zien dat wij een mens en een kat waren, was hij misschien wel gerustgesteld.

Met zo'n groot lijf leek het me niet nodig om zo gespannen te reageren, maar dieren hebben nu eenmaal instincten. Hoe groot ze ook zijn, paarden zijn grazers, en grazers weten van nature dat vleeseters op hen jagen. Ze hebben geen andere keus dan schichtig te zijn.

Wij katten op onze beurt zijn misschien maar klein, maar we zijn wél de jagende partij. En jagers, dat zijn vechters. Wij katten zijn ook op onze hoede voor dingen die we niet kennen, maar als er gevochten moet worden, maken we onze staart dik, zelfs naar beesten die veel groter zijn dan wij.

Dat is ook de reden dat honden jankend en met de staart tussen de poten afdruipen als ze zich voor de grap met katten bemoeien. Zelfs al zijn ze tien keer zo groot, als het op vechten aankomt staan wij ons mannetje.

Volgens mij zijn honden al lang geleden gestopt met jagen.

Zelfs jachthonden jagen hun prooi alleen maar op voor hun baasje – ze brengen niet zelf de genadeslag toe. Dat is het doorslaggevende verschil met ons katten. Want zelfs al is het maar een insect, als wij ergens jacht op maken zorgen we er ook voor dat we onze prooi eigenhandig doden.

Het maakt nogal wat uit of een dier weet hoe het is om te doden of niet. Paarden zijn inderdaad tientallen keren groter dan ik, maar het zijn geen beesten waar ik bang van word.

Plotseling welde er een gevoel van trots in me op. Ik was er trots op een kat te zijn die het jagen nog niet was verleerd. En ik was ook niet van plan om mijn staart te laten hangen voor hetgeen Satoru te wachten stond.

Het paard stond een poosje naar ons te staren en begon daarna weer te grazen. Waarschijnlijk was hij eindelijk tot de conclusie gekomen dat we geen acute bedreiging voor hem vormden.

'Ik vraag me af of ik hem vanaf hier mooi op de foto kan krijgen.'

Satoru zocht in zijn zakken en haalde zijn mobiele telefoon tevoorschijn. Dat ding had ook een camera. De meeste foto's nam hij trouwens van mij.

Maar ik geloof dat je van dat paard maar beter geen foto kan maken.

Toen Satoru zijn mobieltje op het paard richtte, hief het dier zijn kop weer naar ons op. Zijn oren stonden rechtovereind. Al die tijd totdat Satoru afdrukte stond het paard daar maar stokstijf naar ons te staren.

'Hm, het is dus toch te ver weg.'

Satoru gaf het na die ene foto op en stopte zijn telefoon weer in zijn zak. Het paard stond nog steeds naar ons te kijken, totdat we weer in de auto zaten en Satoru de deur dichtsloeg. Toen pas keerde hij terug naar zijn maaltijd.

Sorry hè, dat we je zo gestoord hebben.

Er zijn dus ook dieren die op deze manier leven, hoewel zowel Satoru als ik geen schijn van kans had gemaakt als hij ons een trap had verkocht. Als dat zijn instinct is, ben ik maar wat blij met het mijne. Met mijn vechtersinstinct deins ik niet terug voor wat dan ook, zelfs niet als het veel groter is dan ikzelf.

Door dit hernieuwde inzicht was deze ontmoeting met dat paard van grote waarde voor mij.

Onderweg zag ik heel veel natuurschoon aan me voorbijtrekken dat ik nog nooit eerder had gezien.

Berken met spierwitte stammen en lijsterbessen vol met rode besjes.

Satoru vertelde me alle namen. En ook dat de vruchten van de lijsterbes knalrood zijn. Wanneer weet ik niet meer precies, maar ik had eens een wetenschapper op de televisie gezien die zei dat katten moeite hebben om rode kleuren te onderscheiden.

Dankzij Satoru kwam ik aan de weet welke tint 'knalrood' was.

'Wauw! Kijk eens wat die lijsterbes voor knalrode bessen heeft!' riep hij uit. Het zag er vast anders uit voor Satoru dan voor mij, maar ik wist nu in ieder geval wat Satoru 'knalrood' noemde en hoe dat er voor mij uitzag.

'Die daar is nog niet zo rood, hè.'

Telkens als we langs een lijsterbes reden gaf hij zijn beoordeling. Vandaar dat ik er erg handig in werd om rode kleuren van elkaar te onderscheiden. Ik prentte me in hoe de verschillende tinten rood die Satoru omschreef er in mijn eigen beleving uitzagen, en inderdaad hadden ze ook voor mij allemaal dezelfde basiskleur. Al de roodtinten die hij noemde – ik zal ze voor de rest van mijn leven niet meer vergeten.

Akkers waar aardappels en pompoenen werden geoogst, en akkers waar de oogst al voorbij was.

Geoogste aardappels waren in enorme zakken gepropt waar met gemak een aantal mensen in leken te passen, en de zakken lagen opgestapeld in een hoek van de akkers. Van pompoenen waren meerdere piramideachtige stapels gemaakt boven op de zwarte, vochtige grond.

En hier en daar op de glooiende heuvels lagen enorme witte en zwarte balen plastic. Ik vroeg me juist af waarom ze dat speelgoed daar hadden achtergelaten, toen Satoru zei dat het gemaaid gras was dat ze hadden ingepakt.

'In de winter valt hier veel sneeuw. Dus voordat het zover is moeten ze het gras voor de koeien en paarden binnenhalen.'

Sneeuw? Dat is dat witte, ijskoude spul dat tijdens de winter ook weleens in Tokio uit de lucht komt vallen, toch? Maar dat smolt vrijwel meteen, dus het leek me niet nodig om daar nou zo opgewonden over te doen – of dat dacht ik op dat moment. Later, toen het winter werd, kwam ik erachter dat de sneeuw hier van een andere orde was. Zelfs ik kreeg het een beetje benauwd als er een sneeuwstorm woedde en ik geen poot meer voor ogen kon zien – maar dat is een verhaal voor later.

Sneeuw die tot onder de dakranden blijft liggen in een sneeuwland versus de sneeuw in grote steden die binnen luttele dagen smelt. Ik vraag me af hoe het bestaat dat beide onder de noemer 'sneeuw' vallen, werkelijk waar.

Terwijl we doorreden – onderweg pauzeerden we af en toe bij een kleine supermarkt of drive-in – werd het landschap bergachtig en ten slotte begon de avond te vallen. We staken een bergpas over in de ondergaande zon en opnieuw kwamen er dorpjes in zicht. De omgeving werd met de minuut donkerder en het leek alsof de zilverkleurige minivan tikkertje speelde met de vallende nacht. Tegen de tijd dat we het stadje waar we naar op weg waren naderden, hadden alle auto's hun lichten aan.

'Vandaag zit het er vast niet meer in. We kunnen ook al geen bloemen meer kopen,' mompelde Satoru ongerust, maar evenzogoed sloeg hij een smallere weg in en reed hij niet direct naar het hotel waar we die nacht zouden overnachten.

We reden een stuk rechtdoor en algauw werd de stad rustiger.

Uiteindelijk stonden er ook steeds minder huizen en begon de weg te klimmen. Boven aan de helling stond een grote poort waar we met de auto onderdoor gingen.

Het terrein dat we op reden was tot ver voor ons uit ordelijk in vierkante vlakken verdeeld. Binnen die vierkante vlakken stonden weer vierkante gedenkstenen, zij aan zij. Ik wist wat het waren. Op televisie had ik ze weleens gezien.

Het waren graven.

Mensen willen blijkbaar graag een mooie steen boven op zich hebben als ze dood zijn. Ik herinner me dat het me als een eigenaardig gebruik voorkwam toen ik dat televisieprogramma keek. Ze hadden het erover hoe duur graven waren en dat soort dingen meer.

Dieren rusten gewoon daar waar ze neervallen aan het eind van hun leven, dus om nou van tevoren een rustplaats te regelen voor als je dood bent? Mensen zijn wel erg bezorgde en onvrije wezens. Als je nou ook al moet nadenken over na je dood, kun je toch nergens meer op je gemak je laatste adem uitblazen?

Satoru reed met de auto over het grote terrein alsof hij precies wist waar hij moest zijn en parkeerde ten slotte bij een van die vlakken. We stapten uit en Satoru begon op zijn gemak langs de graven te lopen. Hij hield uiteindelijk halt voor een graf met een lichte steen.

'Het graf van mijn vader en moeder.'

Dit was de plek waar Satoru hoe dan ook op het laatst naartoe had gewild.

Hoewel ik niet snap waarom mensen een steen boven zich willen hebben, kan ik wel begrijpen dat zo'n fraaie steen heel belangrijk is voor de nabestaande.

Hoewel het voor Satoru zwaar was om lang achtereen auto te rijden, was hij met de zilverkleurige minivan helemaal hiernaartoe gekomen. Samen met mij – zijn kat die zo sprekend op Hachi lijkt.

Katten zijn niet zulke harteloze wezens dat ze zulke gevoelens niet kunnen respecteren.

'Ik wilde samen met jou een bezoek aan hun graf brengen, Nana.'

Weet ik. Ik gaf met mijn voorhoofd kopjes tegen het graf van Satoru's ouders.

Aangenaam, het is een grote eer om jullie te ontmoeten. Hachi

was vast een fijne kat, maar ik ben toch ook best wel oké?'
'Sorry, we moesten ons haasten. Bloemen komen we morgen wel brengen,' zei Satoru en hij hurkte voor het graf. In een vaas staken bloemen die lichtjes begonnen te verwelken.

'O, dat is waar ook,' mompelde Satoru. 'Het is net *Higan* geweest... Tante is jullie vast komen opzoeken.' Ze deed altijd trouw mee aan de boeddhistische viering waarbij ze de voorouders vereren.

Satoru streek met een teder gebaar over de verwelkte bloemen.

'Het spijt me dat ik zo weinig langs heb kunnen komen. Was ik maar wat vaker geweest.'

Ik deed een paar stapjes achteruit om Satoru niet lastig te vallen. Als ik compleet uit zicht verdween maakte ik hem weer ongerust, dus ik zorgde ervoor dat ik nog net binnen zijn gezichtsveld bleef.

In de vijf jaar dat ik bij Satoru had gewoond, was hij hooguit een paar keer van huis weggeweest om naar het graf van zijn ouders te gaan. 'Op een dag neem ik je eens mee, Nana. Je lijkt sprekend op Hachi, dus mijn vader en moeder zullen wel verbaasd zijn' – zei hij steevast, maar tot nog toe had hij me nog niet één keer meegenomen.

Satoru had het heel erg druk op zijn werk en jong als hij was wilde hij in de weinige vakantie die hij had ook weleens met zijn vrienden op stap. En soms moest hij met zijn collega's ergens naartoe. Er was dus niet veel aan te doen. 'We zouden met z'n tweeën een reisje moeten maken,' had hij ook weleens gezegd, maar daar was het nooit van gekomen, niet voordat dit allemaal begon.

Maar het was niet zo dat hij niet vaker had willen gaan. Als hij meer tijd en geld had gehad, was hij zeker vaker hiernaartoe gekomen. Je ouders begrijpen dat vast, Satoru.

Ik bedoel, het zijn immers Satoru's vader en moeder.

'Nana, kom eens hier.'

Satoru riep me bij zich en nam me op schoot. Ik vroeg me af

wat hij allemaal aan zijn ouders vertelde terwijl hij mij aaide.

Dit stadje op Hokkaido was blijkbaar de geboorteplaats van Satoru's moeder. Satoru's opa en oma waren vroeg gestorven en zijn moeder en tante, die toen nog jong waren, hadden de boerderij niet kunnen onderhouden en haar van de hand gedaan, maar zijn moeder had daar sindsdien spijt van gekregen.

Vooral nadat Satoru in de familie was gekomen.

Ze vond het sneu voor haar kind dat er in haar geboorteplaats behalve een graf niets van hun familie was overgebleven. Blijkbaar hadden Satoru's moeder en tante weinig familieleden en woonden die ook nog eens her en der verspreid, dus veel viel er niet aan te doen.

Er zijn zoveel dingen in deze wereld die niet gaan zoals je hoopt. Satoru nam mij uiteindelijk in zijn armen en stond op.

'Morgen komen we weer,' zei Satoru ten afscheid en we liepen terug naar de auto. Door de nu volledig duister geworden straten begaven we ons op weg naar ons onderkomen voor de nacht.

We verbleven in een klein zakenhotel, maar ze hadden ook kamers ter beschikking waar huisdieren waren toegestaan. In het tijdschrift waarin Satoru naar een hotel had gezocht stond er alleen iets over honden, maar toen hij had gebeld bleek dat katten 'natuurlijk' ook welkom waren. Het was in alle opzichten een aangenaam hotel.

Satoru stapte opnieuw naar buiten om ergens een hapje te eten en meteen wat boodschappen te doen. Waarschijnlijk was hij uitgeput van de hele dag autorijden, want binnen een uur was hij terug en plofte hij languit op bed neer.

Evenzogoed was hij de volgende morgen al vroeg op.

Hij pakte gauw zijn spullen in en nog tijdens het ochtendgloren verlieten we het hotel.

'Verdorie, de bloemist is nog niet open.' Satoru draaide een rondje voor het station en leek van zijn stuk gebracht. 'Misschien is er op weg naar de begraafplaats ergens iets open.'

We vertrokken overijld, maar overal waren de rolluiken nog

gesloten. En dus stopte Satoru langs de kant van de weg.
'Dan moeten we het hier maar mee doen.'
Hij begon te plukken – dezelfde paarse en gele bloemen die de bermen hadden opgefleurd waarlangs we de vorige dag gekomen waren.

Dat is een goed idee! Veel beter dan bloemen uit de winkel. Ze zijn mooi zat, en je vader en moeder zullen maar wat blij zijn met bloemen waar jijzelf gisteren de hele tijd naar hebt zitten kijken.

Ik ging op zoek naar een wilde chrysant die vol bloemen zat en wees Satoru erop. 'Je helpt mee zoeken, Nana?' lachte Satoru. Toen hij een armvol wilde bloemen bij elkaar had geplukt, begaven we ons naar de begraafplaats.

Gisteren was het donker geweest en was het me niet opgevallen, maar vanaf de top van de heuvel kon je het vlakke stadje tot in de verte overzien. Helemaal tot aan het eind waar de bebouwing ophield.

In de heldere ochtendzon lag de begraafplaats er stemmig bij en er hing een vredige sfeer. Nu ik erover nadacht; ik was gisteren niet eens bang geweest toen we er in het donker heen waren gegaan. Hoewel spookverhalen zich vaak rond graven en tempels afspelen, had deze plek niets huiveringwekkends, niets waardoor je het gevoel kreeg dat er ieder moment een gekwelde geest tevoorschijn kon komen.

Of wij katten spoken kunnen zien? Tja, wat zal ik zeggen – laten we het erop houden dat er op deze wereld dingen zijn die beter een raadsel kunnen blijven.

Satoru pakte de bloemen en wat schoonmaakspullen (blijkbaar had hij die gisteravond gekocht) en stapte uit.

Nadat hij het graf schoon had gemaakt trok hij de oude bloemen uit de vaas, ververste het water, en schikte er de nieuwe bloemen in die we daarstraks hadden geplukt. Hij deed er ook nog wat cosmea bij, waar hier toch genoeg van stond. Al met al was het een erg fleurig boeket met lichte, levendige kleuren.

De vaas zat barstensvol, terwijl bijna de helft van de bloemen die we hadden geplukt nog over was. 'De rest gebruiken we later,' zei Satoru, en hij wikkelde de overgebleven bloemen in vochtig krantenpapier en legde ze in de auto.

Satoru verwijderde de verpakking van een aantal met zoete bonen gevulde cakejes en andere koekjes die hij had gekocht en zette deze bij het graf. Meteen kwamen er mieren op af en het duurde vast ook niet lang voordat kraaien en wezels ermee aan de haal zouden gaan, maar dat was stukken beter dan ze te laten verrotten.

Daarna stak hij wierook aan. Blijkbaar was het bij de familie van Satoru de gewoonte om een heel bundeltje in één keer te branden. Een beetje al te rokerig, als je het mij vraagt. Ik zocht een veilig heenkomen.

Satoru ging op de rand van het voetpad zitten en staarde voor een lange tijd naar het graf. Ik streek met mijn lijf langs zijn knieën. Satoru glimlachte en aaide me onder mijn kin.

'Nana, ik ben blij dat ik je hier mee naartoe heb kunnen nemen,' fluisterde Satoru met zachte, vrijwel onhoorbare stem.

Hij klonk gelukkig.

Om Satoru niet tot last te zijn liep ik stilletjes bij hem vandaan en ging op verkenning uit, dichtbij genoeg zodat hij kon zien waar ik was. Onder aan de haag van lage struiken die het terrein omgaf groeide een hoefblad met flinke worteluitlopers. Daaronder sprong iets van een krekel weg, leek het.

Ik snuffelde onder het hoefblad en na een poosje kwam Satoru naar me toe. Zou hij nu al uitgepraat zijn met z'n ouders?

'Wat heb je, Nana? Je zit helemaal met je neus in die planten.'

O, nou kijk, hieronder zat dus net...

'Zit er iets onder?'

Ja, iets wat verdomde vlug is. Al was het maar een fractie van een seconde, ik zag hem wegspringen. En er hangt hier ook een rare geur.

Ik bleef verwoed onder de bladeren snuiven en Satoru begon te lachen.

'Was het soms een *korpokkur*?'

Een wat?

'Dat zijn kaboutertjes die onder hoefbladen wonen.'

Dat meen je niet! Daar heb ik nog nooit van gehoord. Bestaan er echt van dat soort rare wezentjes op deze wereld?

'Die kwamen voor in een sprookjesboek waar ik als kind verzot op was.'

Nou moe, gewoon een verhaaltje?

'Mijn vader en moeder hielden ook van dat sprookje. Ze waren allebei dolblij toen ik dat boek eenmaal in mijn eentje kon lezen.'

Satoru vertelde honderduit over die kleine kaboutertjes, maar als het alleen maar een vertelsel was, was er voor mij als kat niet zo heel veel aan. *Oehwa*, geeuwde ik eens goed, en Satoru glimlachte.

'Je bent geloof ik niet echt geïnteresseerd.'

Katten zijn immers realisten, hè.

'Maar als je er echt eentje vindt, doe me dan een plezier en vang hem niet, wil je?'

Oké, oké, ik heb het begrepen, hoor. Mijn klauwen zullen waarschijnlijk jeuken om ze te pakken, maar uit eerbied voor jou zal ik geen poot uitsteken.

Satoru ging voor een laatste keer voor het graf zitten en hield zijn handen tegen elkaar voor zijn borst. Ik gaf kopjes tegen een hoek van de grafsteen om mijn genegenheid te tonen. Een poosje zat Satoru te bidden. Toen stond hij op en nam afscheid. 'Goed, tot kijk.' Hij had een vredige uitdrukking op zijn gezicht, alsof het goed was zo.

We reden weer een stukje met de auto en Satoru stopte bij een ander graf op dezelfde begraafplaats.

'Het graf van mijn opa en oma,' zei hij.

De overgebleven bloemen schikte hij allemaal in hun grafvaas. Net zoals bij zijn vader en moeder offerde hij uit de verpakking gehaalde cakejes en brandde hij wierook. Dat hij hier niet zo lang in gedachten verzonken bleef zitten, kwam doordat Satoru zijn vroeg gestorven opa en oma nooit had gekend. Je kon het hem dus niet kwalijk nemen.

'Goed, zullen we gaan?'

Onze volgende bestemming was de stad Sapporo, waar Satoru's tante woonde.

De zilverkleurige minivan begaf zich op weg voor de laatste etappe.

~

We reden over een vrij normale weg toen het gebeurde.

De weg doorsneed een lage heuvel en werd aan weerszijden ingesloten door een steile helling. Boven aan die hellingen stonden rijen van witte berken, en vanaf de boomwortels tot halverwege de hellingen was de aarde bedekt met een tapijt van lage bamboeplanten met witgroene bladeren.

Op Hokkaido was dit een normaal, alledaags uitzicht.

We reden door dit landschap toen Satoru plotseling een kreet slaakte. Meteen trapte hij op de rem – hard genoeg zodat ik een stukje naar voren schoot.

Hé daar, wat maak je me nou?

'Nana, kijk!'

Ik keek om door het raam zoals Satoru zei en – *wel alle*!

Schuin achter ons stonden drie herten met witte stippen op hun rug, twee grote en een iets kleinere. Vast ouders met hun jong. Het patroon op hun rug vormde een verdomd goeie schutkleur.

'Eerst had ik ze niet in de gaten, maar eentje draaide zich om en toen zag ik ze.'

Het hert dat met zijn rug naar ons toe stond had een witte, pluizige kont in de vorm van een hart. Daar was inderdaad weinig schutkleur aan.

'Zal ik het raam eens opendoen?'

Satoru leunde over de passagiersstoel heen en drukte op een knopje om het raam naar beneden te laten zakken. Zoemend ging hij open. Gelijktijdig keken alle drie de herten onze kant op.

Er hing spanning in de lucht tussen ons in.

Ha, dit herkende ik. Deze wezens waren van hetzelfde soort als paarden. Als je dieren in twee groepen indeelde dan vielen zij in de groep waarop wordt gejaagd.

'Heb ik ze laten schrikken?'

Satoru haalde zijn hand van het knopje en wachtte af wat er zou gebeuren. De herten staarden ons strak aan, en uiteindelijk renden de vader en moeder de steile helling op. Het achtergebleven jonge hert keek aandachtig naar ons. Zou het nog niet zo schuw zijn?

Maar zijn ouders riepen hem getergd van bovenaf de helling. Het jonge hertje keerde zijn witte hart naar ons toe en rende ook de helling op.

'Ah, en weg zijn ze...'

Satoru tuurde teleurgesteld omhoog naar de bosrand.

'Maar dat was me wat, zeg. Zoiets heb ik nog nooit langs de kant van de weg gezien.'

Dat komt vast dankzij mijn staart. Het lijkt erop dat mijn knik in de vorm van een 7 nog veel meer moois voor ons aan de haak zal slaan.

En welja, de beste vangst kwam niet lang nadat we de herten vaarwel hadden gezegd. Het uitzicht was nog net zo alledaags – zacht glooiende heuvels met in de verte evenzo zacht glooiende velden en bossen en hier en daar een gehucht. Toen we een dunne sluier van grijze wolken naderden begon het te regenen. Fijne regen, zoals je weleens ziet op zonnige dagen.

'Wauw, dat was precies de scheidslijn.'

Satoru reed vrolijk verder, maar voor een kat is een regenbui deprimerend. Ik hoop maar dat we snel bij de volgende scheidslijn zijn, terug de zonneschijn in. Mijn wens werd spoedig verhoord. De regen werd minder en toen brak de zon weer door.

Achter het stuur stokte de adem Satoru in de keel. Ik was half ingedut, maar richtte mijn kop op om te zien wat er was. Satoru minderde vaart en zette de auto langs de kant van de weg.

Boven de heuvels voor ons stond een heldere regenboog.

'Wat adembenemend mooi.'

Ja, ik geef het toe. Het is inderdaad mooi. Veel mooier dan die regengrens van daarnet.

Het ene uiteinde van de regenboog stond ferm in de heuvels geplant. Ik volgde de boog met mijn ogen en zag dat het andere

uiteinde zich in de tegenoverliggende heuvels plantte.
De voet van een regenboog had ik nog nooit van mijn leven gezien. Satoru vast ook niet, want die hield zijn adem in.
'Zullen we uitstappen?'
Satoru stapte voorzichtig uit. Alsof hij bang was dat hij de regenboog zou uitwissen als hij al te plotseling bewoog. Hij pakte me op van de passagiersstoel en samen keken we naar de lucht.
Aan de top was de regenboog iets fletser, maar nergens werd hij onderbroken. Hij beschreef een perfecte boog.
Ik had dit kleurenpalet eerder gezien. Ik dacht eventjes na en toen schoot het me te binnen. De bloemen bij het graf vanmorgen! De paarse wilde chrysanten, die elk een net iets andere tint hadden, het levendige geel van de guldenroede, en ten slotte de cosmea. Als je dat boeket met een lichte sluier bedekte, was het precies een regenboog.
'We hebben een regenboog bij het graf geofferd, hè.'
Ik was blij om Satoru dit te horen fluisteren. We zaten écht op dezelfde golflengte. Trots gooide ik mijn kop in mijn nek en keek recht omhoog. En wat ik toen ontdekte – ongelooflijk!
Ik miauwde, en Satoru verplaatste zijn blik omhoog en zag het ook.
Boven de regenboog was er nog een tweede fletse, maar grote regenboog. Satoru's adem stokte weer in zijn keel. Wauw, verzuchtte hij met schorre stem.
Wie had dat gedacht – dat we aan het eind van onze reis zoiets te zien zouden krijgen, iets wat we allebei nog nooit eerder hadden gezien?
Satoru en ik vergaten deze regenbogen voor de rest van ons leven niet meer. Deze regenbogen die aan de hemel stonden alsof ze het eind van onze reis zegenden. We bleven er een hele poos stil naar staan staren, totdat de omgeving volledig opklaarde en de regenbogen oplosten in de lucht.

Dit was onze laatste reis.
We hebben nog zoveel te zien. Ik vraag me af wat de toekomst

allemaal voor ons in petto heeft. Wedden dat daar nog heel veel moois bij zit? – die plechtige belofte had ik gisteren bij het wegrijden gedaan.
    En mooie dingen hadden we gezien. Onze toekomst moest wel gezegend zijn.

En zo kwamen we aan in Sapporo en eindigden we onze reis.

# 4

*Hoe Noriko leerde lief te hebben*

Bij haar vorige baan was ze vaak overgeplaatst, vandaar dat ze eraan gewend was om te verhuizen. Ze pakte haar verhuisdozen geroutineerd een voor een uit, te beginnen bij de dozen met de spulletjes die ze dagelijks gebruikte. Als ze er twee of drie leeg had, vouwde ze die plat en maakte zo ruimte vrij om te werken. Ze hield er niet van om spullen te kopen, dus zo heel veel had ze niet om te verhuizen.

Ze opende een nieuwe doos en daaruit kwam een wandklok tevoorschijn. De wijzers stonden even over twaalf uur 's middags. De haak om de klok mee aan de muur te hangen had ze nog niet opgeduikeld en dus legde ze hem voor zolang maar even op de bank in de huiskamer. Telkens als ze bij een verhuizing haar spullen uitpakte, bedacht ze dat ze de volgende keer die haak samen met de klok moest inpakken, maar elke keer weer vergat ze het.

Haar mobiele telefoon, die ze tijdens het verhuizen steevast in haar broekzak stopte omdat ze bang was dat ze vergat waar ze dat ding gelaten had, begon te trillen. Een e-mailtje.

Het was afkomstig van Satoru Miyawaki, het neefje van Noriko Kashima, de zoon van haar overleden oudere zus, die zijn beide ouders had verloren. Miyawaki was de achternaam van de man van haar zus geweest.

*Sorry*, stond er in de titel, met een schattige emoticon daaraan vastgeplakt. Noriko gebruikte die zelf niet. Toen ze nog jonger was had ze het weleens geprobeerd omdat ze dan misschien wat vriendelijker overkwam, maar haar hele omgeving had haar vreemd aangekeken, en dus was ze ermee gestopt.

*Ik had er iets na twaalven willen zijn, maar het ziet ernaar uit dat het ietsje later wordt. Het spijt me dat je nu alles alleen moet uitpakken.*

Satoru had gezegd dat hij zou komen nadat hij het graf van zijn ouders had bezocht. Misschien was hij er wat langer blijven mijmeren dan hij had gedacht.

*Begrepen*, tikte ze in de onderwerpregel van haar antwoord. In het bericht zelf schreef ze: *Hier is alles in orde, rij voorzichtig*, en ze drukte op verzenden. Meteen begon ze zich zorgen te maken. Was haar antwoord niet te kortaf? Wat als hij het mailtje wel erg onvriendelijk vond en dacht dat ze boos was omdat hij laat was?

Ze opende het mailtje dat ze zojuist had verstuurd en las het nog eens na. Allebei waren het korte berichten, maar in vergelijking met dat van Satoru, die er nog iets sympathieks in had weten te leggen, was de hare wel erg rechttoe rechtaan. Had ze er nog iets aan toe moeten voegen?

Nog maar eentje verzenden dan, dacht ze, en ze tikte PS in het onderwerp en begon een nieuw berichtje, maar er wilde haar niets luchtigs te binnen schieten. Ze pijnigde haar hersens en schreef: *Rij maar niet te gehaast, straks veroorzaak je nog een ongeluk.* Maar ze had nog maar net op de verzendknop gedrukt, of het gevoel bekroop haar dat ze dit tweede e-mailtje ook beter achterwege had kunnen laten.

Om zich op de een of andere manier te herstellen, stuurde ze een derde. PPS, schreef ze, met daaronder: *Ik maak me zorgen dat je roekeloos zult rijden als je steeds op de klok kijkt.* Zodra ze dit had verzonden, realiseerde ze zich dat ze het paard achter de wagen aan het spannen was. Hij zou juist afgeleid raken als zij hem onder het rijden e-mail na e-mail bleef sturen. Ze voelde zich terneergeslagen.

Op dat moment kwam er weer een bericht binnen op haar mobieltje. Het was van Satoru. In de onderwerpregel stond: *(Lacht).*

Ze slaakte een zucht van opluchting toen ze die gevatte titel zag. *Dank je wel dat je je zo bezorgd maakt. In dat geval doe ik het rus-*

*tig aan*,' schreef hij. Aan het eind van zijn bericht stond een zwaaiende emoticon.

Noriko werd overmand door haar eigen onbeholpenheid en zakte vermoeid neer op de bank. Haar neefje was verdorie bijna vijfentwintig jaar jonger dan zij – ze kon hem toch niet steeds met zulke onbeduidendheden lastigvallen? Hoe moest dat nu goed gaan?

Welbeschouwd was het altijd zo tussen Satoru en Noriko gegaan. Vanaf dat haar zus en zwager waren overleden en zij zich over de twaalfjarige Satoru had ontfermd.

Noriko's zus had altijd alles wat in haar macht lag voor Noriko gedaan, maar slaagde zij er op haar beurt in om hetzelfde voor Satoru te doen? Noriko kon zich niet aan de twijfel onttrekken dat ze al die tijd alleen maar in financieel opzicht voor hem zorg had gedragen.

Haar zus en zij hadden acht jaar in leeftijd gescheeld.

Rond de tijd dat Noriko zich als peuter bewust begon te worden van de wereld om zich heen, was hun moeder overleden. Hun vader was gestorven toen Noriko net in de bovenbouw van de middelbare school zat, dus was haar oudere zus de voogd van Noriko geworden.

Toen haar vader was overleden, had Noriko de hoop laten varen om door te leren, maar haar zus zei dat het zonde was van zo'n knappe kop en liet haar naar de universiteit gaan. Noriko's zus had zelf na de middelbare school werk gevonden bij een lokale vestiging van de Japanse landbouwcoöperatie – ze had die keuze gemaakt met Noriko in haar achterhoofd. Gezien de financiële situatie van het gezin was het vrijwel onmogelijk om allebei naar de universiteit te gaan, zelfs als hun vader nog had geleefd.

In de lente, toen Noriko van de middelbare school afging en slaagde voor het toelatingsexamen van de rechtenfaculteit waar ze haar zinnen op had gezet, was haar zus van de landbouwcoöperatie in hun geboortestad overgeplaatst naar Sapporo. De universiteit waar Noriko naartoe ging lag niet op Hokkaido, en dus verlieten ze allebei tegelijkertijd hun geboortedorp.

Noriko's zus maakte van die gelegenheid gebruik om de velden en bosgrond die ze van hun vader hadden geërfd allemaal in één keer van de hand te doen. 'We kunnen het wel allemaal stukje bij beetje verkopen, maar dan levert het ons geen cent op,' had ze gezegd. Tot dan toe hadden ze het verpacht aan een boer uit de buurt, maar die inkomsten waren niet al te hoog. Als ze het gehele perceel verkochten zou het een redelijk bedrag opleveren, genoeg om het collegegeld en de toelage voor Noriko voorlopig van te bekostigen.

Het huis wilden ze behouden en hadden ze aanvankelijk verhuurd, maar nog voordat Noriko afstudeerde verkochten ze dit ook. Noriko's zus ging trouwen en ze moesten de rest van Noriko's collegegeld nog zien op te hoesten. Noriko kon moeilijk het kersverse gezin van haar zus voor haar kosten laten opdraaien.

'Sorry dat ik niet kan wachten met trouwen totdat jij afstudeert,' verontschuldigde haar zus zich meermaals, maar Noriko wist dat de man die haar zwager zou worden al die tijd geduldig had gewacht. Hij had haar zus uiteindelijk ten huwelijk gevraagd omdat hij voor zijn werk overgeplaatst zou worden, weg van Hokkaido.

Tenminste, dat was de officiële reden, maar er was nog een andere reden, die ze niet echt aan de grote klok konden hangen. De familie van haar zwager was erop tegen dat hij trouwde met Noriko's zus, die niet alleen geen ouders meer had maar bovendien de zorg droeg voor Noriko. Hij kwam uit een welgestelde familie, en omdat Noriko's zus het niet gemakkelijk had, hadden ze verondersteld dat ze alleen maar op hun geld uit was.

In een poging om hem met haar te laten breken hadden ze meerdere keren geprobeerd om een ontmoeting met andere vrouwen voor hem te arrangeren, en om eerlijk te zijn konden de twee niet meer tegen die druk.

Noriko was blij dat haar zwager niet iemand was die onder druk van zijn familie haar zus verliet. Ze was hem daarvoor dankbaar, en het was ondenkbaar voor haar om tegen het huwelijk te zijn.

'Maar zus, we kunnen het huis toch best houden?'
Ze hadden het huis verhuurd zodat het niet in verval zou raken,

en Noriko's zus hoopte naar haar geboortehuis terug te kunnen keren als ze ouder was.

'Ik hoef nog maar één jaar naar de universiteit. Als ik eenmaal juridisch stagiair ben krijg ik betaald.'

Het gezicht van haar zus betrok.

'Ik ben bang dat niemand het nog wil huren. Het is behoorlijk oud.'

De toenmalige huurder had gezegd dat hij het zou renoveren als ze het aan hem verkochten, maar dat hij er anders uit wilde.

'De koopvoorwaarden die hij stelt zijn zo slecht nog niet en als jij en ik allebei buiten Hokkaido wonen kunnen we een leegstaand huis toch niet onderhouden. Misschien dat we een nieuwe huurder kunnen vinden als we het zelf renoveren, maar dat is financieel niet echt haalbaar.'

Een leegstaand huis doorstond de sneeuw in de winter niet.

Op dat moment had Noriko zich voor het eerst gerealiseerd hoe haar zus haar steeds uit de wind had proberen te houden en haar had grootgebracht zonder dat het haar ook maar aan iets ontbrak.

Meer nog dan Noriko was het haar zus geweest die warme herinneringen koesterde aan het huis in hun geboortestreek. En toch had haar zus het huis van de hand gedaan om voor Noriko te zorgen en tot aan haar dood niet één keer tegen Noriko geklaagd.

Ooit hoopte Noriko voor haar zus terug te doen wat zij allemaal voor haar had gedaan. Maar voordat ze ook maar een kans daartoe had gekregen, was haar zus samen met haar man overleden.

Ze wilde dan tenminste al het mogelijke doen voor Satoru. Zo had ze er altijd over gedacht, maar waarschijnlijk had ze daar ook al van begin af aan een potje van gemaakt. En nu kwam alles ten einde zonder dat ze ooit genoeg voor hem had kunnen doen.

Het spijt me, zus.

Ik heb Satoru vast niet gelukkig kunnen maken.

Sterker nog: ik zorg er alleen maar voor dat hij zich over dit soort kleine dingen moet bekommeren. Zoals zijn bericht met in de titel '*(Lacht)*' – hij maakte er een grapje van, maar ondertussen lag er een fijngevoelige bezorgdheid in verscholen die typisch was voor Satoru.

Satoru was vanaf het moment dat ze zich over hem had ontfermd een voorbeeldig, volwassen kind geweest dat heel oplettend was. Maar was dat wel zijn ware aard?

Haar zus had altijd gezegd dat ze met de handen in het haar zat omdat hij zo ondeugend en lastig was. Ze zei dat ze gek van hem werd, maar ze had er altijd vrolijk bij gelachen.

En inderdaad was Satoru een ondeugend kind geweest toen zijn ouders nog leefden. Als Noriko af en toe bij hen op bezoek ging, zeurde hij altijd om haar aandacht met de hardnekkigheid van een heel aanhankelijk kind. 'Tante, Tante!' jengelde hij dan terwijl hij zich aan haar vastklampte, en als hij zijn zin niet kreeg was er soms geen land met hem te bezeilen.

Echt een typisch kind dus, maar nadat Noriko zich over hem had ontfermd, gedroeg hij zich nooit meer zelfzuchtig. Dat kwam waarschijnlijk niet zozeer omdat het verlies van zijn ouders hem gedwongen had om flink te worden, maar omdat Noriko hem daartoe noopte.

Ze had geen idee hoe ze de afstand tussen Satoru en zichzelf nog kon verkleinen, maar vertrouwde erop dat hij zich er niet te veel van aan zou trekken. Ze wilde er in ieder geval voor zorgen dat hij zijn laatste dagen zorgeloos kon doorbrengen.

Ze zuchtte en stond op van de bank waar ze even had zitten uitrusten. Laat ik dan ten minste de boel zo veel mogelijk aan kant maken voordat Satoru er is, dacht ze. Noriko was er misschien geen held in om de gevoelens van anderen te doorgronden, maar de handen uit de mouwen steken, dat kon zelfs zij, onbeholpen, sociaal onhandige persoon die ze was.

Het liep tegen drie uur 's middags toen Satoru bij het appartement kwam aanzetten.

'Sorry dat ik zo laat ben, tante Noriko.'
'Geeft niet, hoor. In mijn eentje krijg ik toch meer gedaan.'
Ze had bedoeld te zeggen dat hij het zich niet hoefde aan te trek-

ken en zich al helemaal niet hoefde te verontschuldigen, maar Satoru keek haar enigszins van zijn stuk gebracht aan. Zodra Noriko die uitdrukking op zijn gezicht zag, realiseerde ze zich dat ze iets verkeerds had gezegd.

Ze zouden vanaf die dag samen gaan wonen, en zeggen dat je in je eentje meer gedaan kreeg, klonk niet echt als een warm onthaal.

'Ik vind het helemaal niet vervelend dat je bij me komt wonen. Ik ben immers je voogd,' voegde ze er snel aan toe, maar ook dit had ze beter niet kunnen zeggen. In een poging om haar opmerkingen recht te zetten ging ze steeds sneller praten. 'Alleen jouw spullen zitten nog in dozen. Ik heb ze in je kamer gezet. De rest is al zo goed als klaar, dus je hoeft verder niet te helpen.'

Noriko keek naar Satoru, die met zijn ogen stond te knipperen en haar verbaasd aangaapte, en ze realiseerde zich hoezeer ze aan het ratelen was.

Wat ben ik toch een naar mens, dacht ze.

'Het spijt me, ik ben nog steeds zoals vroeger ben ik bang...' Ze liet haar schouders moedeloos hangen, en Satoru schoot in de lach.

'Gelukkig maar dat je niet veranderd bent, tante Noriko. Het is al dertien jaar geleden dat we samen hebben gewoond en om eerlijk te zijn zat ik er een beetje over in.'

Satoru liet de tas van zijn schouder glijden en zette de mand op de grond.

'Nana, dit is ons nieuwe huis.'

Hij maakte het deurtje van de mand open en meteen sprong er een kat uit. Het dier had twee streepjes op zijn voorhoofd in de vorm van het karakter voor 8 en een zwarte staart met een knik erin, maar verder was hij spierwit. Noriko meende zich te herinneren dat de kat die Satoru destijds weg had moeten doen er net zo had uitgezien.

De kat begon behoedzaam links en rechts om zich heen te snuffelen.

'Sorry dat ik je uiteindelijk ook met Nana opzadel.' Satoru fronste zijn wenkbrauwen en het leek hem werkelijk te spijten. 'Ik had gehoopt iets voor hem te regelen voordat we gingen samenwonen, maar ik heb gewoon geen nieuw baasje kunnen vinden. Al waren er wel een paar mensen die zeiden hem over te willen nemen...'

'Het geeft niet.'

'Maar je moest speciaal voor mij verhuizen naar een flat waar katten zijn toegestaan.'

Satoru had aan Noriko beloofd dat hij iemand zou vinden om zijn kat over te nemen voordat hij zijn kamer in Tokio zou achterlaten, maar dat was uiteindelijk op niets uitgelopen. Noriko had haar appartement waar huisdieren verboden waren opgezegd, en had dit nieuwe appartement gevonden waar katten wel waren toegestaan.

Het was ook nog eens een locatie die handig was voor Satoru's ziekenhuisbezoeken.

'O, wat heb je daar voor iets moois, Nana?'

Satoru vernauwde zijn ogen terwijl hij zich tot de kat richtte. Noriko verplaatste haar blik en zag dat de kat stond te snuffelen aan een lege verhuisdoos die ze nog niet opgevouwen had.

'Wat is daar zo leuk aan?' Noriko zag er niets meer in dan een doodgewone kartonnen doos.

'Katten vinden het fijn om in lege dozen of papieren zakken te kruipen. Of in smalle openingen.'

Satoru hurkte neer en haalde de kat aan. Hij was rond zijn nek afgevallen als een oud mannetje en zijn hemd slobberde om zijn hals. En hij was nog wel zo jong.

Noriko voelde het prikken achter in haar neus en vluchtte naar de keuken.

Waarom Satoru? Eigenlijk zou zij hem ruim voor moeten gaan.

'Het spijt me, tante Noriko.'

Ze hoorde het hem nog zeggen, die dag toen ze een wanhopig telefoontje had gekregen van Satoru. De doktoren hadden een kwaadaardige tumor bij hem gevonden. Hij moest direct worden geopereerd en ze wilden dat ze een verklaring voor hem ondertekende waarin ze toestemming gaf.

Ze had wat spulletjes bij elkaar gegrist en was halsoverkop naar Tokio afgereisd, waar ze in het ziekenhuis nadere uitleg te horen had gekregen. Er was helemaal niets geweest om optimistisch over te zijn, en hoe meer de dokter zei, hoe meer bij haar de hoop op een goede afloop vervloog.

Ze konden hem het best zo snel mogelijk opereren, werd haar gezegd, en dat deden ze, maar het was vergeefs. De tumor was al door zijn hele lichaam uitgezaaid en ze konden niet meer doen dan hem weer te hechten waar ze hem hadden opengesneden.

Hij had nog één jaar te leven.

Na de operatie lag Satoru op zijn ziekenhuiskamer en glimlachte hij ongemakkelijk naar haar.

'Het spijt me, tante Noriko.'

Nu zei hij het weer.

'Waarom zeg je toch steeds dat het je spijt,' sprak ze hem half vermanend toe.

'Sorry,' liet Satoru zich opnieuw ontglippen, en hij haastte zich om zich te verontschuldigen voor het feit dat hij zich opnieuw verontschuldigde, maar hij slikte zijn woorden nog net op tijd in en glimlachte ongemakkelijk naar haar.

Wat stond hun te doen? Er waren niet zo heel veel opties.

Satoru besloot ontslag te nemen, zijn kamer in Tokio op te zeggen en bij Noriko te gaan wonen. Als hij eenmaal in het ziekenhuis werd opgenomen, zou Noriko bij hem langs kunnen gaan om hem bij te staan.

Noriko werkte in Sapporo als rechter, maar gaf haar baan op om er voor Satoru te zijn. Rechters werden dikwijls overgeplaatst en het was niet uitgesloten dat ze opeens overgeplaatst zou worden terwijl Satoru's einde naderde. Via connecties vond ze een baan als advocate bij een advocatenkantoor in Sapporo.

Satoru had zich bezwaard gevoeld dat Noriko vanwege hem ergens anders ging werken, maar ze had er altijd al over zitten denken om na haar vijfenzestigste als advocate aan de slag te gaan. Dat plan trad nu wat versneld in werking, dat was alles.

Sterker nog, ze begon er spijt van te krijgen dat ze er niet al veel eerder aan had gedacht om de overstap te maken – namelijk toen ze zich over de jonge Satoru had ontfermd.

Als ze haar baan als rechter nu toch opgaf, had ze dat net zo goed lang geleden kunnen doen. In plaats daarvan had ze Satoru in zijn vormingsjaren van school naar school gestuurd en hem telkens als hij net vrienden had gemaakt en zich op zijn gemak begon te voelen weer uit zijn omgeving weggerukt.

Als hij op zo'n jonge leeftijd deze wereld verlaat, had ze hem ten minste een onbezorgde en gelukkige jeugd kunnen bezorgen.

Noriko vocht tegen de tranen en deed alsof ze druk bezig was de keuken op orde te brengen toen Satoru haar riep.

'Tante Noriko, is het goed als ik deze kleine doos in de kamer laat staan? Nana is er dol op.'

'Als je hem maar opruimt als hij er genoeg van heeft.' Met opzet verhief ze haar stem zodat Satoru haar tranen niet zou opmerken. 'Heb je de parkeerplaats makkelijk kunnen vinden?'

Ze had een plek in de ondergrondse garage van de flat gehuurd voor de auto van Satoru. Voor haar eigen auto had ze verderop in de wijk iets geregeld.

'Ja, nummer zeven was het toch? Heb je die speciaal voor mij uitgezocht?' Satoru leek blij te zijn dat hij hetzelfde nummer als Nana had.

'Niet echt. Het leek me gewoon makkelijk te vinden, zo op de hoek.'

Ze antwoordde simpelweg waar het op stond, maar realiseerde zich meteen dat ze op dit soort momenten waarschijnlijk beter 'ja' kon zeggen, ook als het een leugentje was. Het lag in haar aard om zoiets nooit te bedenken vóór ze antwoord gaf. Barstend van spijt stelde ze een domme vraag.

'Nana's naam komt dus van het cijfer 7?'

'Jazeker. Zijn staart heeft een knik in de vorm van een 7. Kijk maar.'

Satoru had Nana willen pakken om hem aan haar te laten zien, maar Nana was nergens te bekennen. 'Hè?' zei Satoru en hij hield zijn hoofd een beetje schuin.

'Oewhaaha!?'

Noriko slaakte een luide gil. Er wreef iets zachts langs haar kuiten. Ze liet een pan uit haar handen op de vloer kletteren. Krijsend vluchtte de kat bij haar voeten vandaan.

De kat stoof naar Satoru toe en sprong in zijn uitgestoken armen. Satoru hield hem stevig tegen zich aan en barstte in lachen uit. Hij kwam niet meer bij door die gil van Noriko. Snakkend naar adem verontschuldigde hij zich.

'Het spijt me, tante Noriko,' zei hij. 'Je houdt niet eens van katten en nu moet je er nog mee samenwonen ook.'

'Ik heb geen hekel aan ze, hoor. Ik weet gewoon niet goed wat ik met ze aan moet,' sprong ze in de verdediging. Als kind was ze eens lelijk gebeten toen ze een zwerfkat probeerde aan te halen. Haar rechterhand, die ze achteloos naar het dier had uitgestoken, was opgezwollen en twee keer zo dik geworden. Sindsdien bleef ze liever bij katten uit de buurt.

Wacht eens even, dacht ze plotseling, sinds wanneer wist Satoru dat ze niet van katten hield?

'Maar dat ik vroeger je kat niet in huis wilde nemen, had daar niets mee te maken, hoor.'

'Dat weet ik ook wel.'

De reden dat ze hem destijds zijn kat niet had laten houden, was dat ze een baan had waarvoor ze veel werd overgeplaatst. In de meeste ambtenarenflatjes die rechters van de overheid toegewezen kregen waren huisdieren verboden. Als ze een kat wilde meenemen, had ze zelf steeds een huurflat moeten zoeken waar huisdieren waren toegestaan.

Maar stel dat ze zelf van katten had gehouden, zou ze zich die moeite dan getroost hebben? Als ze van dieren had gehouden – en dat hoefden niet speciaal katten te zijn – zou ze zich dan beter verplaatst hebben in een kind wiens kat afgenomen werd?

Noriko begon zich slecht op haar gemak te voelen.

'Het spijt me dat ik vroeger niet echt heb kunnen begrijpen hoeveel je van je kat hield. Had ik me ook maar over je kat ontfermd toen je nog jong was.'

'Hachi werd vertroeteld tot aan het eind, dus je hebt genoeg voor hem gedaan. Jij had immers een nieuw baasje voor hem gevonden.'

Satoru aaide Nana die bij hem op schoot zat.
'Nana heeft alle kansen die we aangeboden kregen verknald. Je helpt me er geweldig mee dat we samen mochten komen.'
Satoru draaide Nana's gezicht in de richting van Noriko.
'Kijk, Nana. Zul je lief zijn voor tante Noriko?'

∽

Lief zijn? Dat is allemaal goed en wel, maar ik ben nog steeds boos.

Ik bedoel, Noriko is wel een beetje onbeschoft, zeg. Ik zei haar alleen maar even gedag omdat ik hier samen met Satoru kom wonen en het ijs dacht te moeten breken. Voor een kat is er geen liefdevollere manier om iemand te begroeten dan langs zijn been te wrijven. Wat nou 'Oewhaaha'? Net alsof ze in het holst van de nacht een spook zag. Maar goed, het is aardig van haar om mij samen met Satoru in huis te halen, dus ik zal een oogje dichtknijpen.

Met een verre van goede start begon zo ons nieuwe leven met Noriko.

Noriko was zo iemand die werkelijk niks van katten begreep en het duurde een poosje totdat zij en ik hadden uitgevogeld hoe we ons het best tot elkaar konden verhouden.

'Goeiemorgen, Nana.'

Op haar eigen manier probeerde Noriko vertrouwd met mij te raken. Ze zei me gedag terwijl ze bangig een hand naar me uitstak. Maar hoe haalde ze het in haar hoofd om zomaar uit het niets mijn staart aan te raken? Ik laat niets of niemand aan mijn staart zitten, of het moet wel een heel goede makker van me zijn. Normaal gesproken zou ik haar zonder pardon een tik verkopen, maar uit eerbied voor het feit dat ze me in huis had gehaald keek ik haar alleen maar even boos aan en zwiepte ik mijn staart opzij.

Ik had gehoopt dat Noriko iets in mijn reactie zou lezen, maar nee hoor, elke keer als ze me probeerde aan te raken, reikte ze steevast naar mijn staart. Ik mag van geluk spreken dat Satoru het die ochtend toevallig zag.

'Dat moet je niet doen, tante Noriko, zo plotseling aan zijn staart zitten. Nana vindt dat helemaal niet fijn.'

'Waar moet ik hem dan aanraken?'

'Om te beginnen op zijn kop, of achter zijn oren. En als hij eenmaal aan je gewend is onder zijn kin.' Met zijn tandenborstel in zijn ene hand aaide Satoru me met zijn vrije hand in die volgorde.

'Zijn kop, achter zijn oren, onder zijn kin...'

Wat denk je dat Noriko deed terwijl ze hem hardop nazei? Geloof het of niet, ze maakte er een notitie van!

'Niet aan zijn staart zitten...'

Zeg er iets van. Zeg er in vredesnaam iets van, iemand! Behalve Satoru was er niemand, maar goed.

'Moet je daar nu echt aantekeningen van maken?' vroeg Satoru lachend, maar Noriko antwoordde bloedserieus: 'Ik mag het immers niet vergeten.'

Ah, kom op nou! Niet te geloven. Je bent echt onbeholpen, jij.

'Je onthoudt het beter door het gewoon te doen.'

'Hè? Maar zijn mond zit zo dichtbij.'

Nou ja zeg! En wat dan nog?

'Wat als hij me bijt?'

Wat een brutaliteit! Hoe durf je zoiets tegen een gentleman als ik te zeggen? Ik hou me nog wel zo in en heb je geen tik verkocht, terwijl jij uit het niets aan mijn staart zit! En niet maar een of twee keer!

Met dat soort uitspraken verdien je het des te meer om gebeten te worden.

'Hij bijt je niet. Probeer nu maar gewoon.'

Aangespoord door Satoru stak Noriko voorzichtig haar hand naar me uit. Ik vond nog steeds dat ze het met haar opmerkingen van daarnet verdiende om gebeten te worden. Maar ik was volwassen genoeg om mezelf in toom te houden, waarvoor jullie me best een complimentje mogen geven.

Ik begreep nu in elk geval waarom ze het altijd op mijn staart voorzien had: volgens Noriko's logica lag die het verst van mijn mond vandaan. Maar in werkelijkheid reageren alle dieren ter wereld veel sneller als je aan hun staart of achterwerk zit dan als je recht van voren een hand naar ze uitsteekt.

'Wat is hij zacht.'

Jazeker, zo zacht als fluweel, al zeg ik het zelf.

'Kijk, Nana lijkt het ook fijn te vinden.'

Eerlijk gezegd was Noriko's manier van aaien ruw en onhandig en helemaal niet zo prettig, maar ik was niet te beroerd om voor deze oefening net te doen alsof het me beviel. Het was ook niks als ze telkens maar aan mijn staart bleef zitten.

'Hííí!'

Noriko gilde en trok haar hand terug. Ik kromp geschrokken ineen.

Wat is er?!

'Zijn keel! Het bot in zijn keel beweegt, jakkes!'

Nu wordt-ie nog mooier. De brutaliteit in het kwadraat! En dat terwijl ik alleen maar spinde uit medeleven met Noriko, want zo fijn was het helemaal niet.

'Hij doet je niks,' suste Satoru. 'Als hij het fijn vindt gaat hij spinnen.'

In principe, hè! Wat je nu hoort is een uitzondering op die regel. Ik zit hier tegen mijn zin ontzettend mijn best te doen om flink uit te pakken, vergeet dat niet.

'Dat snorrende geluid maakt hij dus met zijn keel?'

Noriko leek eindelijk van de eerste schrik bekomen te zijn en wreef met haar vinger over mijn keel.

'Waar dacht je dan dat het vandaan kwam?'

'Uit zijn mond, dacht ik.'

Spinnen met mijn mónd? Imbeciel die je bent! Oeps – de schok was zo groot dat ik vuile taal begon uit te slaan. Neem me niet kwalijk.

Noriko was gestopt met aaien, dus ik stopte gauw met spinnen en hupte in de doos die in een hoek van de woonkamer lag. Deze verhuisdoos die Satoru voor mij had bewaard was precies goed qua grootte – lekker krap en erg knus.

'Satoru, hoelang moet die doos daar nog blijven staan?'

'Laat nog maar een poosje staan. Nana is er dol op.'

'Maar ik vind het niet prettig als dat ding zo blijft rondslingeren. Ik heb nog wel zo'n mooie kattenmand en krabpaal gekocht.'
Een doos, dat is heel wat anders dan een mand of een paal.
De angstige Noriko raakte zo langzaamaan vertrouwd met het doen en laten van een kat.

'Wat zeg je hiervan?' zei Noriko op een dag. Ze kwam aanzetten met een vervanging voor de verhuisdoos die ondertussen flink gehavend was doordat ik mijn klauwen eraan scherpte. Ze had een kartonnen doos van een postorderbedrijf opengevouwen en er een bredere, lagere doos van gemaakt die ze hier en daar met ducttape had verstevigd.
'Deze is groter en nieuwer,' zei ze. 'En ik heb hem dubbelgevouwen zodat hij langer meegaat als Nana eraan krabt. Zullen we die oude doos maar wegdoen? De hoeken zijn helemaal verbogen onder Nana's gewicht. Je kunt gewoon zien hoe hij heeft liggen slapen.'
'Hm, ik weet het niet.'
Satoru keek glimlachend in mijn richting – *wat denk je?*
Ik antwoordde met een geeuw – *ik word er niet warm van.*
Noriko snapte er werkelijk niks van. Zo'n hele grote doos bedierf mijn plezier alleen maar. Het trok me totaal niet om erin te klauteren.
Ik negeerde Noriko's creatie en kroop in de oude doos. Noriko keek teleurgesteld. Satoru lachte en nam het voor me op: 'Misschien had je er beter niet aan kunnen knutselen. Wat als je de volgende keer dat je een nieuwe doos vindt hem gewoon in de kamer zet zonder er iets mee te doen?'
'Ik heb er nog wel zo mijn best op gedaan...'
Dat is allemaal verspilde moeite, hoor.
Katten ontdekken dingen die ze leuk vinden op eigen houtje en de kans is klein dat ze erg blij worden van iets wat ze op een presenteerblaadje aangeboden krijgen.
Hierna stond Noriko's doos een poosje verweesd naast de oude, maar niet veel later verdween hij bij het oud papier.

Satoru ging nu bijna dagelijks naar het ziekenhuis. Dat lag zo dicht in de buurt dat hij er praktisch lopend naartoe kon; hij vertrok 's ochtends vroeg en kwam niet voor de avond terug. Zou het druk in het ziekenhuis zijn, of duurde de tests en behandelingen zo lang?

Zijn rechterarm zat vol met littekens van alle injecties en de donkere blauwe plekken verdwenen niet meer, en al snel zat zijn linkerarm er ook onder. Ik werd al gek van de vaccinatie die ik één keer per jaar kreeg, dus ik vond dat Satoru het verbazingwekkend goed verdroeg.

Hoe vaak Satoru ook naar het ziekenhuis ging, zijn geur werd er niet beter op. Het was nog steeds dezelfde geur waarvan verschillende honden en katten me al hadden gezegd dat het 'ruikt alsof hij niet lang meer heeft', en hij werd alleen maar sterker.

Geen enkel levend wezen redt zich er nog uit als hij eenmaal zo ruikt.

Noriko stond soms stilletjes te huilen. Ik was de enige die daar iets van wist. Ze deed haar best om nooit in het bijzijn van Satoru te huilen, maar hield geen rekening met een kat. Ze gilde nu niet meer als ik kopjes tegen haar benen gaf. Er zat zelfs iets van dankbaarheid in de manier waarop ze reageerde en over mijn hals streek.

De stad was wit van de sneeuw en de lijsterbessen langs de straten kleurden nog feller rood in de snijdende kou.

'Nana, ga je mee wandelen?'

Alle kracht was al uit Satoru verdwenen, zo erg dat hij op de dagen dat hij naar het ziekenhuis ging de rest van de dag sliep, maar hij peinsde er niet over om de wandelingetjes met mij op te geven. Al was het koud en glad, we gingen iedere dag een blokje om, behalve op de dagen dat Satoru naar het ziekenhuis moest of dat er een sneeuwstorm woedde.

'Onze eerste winter in zo'n sneeuwland, hè Nana.'

De bevroren straat ijskoud en spiegelglad onder mijn poten. IJspegels aan de dakranden. Langs de kant van de weg bijeengeschoven sneeuw; het zag er een beetje als een tompoes uit.

Op de elektriciteitsdraden tegen elkaar aan gekleumde dikke mussen. Vrolijk door de diepe sneeuw ploegende honden in het park. Straatkatten die wegkropen in hoeken en gaten om aan de kou te ontsnappen.

Er waren nog zoveel dingen die we beiden nog nooit hadden gezien.

'Ach, wat een schattig katje. Maken jullie een wandeling?'

Op een dag dat de winterlucht strakblauw was, sprak een oude dame ons in het park aan.

'Hoe heet hij?'

'Hij heet Nana. Zijn staart heeft namelijk een knik in de vorm van een 7.'

Satoru was nog steeds de kattengek die maar al te graag aan voorbijgangers uitlegde waar mijn naam vandaan kwam.

'Hij is wel braaf hè, dat hij zo achter je aan komt.'

'Ja, dat is hij zeker.'

Nadat we afscheid van haar hadden genomen pakte Satoru me op in zijn armen.

'Braaf als je bent zul je je hierna ook goed gedragen, hè?'

Heb ik me ooit niet goed gedragen dan? Het is wel een beetje onbeschoft hoor, om dat nu nog te vragen.

De straten hingen vol met kerstverlichting en uit de tv schalde de ene na de andere kerstreclame. 's Avonds sneden Satoru en Noriko een kleine kersttaart aan en ik kreeg plakjes rauwe tonijn. De dag erna stond alles alweer in het teken van het naderende Nieuwjaar.

Op nieuwjaarsdag kreeg ik kipfilet voorgeschoteld, maar nadat ik er een paar keer aan had gesnoven, bedekte ik het met zand. Natuurlijk had ik geen echt zand voorhanden, dus deed ik maar alsof met lucht.

'Wat is er, Nana? Hoef je het niet?'

Satoru hield zijn hoofd schuin. Ik wilde er maar al te graag van eten, maar er zat een vreemd luchtje aan.

'Tante Noriko, is dit dezelfde kipfilet als die je hem altijd geeft?'

'Omdat het Nieuwjaar is heb ik mezelf eens uitgesloofd. Ik heb wat scharrelkippenvlees voor hem gestoomd.'

'Heb je er iets speciaals mee gedaan toen je het stoomde?'

'Ik heb er een scheutje sake door gedaan om de geur weg te nemen.'

Dus jíj hebt er rare fratsen mee uitgehaald, Noriko!

'Sorry, het lijkt erop dat Nana er niet van kan eten door de sakegeur.'

'Hè? Maar het was echt maar een heel klein scheutje.'

'Katten hebben een goede neus.'

'Dat zijn toch honden? Hun reukzin is zesduizend keer zo gevoelig als die van mensen, zeggen ze.'

Noriko is de kwaadste niet, maar op dit soort momenten haalt ze zich echt te veel in haar hoofd. Het klopt dat honden bekendstaan om hun goede neus, maar dat betekent toch niet automatisch dat katten die niet zouden hebben? En om te kunnen ruiken dat er sake over je kipfilet is gesprenkeld, heb je trouwens helemaal geen zesduizend keer zo goede reukzin als mensen nodig.

'Katten zijn ook een stuk gevoeliger dan mensen, hoor.'

Satoru stond op, liep naar de keuken, schepte wat van de veilige, vertrouwde kipfiletsnack die ik altijd at op een nieuw schaaltje en kwam dat naar mij brengen. Het schaaltje met kipfilet waarmee van alles was uitgespookt nam hij weg.

'Deze eet ik wel met de *zoni*.'

Noriko zuchtte diep.

'Voordat Nana hier kwam had ik me van mijn leven niet kunnen voorstellen dat iemand de etensresten van een kat zou opeten.'

'Als je een kat hebt is dat anders niet zo heel gek. Bovendien is dit geen restje. Hij heeft er nog helemaal niet aangezeten, dus er is niets mis mee.'

Satoru deed de kipfilet als topping in zijn kom met zoni, de geurige bouillonsoep met *mochi* en wat stukjes groenten die mensen traditioneel met Nieuwjaar eten.

'Wat zullen mensen wel niet denken als ze horen dat ik je dingen te eten geef die de kat zelfs laat staan? Vertel het maar niet door, wil je?'

'Volgens mij zouden mensen met katten het best begrijpen.'

Satoru en Noriko wensten elkaar een gelukkig nieuwjaar en begonnen aan hun zoni.

'Ik verzorg Nana pas drie maanden, maar ik heb nu al door dat poezen maar rare wezens zijn.'
Nou, jij ook een gelukkig nieuwjaar hoor, Noriko. Maar deze grove belediging kan ik niet over mijn kant laten gaan.
'Net zoals met die doos.'
De oude verhuisdoos stond nog steeds in de hoek van de woonkamer. Noriko liet zich wrevelig ontvallen dat ze dat ding eigenlijk voor het begin van het nieuwe jaar weg had willen gooien.
'Een nieuwe zou hem goed doen...'
Zo werkt dat niet, jammer maar helaas.
'En waarom probeert hij in dozen te kruipen die overduidelijk te klein voor hem zijn? Hij ziet toch ook wel dat hij er van zijn leven niet in past?'
Au, leg de vinger maar op de zere plek.
'Laatst nog dook hij met zijn voorpoten in een lege sieradendoos.'
'Ja, zo zijn katten,' zei Satoru vrolijk. 'Nana heeft zelfs weleens geprobeerd om zijn poot in een klein horlogedoosje te stoppen.'
Wat kon ik hier nog op zeggen? Dat is nu eenmaal instinct. Alle katten zijn altijd en overal op zoek naar lekkere plekjes waar ze precies in passen. Als ik dus een vierkante doos met de flappen wijd open zie staan, staat mijn instinct het me niet toe om er straal aan voorbij te lopen. Ik bedoel: heel, héél misschien wordt hij wel groter als ik mijn poot erin zet. Tot nu toe heeft de realiteit mij altijd in de steek gelaten, maar goed. In het buitenland schijnt er zelfs een kat te zijn die deur na deur blijft openen omdat hij denkt dat er één is die toegang verschaft tot de zomer.
'Sorry, ik heb genoeg gehad.'
Satoru kreeg zijn zoni niet op en legde zijn eetstokjes neer. Een teleurgestelde trek gleed over Noriko's gezicht. Ze had maar één stukje mochi in zijn soepkom gedaan. En Satoru had ook nauwelijks gegeten van het assortiment traditionele nieuwjaarshapjes dat ze bij het warenhuis had gekocht.
'Het was lekker. Mijn moeder deed ook altijd taro, peultjes en wortels in de zoni. En je brengt de dingen die je kookt op dezelfde manier op smaak als mijn moeder.'

'Voor mij had wat mijn zus kookte immers de smaak van thuis.'
'Toen je me adopteerde was ik opgelucht dat het eten net zoals dat van mijn moeder smaakte. Ik denk dat ik me daarom zo snel thuis voelde bij jou.' Satoru lachte. 'Ik ben blij dat jij je toen over mij ontfermd hebt.'

Noriko's adem stokte heel even alsof ze verbaasd was en ze ontweek Satoru's blik. Ze sloeg haar ogen neer en zei met een zacht stemmetje: 'Ik... zo'n goede voogd ben ik niet geweest. Bij een ander was je vast veel beter af geweest.'

'Ik ben blij dat jij je over mij ontfermd hebt,' herhaalde Satoru zonder acht te slaan op wat Noriko zei.

Noriko maakte een raar geluid in haar keel, het klonk als een kikker. Wie was het ook alweer die niet goed werd toen we elkaar net kenden en ik spinde? Jij produceert anders zelf net zo goed een flink schaamteloos geluid!

'Ook met wat ik je zei toen ik je net in huis genomen had?'
'Daar was ik vroeg of laat toch wel achter gekomen. Dat was jouw schuld niet.'

'Maar...' Met neergeslagen ogen haalde Noriko meermaals haar neus op en al die tijd maakte ze dat rare kikkerachtige geluid. Daar tussendoor mompelde ze steeds weer 'het spijt me, het spijt me'.

'Had ik dat toen maar nooit gezegd,' zei ze daarna met hese stem.

~

Toen Noriko te horen had gekregen dat haar zus en zwager overleden waren, was ze naar de begrafenis gegaan om Satoru te adopteren, ondanks dat ze nog niet getrouwd was.

Ze had nog helemaal niets voor haar zus kunnen terugdoen. Zich over Satoru ontfermen was wel het minste, dacht Noriko. Satoru was degene om wie haar zus zich na haar dood het meest zorgen zou maken en Noriko wilde voor hem doen wat ze kon.

De familie van haar zwager was alleen voor de vorm naar de begrafenis gekomen en weer vertrokken zonder ook maar met één woord over Satoru te reppen. Voor hen was hij niet meer dan een kind van een vreemde. Dat was niet zo heel verwonderlijk, gezien de manier waarop ze haar zus altijd hadden behandeld.

Aan haar kant van de familie was er ook niemand bereid om de voogdij over Satoru op zich te nemen. Toen Noriko aangaf dat zij zich over hem wilde ontfermen, maakten sommigen zich bezorgd omdat ze nog niet getrouwd was en het nergens voor nodig was dat zij zoiets zou doen. De meesten van hen stelden voor om Satoru naar een weeshuis te brengen.

'Satoru is de zoon van mijn zus en zwager. Als hij nou geen andere familie had kon ik het nog begrijpen, maar er is wél familie. We hebben de financiële middelen om een kind onder onze hoede te nemen, en dus vind ik het erg onbehoorlijk om hem in een weeshuis te stoppen.'

Noriko meende haar woorden zorgvuldig gekozen te hebben, maar haar familieleden haalden hun neus voor haar op. Later hoorde ze dat haar ooms gemopperd hadden dat Noriko nooit op haar woorden lette. Het was vast daarom dat ze op haar leeftijd nog geen man gevonden had.

De begrafenis was achter de rug en de erfenis afgewikkeld, en ze had juist aan Satoru verteld dat zij hem in huis nam, toen ze het zei: 'Je komt er vroeg of laat toch wel achter, dus ik zeg het je maar meteen. Je bent geen bloedverwant van je vader en moeder, Satoru.'

Of hij het nou ooit zelf ontdekte of zij het hem nu vertelde, het kwam allemaal op hetzelfde neer. De waarheid is immers de waarheid dacht ze toen, maar zodra ze Satoru's gezicht zag, begreep ze dat ze een fout had gemaakt. Elke uitdrukking op Satoru's gezicht was verdwenen en hij trok krijtwit weg.

Toen Noriko na het overlijden van haar zus en zwager was aangekomen bij de avondwake, had Satoru's gezicht precies zo gestaan. Met een holle blik alsof alles op de wereld verloren was gegaan, had hij bij de twee grafkisten gezeten die in het wijkcentrum waren opgesteld. Later was Satoru's vriendje gekomen en had hij voor het eerst gehuild. Daarna waren de uitdrukkingen op zijn gezicht beetje bij beetje teruggekeerd.

Ze mocht dan sociaal nog zo onbeholpen zijn, onmiddellijk drong het tot haar door dat Satoru door haar woorden kort na het eerste verlies opnieuw alles verloor. Het besef dat ze iets had gedaan dat niet meer terug te draaien was brandde zich in haar geweten.

'Wie zijn dan mijn echte vader en moeder?' vroeg Satoru.

'Je echte vader en moeder zijn mijn zus en haar man. Zeg alsjeblieft biologische ouders als je het over die andere hebt,' zei Noriko. Satoru deed helemaal niks verkeerds en toch sprak ze hem vermanend toe. Haar hersens waren zo zwartgeblakerd dat ze zichzelf niet meer onder controle had.

Satoru's echte ouders waren Noriko's zus en zwager. Zijn biologische ouders hadden Satoru alleen maar verwekt. Zonder enige verantwoordelijkheid op zich te nemen hadden ze hem ter wereld gebracht en het had niet veel gescheeld of ze hadden Satoru als baby laten sterven.

Het was de eerste grote zaak geweest die Noriko als rechter leidde. Beide ouders waren nog jong. De kinderverwaarlozing waarvan ze werden verdacht was dermate ernstig dat het een strafzaak werd en ze het bijna 'moord' hadden moeten noemen. Ze hadden het kind niets te eten gegeven en laten verzwakken totdat hij geen geluid meer uit kon brengen, en hem toen in een plastic zak gewikkeld en op de dag dat het vuil werd opgehaald aan de kant van de straat gezet. Een buurtbewoner had het verdacht gevonden dat de vuilniszak bewoog toen ze hem achterlieten, opende de zak en ontdekte de baby. De twee waren vervolgens door de buurtbewoner staande gehouden en hadden hem daarop mishandeld, zodat er nog een aanklacht tegen hen bij was gekomen.

De strafzitting werd afgerond en de ouders kregen een passende straf, maar Satoru kon nergens ondergebracht worden. Beide families weigerden om hem op te voeden. Er zat niets anders op dan Satoru naar een kindertehuis te sturen.

Het was een ondraaglijk moeilijke zaak. Het was prima mogelijk om een straf op te leggen die evenredig was aan de begane misdaad, maar daarmee was de onschuldige baby nog niet geholpen.

Noriko's zus was degene die haar vertwijfeling aanvoelde. Het was een grote strafzaak, dus haar zus had de voortgang van het proces nauwlettend in de gaten gehouden.

'Ze zouden voor het huwelijk een vergunningssysteem moeten maken,' had Noriko destijds tegen haar zus gemopperd. 'Als echtparen allemaal zo zouden zijn als jij en je man, dan zouden dit soort dingen niet gebeuren.'

Zodra ze dat had gezegd, voelde Noriko een koud straaltje zweet langs haar rug lopen. Haar zus was er na haar trouwen achter gekomen dat ze geen kinderen kon krijgen. Ze had de wind van voren kregen van haar schoonfamilie en hoewel haar man zich van hen distantieerde, was de innerlijke strijd die ze voerde er niet minder om geworden.

Een poosje later gaf haar zus aan Noriko te kennen dat ze Satoru wilde adopteren. Dat was vlak voordat Satoru in een weeshuis geplaatst zou worden.

'Jij zei immers zelf dat we goede ouders zouden zijn,' zei ze lachend. 'We zaten er eigenlijk al een tijdje aan te denken om een kind te adopteren. Dankzij jou hebben we de knoop kunnen doorhakken. En als we dan toch een kind adopteren, leek het ons wel zo leuk als jij er ook iets mee te maken hebt.'

Noriko stond even met haar mond vol tanden. De familie van haar zwager zou vast niet zwijgend toezien op zoiets.

'Hoe denkt je man erover?' Noriko drukte zich voorzichtig uit.

'Ik zou zoiets natuurlijk niet ter sprake brengen als mijn man erop tegen zou zijn. Hij zegt dat hij het ook fijn zou vinden om een kind te adopteren waar jij iets mee te maken hebt.' Haar zus begon schaterend te lachen. 'Als we het niet doen blijft mijn schoonfamilie ons toch wel voor de rest van ons leven op de huid zitten omdat we geen kinderen hebben. We doen gewoon wat we zelf willen.'

'Jouw biologische ouders hebben je alleen maar ter wereld gebracht, Satoru. Mijn zus en haar man zijn je echte ouders. Het is dus mijn plicht om me over jou te ontfermen.'

Noriko had bedoeld te zeggen dat Satoru zich nergens druk over hoefde te maken, maar toen ze het eenmaal had gezegd, vond ze 'plicht' wel erg hard klinken. 'Satoru, jij hoeft je nergens zorgen over te maken,' voegde ze er snel aan toe. De klank van dat woordje 'plicht' galmde echter nog steeds na. Het leek eerder alsof ze hem forceerde zich er juist wel zorgen over te maken.

Het verwijt van haar ooms dat ze beter op haar woorden moest letten was een schot in de roos. Nauwelijks had ze zich over Satoru ontfermd, of ze slingerde hem allerlei dingen naar het hoofd die ze beter niet had kunnen zeggen.

En daarom kon ze geen man vinden – ook die voorspelling was uitgekomen. Destijds had ze een vriendje gehad, maar al snel nadat ze Satoru onder haar hoede had genomen gingen ze uit elkaar. De belangrijkste reden was dat Noriko een kind had geadopteerd terwijl ze nog niet getrouwd waren, maar haar vriendje was ook ontsteld geweest dat ze van tevoren niet eens met hem over de adoptie had overlegd.

'Waarom heb je mij niks gevraagd?' beet hij haar toe. Noriko antwoordde dat ze had gedacht dat dat niet nodig was omdat Satoru haar eigen neefje was. Op dat moment trok haar vriend een muur tussen hen op, en ze begreep het. Blijkbaar had ze haar hand weer eens overspeeld. Subtiele gevoelens overbrengen op de mensen om je heen was een stuk moeilijker dan rechtspreken.

Verre familie zou Satoru's kat van hem overnemen. Noriko voelde zich nauwelijks verwant met dat familielid, zo ver stonden ze bij elkaar vandaan, maar toen hij langskwam om de kat op te halen had hij Satoru over zijn bol gestreken.

'Wees maar gerust,' zei die oom. 'Bij ons thuis zijn we allemaal dol op katten, dus we zullen goed voor hem zorgen.'

Satoru had enthousiast geknikt. Na het overlijden van zijn ouders had Satoru nooit zo'n blij gezicht laten zien.

Zo nu en dan ontvingen ze een foto van de kat. Op een gegeven moment werd dat minder, maar op de nieuwjaarskaart die ze elk jaar kregen stond steevast een foto van de kat afgedrukt en de tekst: 'Met Hachi gaat alles goed!'

De familie stuurde plichtsgetrouw een bericht bij Hachi's dood, en toen Satoru langsging om een bezoek aan Hachi's graf te brengen werd hij warm door hen onthaald.

Zou Satoru misschien gelukkiger zijn geweest als zíj zich over hem hadden ontfermd? Ook nu nog kwam die gedachte soms bij Noriko op. Terwijl de rest van de familie had geaarzeld om een kind dat geen bloedverwant was te adopteren, hadden zíj gezegd dat ze graag iets voor Satoru hadden gedaan als ze de middelen hadden gehad. Ze hadden vier kinderen, wat tegenwoordig veel was voor een gezin. 'We hebben er hoe dan ook het geld niet voor,' hadden ze beschaamd gelachen.

Als Noriko hun tegemoet was gekomen in de kosten van zijn opvoeding, hadden zij Satoru onder hun hoede kunnen nemen. Had die mogelijkheid niet ook bestaan? Was het niet uit zelfzucht geweest dat zij Satoru had geadopteerd, simpelweg omdat ze de enige die haar aan haar zus herinnerde niet had willen afstaan?

Al die tijd had ze daaraan gedacht.

～

Noriko begon nu echt te huilen.

'Volgens mij zou je veel gelukkiger zijn geweest bij je oom in Kokura.'

'Hoezo?' Satoru knipperde verbaasd met zijn ogen. 'Die oom is hartstikke aardig en zo, maar ik ben blij dat jij me hebt geadopteerd, tante Noriko.'

Nu was het Noriko's beurt om te vragen waarom.

'Je bent toch de jongere zus van mijn moeder! Als er iemand is die me verhalen over mijn vader en moeder kan vertellen, dan ben jij het wel.'

'Maar toen je net je ouders had verloren heb ik zoiets vreselijks tegen je –'

Satoru onderbrak Noriko. 'Natuurlijk was ik erg verbaasd toen ik het hoorde. Maar omdat je het me meteen vertelde, besefte ik al heel snel hoe gelukkig ik was.'

Noriko trok een bedenkelijk gezicht. Satoru lachte.

'Totdat jij het me vertelde was het echt nooit ofte nimmer in me opgekomen dat ik niet aan mijn ouders verwant was. Zozeer hadden ze me als hun eigen kind behandeld. Mijn biologische ouders hadden me verstoten, en dan door een onbekende vader en moeder zo liefdevol opgevangen worden – dat is toch geweldig? Zo vaak zie je zoiets niet.'

*Daarom ben ik gelukkig.* Satoru had me dit keer op keer verteld met een blije glimlach op zijn gezicht. Hoeveel aandacht zijn vader en moeder hem gegeven hadden. Hoe gelukkig zijn leven was.

Ik begrijp dat wel.

Toen Satoru mij als zijn kat in huis nam, was ik denk ik net zo blij als Satoru.

Het is normaal dat een zwerfkat aan zijn lot wordt overgelaten, maar Satoru redde me toen ik mijn poot gebroken had. Alleen dat was al een wonder, maar dat ik ook nog eens Satoru's kat werd? Ik was de gelukkigste kat op aarde.

Stel nou dat Satoru eerder komt te sterven dan ik, dan nog ben ik gelukkiger dan als ik hem niet gekend zou hebben. Ik bedoel, de vijf jaren die we samen doorgebracht hebben zullen me voor altijd bijblijven. De naam Nana, voor een kater toch een beetje dubieus, zal ik ook voor altijd blijven gebruiken.

De stad waar Satoru opgroeide, ook die zal ik me herinneren,
en de velden met jonge rijstplanten die wuifden in de wind,
de zee met zijn angstaanjagende gebulder,
de berg Fuji die voor ons opdoemde,
de doosvormige tv waarop het zo overheerlijk vertoeven was,
en Momo, de charmante poezentante,
de brutale, vastberaden Toramaru met zijn tijgervacht,
de reusachtige witte veerboot die tig auto's opslokte,
de honden die naar Satoru kwispelden in het dierenruim,
de grofgebekte pers die *(good luck!)* tegen me zei,
de eindeloos uitgestrekte vlaktes op Hokkaido,
de levendige paarse en gele bloemen langs de kant van de weg,
de zee van prachtriet,
de grazende paarden,
de knalrode vruchten van de lijsterbes,

de verschillende tinten rood van de lijsterbessen die Satoru me leerde,
de rijen van slanke witte berken,
het graf van Satoru's ouders, dat er vredig bij lag,
het boeket in de kleuren van de regenboog dat we daar schikten,
het witte, hartvormige achterwerk van de herten,
en de grote, grote, grote dubbele regenboog die uit de aarde ontsproot – voor de rest van mijn leven zal ik me dit allemaal herinneren.

Kosuke, Daigo, Shusuke, Chikako – en meer nog dan iedereen, degene die Satoru heeft grootgebracht en het mogelijk heeft gemaakt dat Satoru en ik elkaar ontmoetten: Noriko. Alle mensen die Satoru omringden, ook zij zullen me voor altijd bijblijven.

Kan iemand gelukkiger zijn dan dit?

'Doordat ik zo vaak werd overgeplaatst heb ik je als kind vast veel verdriet gedaan. Telkens als je net vrienden had gemaakt, haalde ik je bij ze weg.'

'Maar ik maakte nieuwe vrienden waar we ook naartoe gingen. Ik was wel verdrietig toen ik van Kosuke gescheiden werd, maar in de onderbouw van de middelbare school ontmoette ik Daigo, en in de bovenbouw Shusuke en Chikako. De ontmoetingen tussen hen en Nana zijn op niets uitgelopen, maar ze waren wel allemaal bereid om hem te adopteren. Het is toch een hele luxe om zoveel vrienden in mijn leven te hebben die in geval van nood mijn dierbare kat van me willen overnemen?'

Satoru strekte zijn handen uit naar Noriko en nam haar hand in de zijne.

'En toen het niets werd met mijn vrienden die zich hadden aangeboden, toen had ik jou nog, tante Noriko.'

Noriko hield haar ogen neergeslagen en zat met haar schouders te schokken.

'Bovendien heb je mij en mijn vader en moeder bij elkaar gebracht, en me herinneringen over ze verteld nadat je me hebt geadopteerd. Hoe zou ik niet gelukkig kunnen zijn?'

Kom, je moet dus niet huilen, Noriko.
In plaats van een beetje te zitten snotteren, kun je beter blijven lachen tot aan het eind. Dan worden we vast nóg gelukkiger.

~

Satoru bleef steeds vaker in het ziekenhuis overnachten.
'Over een paar dagen ben ik weer thuis,' zei hij dan, en hij aaide me over mijn kop en stapte met zijn weekendtas over zijn schouder het huis uit. Beetje bij beetje bleef hij langer weg. Drie, vier dagen zei hij bij het weggaan, om daarna een hele week niet terug te komen. Zei hij een week, dan werden het tien dagen.
De kleren die hij vanuit Tokio had meegebracht pasten hem niet meer. Ze flodderden om zijn schouders en de broeken zaten rond zijn middel zo wijd dat zijn vuist er meermalen in paste.
Sinds kort droeg hij zelfs binnenshuis een wollen muts. Hoe het kwam weet ik niet, maar behalve zijn lichaam was zijn haar ook steeds dunner geworden, en op een dag was hij helemaal kaal. Misschien hebben ze hem in het ziekenhuis kaalgeschoren, dacht ik nog, maar hij was zelf naar de kapper geweest om alles eraf te laten halen.
Op een dag was Satoru bezig met inpakken voor weer een ziekenhuisverblijf toen hij het fotolijstje dat op zijn nachtkastje stond in zijn tas stopte. Het was een foto van ons tweeën, gemaakt tijdens een van onze reizen. Hij had hem al vanaf toen we nog in Tokio woonden naast zijn bed staan.
Opeens drong het tot me door.
Ik krabde aan mijn reismand die in een hoek van de kamer stond en begon te miauwen. Kom, deze hebben we toch nodig?
Satoru ritste zijn weekendtas dicht en keek met een bezorgde glimlach op me neer.
'Je wilt graag mee hè, Nana,' zei hij.
Satoru opende het luikje van mijn mand. Ik glipte gauw naar binnen, Satoru deed het deurtje achter me dicht en… hij zette de reismand zo neer dat het deurtje tegen de muur kwam te staan.

Hé joh, zo kan ik er toch niet meer uit? Hou eens op met die flauwe grapjes.

'Braaf als je bent zul je je hierna ook goed gedragen, hè?'

Hé! Ik krabde wild van binnenuit aan de mand. Wat bazel je nou, Satoru!

Satoru pakte zijn weekendtas en stond op. Vervolgens opende hij de deur, maar mijn reismand liet hij staan.

Wacht nou, stomkop! Ik begon als een dolle aan het mandje te krabben, gooide mezelf tegen de wanden en gromde woest met al mijn haren rechtovereind.

'Wees een brave jongen, dat kun je toch?'

Hou je mond – wat nou brave jongen? Verkoop geen onzin! Ik laat me nooit niet door jou alleen laten!

'En nu braaf zijn, stomkop!'

Wie is hier de stomkop, stomkop! Kom terug! Kom terug, zeg ik je!

*Neem me mee!*

'Het is niet dat ik je achter wil laten. Ik hou van je, mallerd!'

Ik hou ook van jou, stommerik!

Alsof hij mijn geroep van zich af wilde schudden verliet Satoru de kamer en sloeg hij de deur hard achter zich dicht.

Kom terug! Kom terug, kom terug, kom terug, KOM TERUG!

Ik blijf jouw kat tot het bittere eind!

Ik miauwde zo hard ik kon, maar de deur bleef gesloten. Ik jankte en jankte en jankte en jankte en jankte, totdat ik er helemaal hees van werd.

Hoeveel tijd zou er voorbij zijn gegaan? Toen het donker was geworden in de kamer ging de deur met een zachte klik open. De hevigheid waarmee hij eerder was dichtgeslagen leek een leugen.

Het was Noriko die binnenkwam. Ze schoof mijn reismand bij de muur vandaan en deed het deurtje open.

Als Satoru niet terug is, denk dan maar niet dat ik meteen naar buiten kom springen. Ik bleef in een hoekje liggen pruilen en deed alsof ik sliep toen er een hand bedeesd naar binnen reikte.

Ze raakte mijn kop aan, krabde achter mijn oren en streek over mijn hals. Ze was niet langer bang meer om gebeten te worden omdat mijn mond zo dichtbij zat. Voor iemand die niet goed met katten was, vond ik dat ze met grote sprongen vooruit was gegaan.

'Satoru zei dat ik goed voor je moest zorgen. Omdat je zijn dierbare kat bent.'

Dat weet ik. Ik weet heus wel dat ik Satoru's dierbare kat ben.

'Ik heb eten voor je klaargezet. Met stukjes kipfilet erop. Satoru zei dat ik je vandaag maar een beetje moest verwennen.'

Als hij denkt dat daarmee zijn zonde vergeven is, heeft hij het goed mis.

'Satoru's kamer is klein, maar hij ligt alleen en het voelt er knus, niet echt zoals een ziekenhuis. De verpleegsters leken me ook allemaal aardig. Satoru had aangegeven dat hij het eind in alle rust wil doorbrengen, dus hebben ze hem die kamer in een hospice aangewezen.'

Noriko's stem trilde terwijl ze me aaide.

'Dus je hoeft je geen zorgen te maken, Nana. Dat is wat Satoru tegen mij zei.'

Allemaal leuk en aardig dat ik me geen zorgen hoef te maken over waar hij nu is, maar het is beroerd dat ik daar niet bij hem ben.

'Hij zette meteen jullie foto neer toen hij binnenkwam. Op zijn nachtkastje, net zoals thuis. Het is goed zo, zei hij.'

Kletspraat! Als je vraagt welke van de twee beter is: een foto van mij of een kat van vlees en bloed, is het antwoord zonneklaar.

Ik likte aan Noriko's hand. In het begin had ze het niet prettig gevonden als ik dat deed, want ze vond mijn tong zo ruw.

Aangezien ze zit te huilen eet ik straks wel, als ik er zin in heb. Ze heeft er immers speciaal voor mij kipfilet op gedaan.

Behalve wanneer ik at of naar het toilet moest trok ik me terug in Satoru's slaapkamer.

Telkens als ik alleen thuis was en de voordeur openging sprong ik hoopvol de kamer uit, maar Noriko kwam altijd in haar eentje binnen. Dan liep ik met mijn staart naar beneden terug naar Satoru's kamer. Ik geneerde me er niet in het minst voor om mijn staart te laten hangen omdat ik Satoru niet kon zien. Het is toch volstrekt normaal dat ik verdrietig ben?

Satoru had Noriko blijkbaar gevraagd om met mij te gaan wandelen, dus zo nu en dan nodigde ze me uit. Maar zonder mijn maat Satoru voelde ik er bar weinig voor om door de ijzige, spierwit besneeuwde straten te drentelen.

Satoru had een iets te lage dunk van zichzelf. Hij had er geen flauw benul van hoe belangrijk hij voor me was.

Dag in dag uit staarde ik uit het raam. Het landschap buiten strekte zich onafgebroken uit. Vast ook tot aan de kamer waar Satoru lag.

Hé Satoru, hoe is het daar bij jou?

Vandaag hadden we een zware sneeuwstorm. Het was buiten helemaal wit en ik kon zelfs de lichten van de stad niet zien. Was het daar bij jou net zo?

Vandaag is het lekker weer. De lucht is volledig opengetrokken en het is zonnig. Maar de strakblauwe hemel ziet er erg koud uit.

Vandaag hebben de dikke mussen op de elektriciteitsdraden een nieuw record gehaald, zo bol waren ze. Het is licht bewolkt en het sneeuwt niet, maar buiten is het vast stervenskoud.

Voor het huis reed een knalrode auto langs. Een kleur als de vruchten van de lijsterbes – de kleur die jij mij geleerd hebt. Maar ik heb het gevoel dat lijsterbessen dieper, adembenemender van kleur zijn. Mensen zijn er heel goed in om kleuren te maken, maar weten de kracht die in natuurlijke kleuren verscholen ligt niet te reproduceren.

Wat valt er vanuit jouw kamer te zien, Satoru? Is het bij jou buiten hetzelfde weer als bij mij?

Op een dag kwam Noriko Satoru's slaapkamer binnen.

'Nana, laten we naar Satoru toe gaan.'

Wat zeg je me nu!

'Satoru is heel erg verdrietig dat hij jou niet kan zien, dus heb ik het erop gewaagd en aan de artsen gevraagd of jij langs mag komen. In zijn ziekenkamer mag je niet komen, maar als Satoru een wandelingetje in de tuin maakt kun je hem even zien.'

Goed gedaan, Noriko!

Ik sprong opgewonden het mandje in dat Noriko tevoorschijn haalde. We namen de zilverkleurige minivan. Noriko had blijkbaar de hele tijd sinds Satoru in het ziekenhuis lag al van zijn auto gebruikgemaakt, maar voor mij was het de eerste keer na onze laatste reis.

Het was met de auto een kleine twintig minuten.

Satoru was zo dichtbij!

Als ik samen met Satoru op stap was geweest had ik het deurtje meteen open getikt en was ik naar buiten geglipt, maar omdat ik nu met Noriko was bleef ik gedwee zitten waar ik zat. Aangezien Noriko er niet aan gewend was om vanuit een kat te denken, had ze mijn mandje voor de achterbank op de vloer gezet, dus het enige wat ik kon zien was het interieur van de auto.

'Braaf blijven wachten hè, dan ga ik Satoru halen,' zei Noriko, en ze stapte uit. Ik bleef braaf zitten zoals me was gezegd.

*Je zult je gedragen, hè. Wees een brave jongen, dat kun je toch?* Bij ons afscheid had Satoru me dat meerdere keren op het hart gedrukt – natuurlijk, en of ik dat kan! Ik ben een wijze kat en weet te allen tijde wat me te doen staat.

Eindelijk kwam Noriko terug en tilde ze me in mijn reismand uit de auto.

Het hospice was rustig gelegen midden in een stille woonwijk. Achter de parkeerplaats strekte zich een veld uit met veel sneeuw. De bomen en bankjes waren ook met een dikke laag bedekt. Daaronder lagen vast grasveldjes en bloemperken in een diepe winterslaap.

Het gebouw had een uitbouw met een overdekt terras waarop tafels en stoelen stonden. Op dagen met slecht weer deed het blijkbaar dienst als buitenruimte. En –

Daar op het terras zat Satoru in een rolstoel!

Ik stond te trappelen van ongeduld om mijn mandje uit te springen, maar omdat Noriko me droeg hield ik mezelf in bedwang en opende ik het luikje niet zelf.

'Nana!'

Satoru had zich dik ingepakt in een donsjack, en hij was nog verder afgevallen sinds ik hem voor het laatst had gezien. Hij zag er bovendien een beetje bleek uit.

Maar toen verscheen op zijn ziekelijk bleke wangen een blosje. Volgens mij beeld ik me niets in als ik zeg dat ik die warme, rode kleur op zijn gezicht toverde.

'Wat ben ik blij dat je er bent!'

Satoru stond half op uit zijn rolstoel. Ik kon net zomin wachten tot ik bij hem was. Het liefst tikte ik het deurtje meteen open en was ik naar buiten gesprongen. Maar Noriko wist niet dat ik dat kon, dus ik hield me in.

Eindelijk kwam Noriko bij Satoru aan.

Het duurde me veel te lang totdat ze het luikje van mijn mand open had, maar toen sprintte ik naar buiten en sprong bij Satoru op schoot. Satoru knuffelde me sprakeloos. Ik spinde zo hard dat het pijn deed in mijn keel en wreef wild met mijn kop tegen hem aan.

Het voelt zo vertrouwd om met z'n tweetjes te zijn, dat het eigenlijk vreemd is dat we van elkaar gescheiden zijn, vind je niet, Satoru?

Ik wilde wel voor eeuwig zo in zijn armen blijven zitten, maar de snijdende kou verkleumde ons binnen de kortste keren tot op het bot. Het was beter om niet al te veel van de verzwakte Satoru te vergen.

'Satoru,' zei Noriko enigszins aarzelend. Satoru wist ook wel dat we niet voor eeuwig konden blijven zitten, maar hij had er moeite mee om mij te laten gaan.

'Ik heb de foto van ons tweeën naast mijn bed gezet.'

Ik hoorde het van Noriko.

'Dus ik voel me niet eenzaam.'

Dat is niet waar. Het is zelfs zo'n overduidelijke leugen dat zelfs *Enma*, de rechter over de gestorvenen die de tongen van leugenaars uitrukt, ervan in de lach zou schieten.

'Pas goed op jezelf, Nana.'

Satoru drukte me nog een laatste keer zo stevig tegen zich aan dat mijn ingewanden er zowat van naar buiten kwamen en liet me ten slotte los. Noriko maande me en ik stapte gedwee mijn mandje in.

'Wacht je hier even op me, dan zet ik Nana in de auto.'

Noriko bracht me terug naar de auto en ging toen weer naar Satoru.

Nu mag het onderhand toch wel? Ik wipte het deurtje van mijn reismand open en stapte door de auto. Ik ging op mijn gemak op de bestuurdersstoel zitten en wachtte totdat Noriko terug zou komen.

Na een uurtje kwam Noriko weer aanzetten. Ze liep met opgetrokken schouders van de kou terwijl er sneeuwvlokjes om haar heen dwarrelden. Toen maakte ze de bestuurdersdeur met een droge klik open – nú! Dit was het moment waarop ik had gewacht, en ik glipte naar buiten.

'Nana!'

Noriko rende nog achter me aan, maar mensen zijn in een sprintwedstrijdje geen partij voor een viervoeter.

'Niet doen, Nana! Kom terug!'

Noriko schreeuwde het bijna uit. Sorry, maar ik kan nu niet naar je luisteren. Maar heel even bleef ik staan om naar Noriko om te kijken.

Ik stak mijn staart vrolijk de lucht in.

Dag hoor, tot kijk!

Ik zei een laatste groet en rende het sneeuwlandschap in, ditmaal zonder verder nog om te kijken.

~

Goed. Ik mocht dan nog zo'n trotse zwerfkat zijn, de winter op Hokkaido was wel erg guur.

De sneeuw die in Tokio valt zou nooit onder dezelfde noemer

mogen vallen als de sneeuw die hier als een storm door de straten raast en maakt dat je geen poot meer voor ogen kan zien.

Nu kwam de ervaring die ik tijdens de wandelingetjes met Satoru had opgedaan me goed van pas. De straatkatten die we tegen waren gekomen waren in hoeken en gaten weggekropen om aan de kou te ontsnappen. En natuurlijk waren er in de buurt van dit hospice ook katten die dapper standhielden. Waarom zou ik het dan niet overleven? Ik had er altijd rekening mee gehouden dat ik terug naar het zwerfkattenbestaan zou gaan.

Met het hospice als uitvalsbasis vond ik een aantal plekjes waar ik aan de kou kon ontsnappen. Het was een groot gebouw met, zoals te verwachten viel, heel wat plekken waar een kat zich kon verschuilen, bijvoorbeeld bij de parkeergarage en opslagplaats. In de kruipruimtes en onder de boilers van de omliggende woonhuizen was het ook erg behaaglijk. Sommige plekjes waren al bezet, maar de ijzige winterkou versterkte het gevoel van saamhorigheid, want liever dan erom te vechten deelden we ons plekje.

Ik had al weleens gehoord dat de mensen op Hokkaido erg vriendelijk zijn. Het was hier heel normaal om reizigers of dronken mensen op te pikken en bij je thuis te laten overnachten, had Noriko eens tegen Satoru gezegd. Als je dat niet deed gingen ze immers dood, had ze er tragikomisch aan toegevoegd. Ik ondervond dat dit principe ook voor katten gold.

Katten uit de buurt vertelden me waar ik eten bij elkaar kon scharrelen. Winkels en huizen waar ze je lekkere restjes gaven en een parkje waar een kattenvrouwtje ons voerde. Vlak bij het hospice was een kleine supermarkt, dus ik ritselde ook weleens een hapje te eten bij mensen door mijn charmes van vroeger in de strijd te gooien.

En natuurlijk jaagde ik. Door de kou waren de bolle vogeltjes en muizen lang niet zo vlug als normaal, dus vormden ze een makkelijke prooi.

Omdat ik mij, hoewel er altijd voor me gezorgd was, vrijwillig in het zwerfkattenbestaan had gestort keken mijn medekatten me aan alsof ze een raar wezen zagen. Waarom zou je dat nou doen, zeiden sommige me recht in mijn gezicht. Wat een doodzonde. Ze dachten vast dat ik ze niet meer allemaal op een rijtje had.

Maar voor mij was er iets wat nóg belangrijker was dan er lekker warmpjes bij zitten.

Het was opgehouden met sneeuwen. Het duurde nog een poosje totdat de avond zou vallen. Nu maakte ik de meeste kans, dacht ik, en ik liep naar de opslagplaats vanwaar ik zicht had op de ingang van het hospice – en ja hoor, precies zoals ik had gedacht.

Satoru kwam in zijn rolstoel naar buiten gereden.

Ik stak mijn staart in de lucht en rende op hem af, en Satoru glimlachte blij en verdrietig tegelijk naar me.

'Ga eens gauw naar huis, jij.'

Hé joh, je weet toch wat er gebeurt als je me probeert te vangen? Dan krab ik zoveel horizontale en verticale lijnen op je gezicht dat je er een potje op kunt dammen.

Ik liet blijken dat ik op mijn hoede was, waarop Satoru met een scheve glimlach zei: 'Ik geef het al op.'

Ja, dat klinkt beter zo.

Blijkbaar waren Satoru en Noriko flink in paniek geraakt nadat ik Noriko vaarwel had gezegd. Toen Satoru van mijn ontsnapping hoorde, was de shock kennelijk zo groot geweest dat hij koorts had gekregen. Noriko was dagen achtereen naar mij komen zoeken, maar natuurlijk was ik niet zo stom om door iemand als Noriko gevonden te worden.

Hoe groot was de verrassing voor Satoru toen hij een paar dagen later moedeloos het terras op kwam en ik plotseling voor hem verscheen!

Ik had je toch gezegd dat ik tot het eind bij je zou blijven?

Satoru probeerde mij nog steeds beet te pakken, maar dat ging zomaar niet. Als een vers gevangen zalm spartelde ik in zijn armen en ontsnapte aan zijn greep.

Satoru keek op me neer terwijl ik op een veilig afstandje bleef zitten en hij trok een gezicht als een kind vlak voordat het in tranen uitbarst. Waarschijnlijk drong het tot hem door dat ik mijn besluit genomen had.

'Je bent een stommeling, Nana,' fluisterde Satoru.

Ook goeiemiddag!

Ik ben Satoru's enige kat. Satoru is mijn enige makker. En een trotse kat als ik laat z'n makker niet in de steek. Als ik aan het zwerven moet om tot het eind Satoru's kat te zijn, dan aarzel ik geen moment om dat te doen.

Noriko was op de hoogte gesteld door Satoru en kwam buiten adem aanrijden. Ik heb geen idee waar ze hem geleend had, maar ze bracht een grote dierenval met zich mee, zette die in de parkeergarage neer en vertrok weer naar huis. Maar zo dom is Nana niet om zich in zo'n gevaarte te laten vangen.

Een poosje was ook het hospicepersoneel mij vijandig gezind. Noriko en Satoru hadden blijkbaar hun hulp ingeschakeld en ze probeerden mij bij zich te lokken om me te pakken.

Telkens als Satoru het terras op reed zagen ze me tevoorschijn komen, om me weer te zien verdwijnen zodra hij terug naar binnen ging, en volgens mij begrepen ze het allemaal wel.

Noriko nam de overdreven vangkooi weer mee naar huis. Het hospicepersoneel probeerde me niet langer te vleien en liet me nu links liggen zoals je een gewone zwerfkat links liet liggen.

En zo werd ik Satoru's pendelkat.

Op dagen dat het niet sneeuwde kwam Satoru naar buiten, al was het maar eventjes. Die korte tijd brachten we samen door. Ik at de kattenbrokjes en kipfiletsnack die hij voor me meebracht en rolde me op zijn schoot op. Satoru aaide me dan achter mijn oren en over mijn hals en ik spinde.

Zeg, Satoru?

Net zoals toen we elkaar net hadden ontmoet, hè.

Wist je dat? Al voor ik jouw kat werd, was ik al best dol op je. Ik keek er elke keer naar uit om je te zien.

Nu kijk ik er telkens nog veel meer naar uit.

Ik heb immers de naam Nana gewonnen en de vijf jaar samen met Satoru, dus ik hou nu tien keer, nee, wel honderden, duizenden keren meer van hem dan toen. En ik ben zo gelukkig dat ik nu vrij ben om Satoru op te komen zoeken wanneer ik wil.

'Meneer Miyawaki?'

Een verpleegster kwam Satoru ophalen. Ze was ongeveer van Noriko's leeftijd, maar wel een stuk ronder.

'Sorry, ik kom eraan,' antwoordde Satoru, en hij drukte me stevig tegen zich aan. Dat deed hij altijd als we afscheid namen. *Misschien is dit de laatste keer.* Aan de manier waarop hij mij vastpakte, voelde ik dat hij dat dacht.

Dag Satoru, tot morgen. Laten we elkaar hier weer treffen.

Ik likte Satoru's hand en sprong van zijn schoot.

Het feit dat ik Satoru's pendelkat was geworden, leverde de katten waarmee ik vertrouwd was geraakt ook een voordeeltje op. Hospicepersoneel en bezoekers begonnen stiekem hier en daar op het terrein eten voor me achter te laten, moedig én beklagenswaardig als ik was. Iedereen dacht dat hij de enige was die dat deed, maar nee, ze waren met best veel.

Ik kreeg het met geen mogelijkheid allemaal in mijn eentje op, dus had ik iets om terug te geven aan de katten die zo aardig tegen mij waren geweest.

Een aantal dagen achtereen woedde er een sneeuwstorm.

Toen het eindelijk ophield met sneeuwen kroop ik in de schaduw van de opslagplaats, vanwaar ik de ingang van het hospice in de gaten kon houden. Het was de eerste stralende dag in tijden, maar géén Satoru. Toen de avond begon te vallen kwam Noriko in de zilvergrijze minivan aangereden. Haar gezicht was lijkbleek. Ik rende op haar af, maar ze zei: 'Sorry Nana, jij komt zo,' en holde gejaagd het hospice naar binnen.

∼

Tijdens de sneeuwstorm was Satoru's toestand ernstig verslechterd.

Was het bijna zover? Met een bedrukt gemoed begaf Noriko zich door de jachtende sneeuw in de richting van het hospice.

Ze bleef een aantal nachten bij Satoru waken en toen de sneeuwstorm ging liggen, leek zijn toestand wat te stabiliseren. Maar Satoru kwam niet meer bij bewustzijn. Noriko ging bij het aanbreken van de dag naar huis, handelde wat zaken die waren blijven liggen af en ging slapen. In het hospice stond wel een eenvoudig bed voor familie die bleef waken, maar daarop had ze alleen maar heel licht kunnen slapen.

In de namiddag kreeg ze een bericht van het hospice.

*Toestand neef kritiek. Kom direct.*

Ze spoedde zich naar het hospice en toen ze daar aankwam, sprong Nana uit het niets tevoorschijn.

'Sorry Nana, jij komt zo.'

Tijdens de sneeuwstorm had hij vast amper iets gegeten. Maar ze had nu geen tijd om zich over Nana te ontfermen.

In dezelfde hospicekamer als altijd kon Noriko niets anders doen dan toekijken. De curve op Satoru's hartmonitor werd steeds vlakker. Af en toe ving ze een glimp op van Satoru tussen de verpleegkundigen die hem in allerijl behandelden.

Een van de verpleegsters stootte met haar rug tegen het aan de kant geschoven nachtkastje en de twee fotolijsten die daarop naast elkaar stonden kletterden op de grond. Haastig pakte Noriko ze op zodat niemand erop zou trappen. Het waren een familiefoto waar Noriko ook op stond en een foto van Satoru met Nana. Ze hadden in de woonkamer en in Satoru's slaapkamer gestaan.

Op dat moment klonk er vanaf de straatkant het jammerende miauwen van een kat. Keer op keer.

Het was Nana.

'De kat,' bracht Noriko uit voordat ze erbij nadacht. 'Mag ik de kat binnenhalen? Satoru's kat.'

Het was voor het eerst in haar leven dat ze zoiets ongehoords vroeg.

'Alstublieft, de kat.'

'Vraag zoiets alstublieft niet!' berispte de hoofdverpleegkundige haar. 'U weet toch dat ik zal zeggen dat het niet mag.'

Noriko vloog de kamer uit. Ze negeerde een poster waarop

stond dat ze in de gang niet mocht rennen, holde verder en sprong ondanks haar leeftijd met twee treden tegelijk de trap af.

Bij de ingang stoof ze door de deur naar buiten.

'Nana! Nana, kóm!'

Vanuit het duister vloog Nana als een witte kogel op haar af en hij sprong in haar armen. Noriko hield hem stevig beet en holde terug naar de ziekenkamer.

'Satoru!'

Toen ze zijn kamer binnenstormde waren de verpleegkundigen al bezig de behandeling te beëindigen. Ze wrong zich bij het hoofdeinde tussen hen in.

'Satoru, hier is Nana!'

Zijn gesloten oogleden trilden. Alsof ze de zwaartekracht tartten, gingen ze heel langzaam een klein beetje open. Satoru keek naar Nana, toen naar Noriko, en weer naar Nana.

Noriko pakte Satoru's hand beet en duwde Nana's kop ertegenaan. Satoru's lippen bewogen zwakjes. Hij bracht geen geluid uit, maar ze hoorde hem overduidelijk 'bedankt' fluisteren.

De curve op de hartmonitor werd een rechte lijn.

Nana bleef kopjes tegen Satoru's levenloze hand geven.

'Hij is overleden,' zei de arts, waarna de hoofdverpleegkundige eraan toevoegde: 'U brengt ons wel in verlegenheid hoor, door die kat mee naar binnen te nemen. Brengt u hem maar gauw weer naar buiten.'

De sfeer had iets vredigs en plotseling viel de spanning weg. De verpleegkundigen hadden een warme uitdrukking op hun gezicht. Noriko liet zich ondanks zichzelf ook een lachje ontvallen.

En toen, alsof een zwakke plek in de dijk het begaf, begonnen de tranen te stromen. Niet meer sinds ze een klein meisje was geweest had Noriko zo hard gehuild.

De verpleegkundigen koppelden de apparaten los en trokken zich terug.

'Neemt u de kat wel echt meteen mee naar buiten?' drukte de hoofdverpleegkundige haar nog eens op het hart en liet haar toen alleen.

Uiteindelijk begon haar keel pijn te doen. Haar gejammer stierf weg en ze snikte alleen nog maar.

Plotseling voelde ze een ruwe tong aan haar handen likken. Liefdevol en teder.

'Laten we Satoru mee naar huis nemen, Nana.'

Als antwoord likte Nana nog eens aan haar hand.

'Mag ik geloven dat Satoru gelukkig was?'

Nana wreef met zijn voorhoofd tegen Noriko's hand en begon er daarna weer liefdevol aan te likken.

EPILOOG

*Het laatste verslag*

Paarse en gele bloemen staan in bloei zo ver het oog reikt. De kleuren van het Hokkaido van toen, in de vroege herfst, warm en levendig. En ik zit achter een honingbij aan.
 Doe dat nou niet, Nana.
 Een stem die mij zenuwachtig tegenhoudt.
 Hij grijpt me vast en pakt mijn beide voorpoten met één hand stevig beet.
 Straks word je nog gestoken.
 Het is Satoru die mij lachend terechtwijst.
 Hé, dat is lang geleden. Je ziet er goed uit.
 Ik wreef met mijn wang tegen Satoru's arm.
 Dank je. Hoe is het met jou, Nana?
 Ik mag niet klagen.
 Sinds de dag dat Satoru heenging, komt hij me altijd hier op deze vlakte bezoeken. De uitgestrekte wildernis die we samen op onze laatste reis zagen en waar bloemen welig door elkaar heen tieren.
 Maar ik vraag me af of ik de winterse kou de komende jaren nog kan verdragen.
 Je begint oud te worden, hè.
 Schei toch uit met je oud. Krijg het niet in je bol alleen maar omdat je jonger dan ik deze wereld achter je hebt gelaten.
 Er stond een zacht zonnetje, maar sneeuwvlokjes dansten op de wind. Het sneeuwde zo licht dat het bijna een illusie leek – nog even en het werd weer winter.
 En zo langzamerhand loopt mijn verslag ook ten einde.

Satoru had een sobere begrafenis gekregen waar alleen Noriko en wat familieleden van zijn moederskant bij aanwezig waren. Hij was immers nog maar net naar Sapporo verhuisd en zijn vrienden en kennissen zaten overal, maar niet in Sapporo. Trouwens, ik ben ook thuisgebleven. Ik ben niet zo geïnteresseerd in die plechtigheden van mensen.

Satoru is die dag heengegaan.

Ik heb hem toen vaarwel gezegd.

En nu heb ik Satoru een plekje gegeven in mijn hart.

Het is toch nergens voor nodig om zulke vanzelfsprekende dingen tijdens een plechtigheid te bevestigen?

Satoru had een lijst achtergelaten met namen van mensen die hem na aan het hart hadden gelegen of hem in de loop van zijn leven een dienst hadden bewezen, en zijn laatste wens luidde dat ze allemaal een afscheidsgroet van hem kregen. Wat Noriko ijverig deed.

Daarop kwamen er verbazingwekkend veel condoleancekaarten en telefoontjes. Niet alleen van vrienden, maar ook van collega's en leidinggevenden van zijn werk en zijn lievelingsleraar van vroeger. En zelfs van mensen die Noriko niet persoonlijk op de hoogte had gesteld maar die het via via hadden gehoord.

Noriko had het razend druk en zat in die tijd bijna dagelijks bedankkaarten te schrijven. Volgens mij was het voor haar wel goed, zo vlak na Satoru's overlijden. Ze werd er helemaal door in beslag genomen. Ik had me er namelijk zorgen over gemaakt of ze niet in de put zou raken als Satoru er niet meer was. 'Misschien dat ze op slag tien jaar verouderd,' had Satoru nog tegen me gezegd toen hij in het hospice was opgenomen. 'Blijf dus maar dicht bij haar in de buurt, wil je?'

Uiteindelijk verouderde Noriko zo'n twee, drie jaar, maar daar bleef het bij. Nou ja, Noriko was sowieso al niet de jongste meer (ongeveer zo oud als Momo van Shusuke en Chikako, stel ik me voor), dus zoveel maakten die paar jaar nu ook weer niet uit. Oeps, als ik dit soort dingen uitkraam haal ik me straks zowel Noriko's als Momo's woede nog op de hals.

'Satoru had echt veel mensen om zich heen die om hem gaven, hè Nana.'
Noriko leek daar erg blij om te zijn.
Zo is dat. Jouw neef was bij heel veel mensen geliefd, hoor.
Van al die mensen die om Satoru rouwden, waren er ook die zeiden dat ze graag langs wilden komen om wierook voor hem te branden. Allemaal mensen die ik kende. En allemaal mensen aan wie Satoru handgeschreven brieven had nagelaten.

Noriko verontschuldigde zich dat ze zo verafgelegen woonde, maar iedereen stond erop om langs te komen, dus koos Noriko een dag waarop ze allemaal welkom waren.

Op Honshu, het grootste van de vier hoofdeilanden van Japan, trok de kersenbloei al richting het noorden. Het zou nog wel even duren voordat de bomen op Hokkaido bloesem droegen, maar goed. In de schaduw van de straten van Sapporo lagen nog steeds hardnekkige hoopjes sneeuw.

Hoewel het dagen achtereen twijfelachtig weer was geweest, klaarde het uitgerekend die dag op en was het zonnig. Net alsof Satoru zijn vrienden verwelkomde. En zo kwamen deze mensen aan wie ik zulke goede herinneringen had naar het appartement waar Noriko en ik woonden. Kosuke, Daigo, Shusuke en Chikako.

Alle vier waren ze in het zwart gekleed. Ze zeiden weinig en hielden hun lippen samengeknepen.
'Kom binnen.'
Noriko ging hun voor en hield haar handpalmen tegen elkaar voor het altaar in de huiskamer.
'Satoru, iedereen is voor jou gekomen.'
Daarna stond ze op van het zitkussen en liet ze de anderen hun gang gaan. Om beurten staken ze een staafje wierook aan. Eerst Kosuke, toen Daigo, en ten slotte Shusuke en Chikako. Kosuke bad met een verwrongen gezicht lange tijd met zijn handen tegen elkaar voor zijn borst. Daigo was wat onbeholpen en hield het snel voor gezien. Hij eindigde met een buiging met zijn hoofd naar het altaar waarbij hij zijn kin introk. Shusuke beet onrustig op zijn lip. Chi-

kako kreeg tranen in haar ogen en veegde ze zachtjes met haar vingertop weg. Iedereen had het door, maar deed alsof ze het niet zagen.

'Ik heb sushi besteld om de rouwperiode mee af te sluiten. En ik maak er wat soep bij, dus jullie moeten nog even wachten,' zei Noriko opgewekt, maar ze voelden zich allemaal een beetje opgelaten en wisten zich geen houding te geven.

'Sorry dat u zoveel moeite voor ons moet doen,' zei Kosuke, waarna de rest woorden van gelijke strekking mompelde en lichtjes het hoofd boog.

'Welnee, zit daar maar niet over in. Ik ben blij dat ik Satoru's vrienden te gast heb.'

'Zal ik u anders even helpen?' zei Chikako terwijl ze al half opstond. Maar Noriko gebaarde dat ze weer moest gaan zitten.

'Dat is niet nodig. Ik heb liever geen anderen bij me in de keuken.'

Noriko had er verder niets mee bedoeld, maar Chikako keek een beetje beteuterd. Als Satoru er was geweest had hij vast geglimlacht en gezegd: 'Sorry, ze bedoelt het niet slecht.' Noriko hield haar ogen op de snijplank gericht en was zich van geen kwaad bewust.

Had ze Chikako's reactie wel gezien, dan had ze ongetwijfeld nog iets stoms erop laten volgen en zichzelf alleen maar van de regen in de drup geholpen.

'Ga anders wat met Nana spelen.'

O, slimme zet van je, Noriko, om mij in de strijd te gooien. Ik liep naar Chikako toe en wreef tegen haar benen.

'Hé, hoe gaat het Nana? Had je maar bij ons kunnen komen,' zei Chikako.

'O?' liet Kosuke zich ontvallen. 'Is Satoru bij jullie ook langs geweest om te kijken of het met Nana klikte?'

'Ja,' zei Chikako glimlachend. Shusuke lachte zuur. 'Onze hond kon het niet goed met hem vinden, dus liep het op niets uit.'

'Bij mij liep het mis met mijn katje,' mengde Daigo zich in het gesprek.

Het ijs was gebroken en ze vertelden elkaar honderduit over mij. Het was Kosuke die totaal ongepast opmerkte: 'Nana is verrassend kieskeurig.'

Wat nou? Wie was nou degene die ruzie had met zijn vrouw en zo liep te jammeren?

Kosuke en zijn vrouw hadden blijkbaar na ons bezoek een kat in huis gehaald. Trots liet Kosuke de foto's van een knappe grijsgestreepte poes op zijn mobiele telefoon zien.

Jullie mogen dan nog zulke goede jeugdvrienden zijn, Kosuke, zo erg hoef je nu ook weer niet op Satoru te lijken. Ik was nog niet uitgedacht of Daigo haalde zijn telefoon tevoorschijn. 'Kijk, ik heb ook foto's.'

Daigo, jij ook al?

Chatran met zijn afgezaagde kattennaam was een onbevreesde jonge kater geworden. Kennelijk was hij nu in staat om muizen te vangen. Had mijn strenge training dus toch haar vruchten afgeworpen.

'Satoru heeft hem ontmoet, dus wilde ik hem deze foto laten zien.' Daigo liep nog een keer naar het altaar van Satoru en hield hem zijn mobieltje voor.

'Als ik had geweten dat we over onze huisdieren gingen opscheppen dan had ik ons fotoalbum meegenomen,' zei Chikako, maar zij en Shusuke deden niet voor de anderen onder. Ze pakten allebei hun telefoon erbij en gingen rond met foto's van Momo en Toramaru.

'We runnen een pension waar huisdieren ook welkom zijn. Kom gerust eens langs als jullie willen,' zei Shusuke en hij gaf iedereen zijn visitekaartje. Daarop begonnen ze allemaal hun contactgegevens uit te wisselen.

Zeg, Satoru?

Nu jij er niet meer bent hebben de mensen die jou het meest missen elkaar gevonden.

'Wilt u er misschien ook eentje?' Shusuke overhandigde zijn visitekaartje aan Noriko die met de sushi binnenkwam.

Ja, geef maar gauw, in vredesnaam! Ik wil nog weleens gebruikmaken van die doosvormige tv bij jullie thuis.

'Dank je wel. Ik heb de berg Fuji al lang niet meer beklommen, dus misschien is het zo'n gek idee nog niet.'

Dat doe je dan maar in je eentje, Noriko. Ik wacht wel beneden bij Shusuke en Chikako.

Ze zaten met zijn allen rond de tafel en luisterden met een gretig oor naar de verhalen die ze over Satoru te vertellen hadden.

'Hè? Satoru zwom op de middelbare school niet?' Kosuke knipperde verbaasd met zijn ogen.

Daigo schudde van nee. 'We hadden samen een tuinierclub. Kon hij zo goed zwemmen dan?'

'Hij was wedstrijdzwemmer bij de zwemclub. Hij won vaak grote toernooien en iedereen had hele hoge verwachtingen van hem. Zwom hij bij jullie op school ook niet?'

Shusuke en Chikako schudden allebei hun hoofd.

'Hij had veel vrienden, maar hij zat niet speciaal op een club of zoiets.'

'Echt waar niet? En hij was nog wel zo'n snelle zwemmer. Waarom zou hij gestopt zijn?'

Terwijl Noriko mij een reepje vette tonijn zonder wasabi gaf, mompelde ze tussen neus en lippen door: 'Vast omdat jij er niet meer bij was, Kosuke.'

Ah toe, Noriko! Waarom krijg jij, die normaal zo onbeholpen is met woorden, het af en toe voor elkaar om mensen recht in het hart te treffen? Kosuke vertrok zijn gezicht precies zoals hij had gedaan toen hij voor het altaar had zitten bidden.

'Tijdens het schrijven van die brieven heeft hij me van alles over jullie verteld. Dat jullie met een katje van huis zijn weggelopen bijvoorbeeld, en dat hij zich een beetje zorgen maakte omdat je ruzie had met je vrouw.'

Kom op, Noriko, dat had je niet hoeven zeggen.

'Alles gaat weer helemaal goed tussen ons,' verduidelijkte Kosuke haastig.

'Hij vertelde ook dat hij het zo leuk had gevonden om jou en je oma te helpen in de velden, Daigo. Dat jij heel erg op jezelf was en tijdens de les zomaar de klas uit was gerend om naar de broeikas te gaan kijken, en hij helemaal met de handen in het haar zat.'

Daigo staarde verzonken in herinneringen voor zich uit.

'En hij vertelde dat Shusuke en Chikako gek zijn op dieren en dat ze zo goed bij elkaar passen. En dat hij heel erg blij was geweest toen hij jullie op de universiteit weer trof.'

Shusuke trok een gezicht alsof hij ergens pijn had en Chikako veegde de tranen weg die weer in haar ogen opwelden.

'Maar waarom...' mompelde Shusuke. 'Waarom heeft hij nooit verteld dat hij ziek was?'

Zucht. Aarzelend zeg je dingen die je niet zou moeten zeggen hè, zoals gewoonlijk. Begrijp je het dan echt niet?

'Ik heb het gevoel dat ik hem wel begrijp.'

Kijk aan, Daigo! Ik had niet anders van je verwacht – zo'n man die heel populair zou zijn als hij een kat was geweest.

'Hij wilde met een glimlach afscheid nemen.'

Zo is het maar net!

Hij hield van jullie, dat is alles. Hij hield zielsveel van jullie, dus wilde hij jullie glimlach met zich meenemen. Dat is toch simpel zat?

'In zijn brief...' Kosuke klonk droevig, maar hij glimlachte. 'Hij schreef alleen maar over leuke dingen. En stomme grapjes. Ik heb echt zitten lachen. Dit kan toch niet z'n laatste brief zijn, dacht ik.'

Ze grinnikten. Waarschijnlijk herkenden ze er allemaal iets in. Wat heb je nou weer geschreven, Satoru? Het lijkt me nou ook weer niet nodig om in je afscheidsbrief de lachers op je hand te krijgen.

'Typisch Satoru om op die manier zijn dankbaarheid te tonen,' fluisterde Chikako bedachtzaam.

Ze bleven tot vlak voordat hun vliegtuig vertrok herinneringen aan Satoru ophalen. Noriko bracht iedereen op het laatste nippertje met de zilverkleurige minivan naar het vliegveld. Onze zilverkleurige minivan was na Satoru's overlijden Noriko's minivan geworden. Het was al niet meer de magische koets die Satoru en mij allerlei bezienswaardigheden had laten zien, maar evenzogoed reed hij nog steeds als een zonnetje.

Goed, voordat Noriko thuiskomt heb ik nog een klusje te klaren.

Toen het donker was geworden kwam Noriko thuis en ze slaakte een gil zodra ze de huiskamer binnenstapte.

'Wat heb je nou toch weer gedaan, Nana!'

Ik had alle tissues tot aan het laatste velletje uit de doos getrokken.

'Waarom doe je nu zoiets?'

Haha, doordat je zo druk bent met je boos te maken en op te ruimen is al je verdriet nu iedereen weer weg is in één keer vervlogen. Heb ik gelijk of niet?

'Wat zonde, zo'n verspilling,' foeterde Noriko terwijl ze de tissues opraapte, maar toen begon ze plotseling te lachen. 'Zeg, Nana?'

Wat is er?

'Satoru was gelukkig, hè.'

Had ik je dat niet meteen al nadat hij zijn laatste adem uitblies verzekerd? Waarom kom je daar nu opeens mee? Satoru zit vast ook te glimlachen.

Daarna waren er jaren voorbijgegaan.

Kosuke had van zijn fotozaak een studio gemaakt waar mensen foto's konden laten maken van hun huisdier. Het was Satoru's idee geweest, schreef hij op een briefkaart, dus ik was altijd welkom voor een gratis fotoshoot. Maar ieder jaar kregen we van hem een nieuwjaarskaart met een foto van zijn grijsgestreepte poes die verkleed was in een raar kostuum en altijd nors de camera in keek, dus ik liet dit liever aan me voorbijgaan.

Daigo stuurde van tijd tot tijd zelfgekweekte groenten op. Hij voegde er altijd een kort briefje bij waarop hij schreef: 'Op Hokkaido hebben jullie vast bergen lekkere groenten, maar goed.' Het was elke keer veel te veel voor Noriko alleen, dus ze had het heel druk met het uitdelen ervan aan anderen.

Eén keer heeft Noriko me meegenomen om te overnachten in het pension van Shusuke en Chikako. Dat is te zeggen: ze leverde mij bij hen af en is zelf de berg Fuji gaan beklimmen. In de tussentijd heb ik volop genoten van de doosvormige tv.

Momo was een oude dame geworden en de brutale Toramaru begreep nu ietsje meer van de wereld. Sorry voor toen, verontschuldigde hij zich en hij condoleerde me met het verlies van Satoru.

En o ja! Shusuke en Chikako hadden een kindje gekregen. Het was een slim meisje en ze begroette Noriko met 'Welkom, mevrouw,' waardoor Noriko eventjes van slag was.

De vruchten van de lijsterbessen langs de kant van de weg zijn dit jaar weer rood gekleurd. Nog eventjes en de sneeuw blijft weer liggen. Hoeveel keer heb ik deze rode kleur die Satoru me heeft geleerd nu al niet gezien?

Op een dag kwam Noriko thuis met een onverwachte gast.

'Wat zou ik hier eens mee doen, Nana?'

De doos die ze in haar armen had mauwde als een loeiende sirene. Er zat een lapjeskatje in. Niet een net-niet-lapjeskat zoals Hachi en ik, maar een echte. En omdat het een heuse lapjeskat was, was het natuurlijk een vrouwtje.

'Iemand heeft haar zomaar beneden voor ons flatgebouw achtergelaten. Ik heb jou nu toch al in huis, Nana, dus dacht ik...'

Ik snuffelde aan het als een sirene loeiende poesje en likte haar teder.

Welkom bij ons thuis. Jij bent mijn opvolger, hè?

'We zijn daarnet even langs de dierenarts gegaan. Denk je dat jullie het goed met elkaar kunnen vinden?'

Ja, ja, geef haar nou maar gauw wat melk. Ze kon weleens enorme honger hebben, deze kleine dame.

Ik klom in de doos en kroop tegen het poesje aan om haar te verwarmen. Ze begon prompt over mijn buik naar tepels te zoeken. Sorry, daarvoor moet je niet bij mij zijn.

'O, ze heeft honger, hè? Bij de dierenarts heb ik melk gekocht, dus dat zal ik eventjes opwarmen.'

En zo stortte Noriko zich in een nieuw avontuur waarin ze volledig door dit kleine, veeleisend poesje in beslag werd genomen.

Een vloed van paars en geel.

De weidse vlakte die we op onze laatste reis hadden gezien, tot aan de horizon met bloemen begroeid.

In deze droom komt Satoru me altijd opzoeken.

Hé, Nana. Hoe is het met je de laatste tijd? Je ziet er een beetje vermoeid uit.

Ja, dat is waar. Momo van Shusuke en Chikako is alweer een paar jaar geleden overleden. Misschien dat ik het ietsje minder lang volhoud dan zij. Mijn opvolger is er immers ook al.

Gaat het goed met tante Noriko?

Sinds ze zich over dat poesje heeft ontfermd lijkt ze wel jonger geworden.

Noriko had het poesje de voorspelbare naam Lappie gegeven. Wat betreft het geven van namen leken Noriko en Satoru sprekend op elkaar. Veel te voor de hand liggende rechttoe-rechtaannamen.

Wie had dat ooit gedacht, dat tante Noriko een kat mee naar huis zou nemen.

Satoru leek diep geroerd.

Ze heeft zowaar iets van een kattenfanaat in zich, hoor. Als ze sushi bestelt, geeft ze mij altijd de lekker vette tonijn.

Daar zou ík zelfs nog over twijfelen, lachte Satoru. Het is voor tante Noriko haar eerste eigen kat, hè.

Ja, daar heb je gelijk in.

We woonden wel samen, maar ik was niet Noriko's kat. Ik was voor eeuwig en altijd Satoru's kat. Daarom kon ik de hare niet worden.

Kom je zo zachtjesaan deze kant op?

Ja, maar ik heb nog één laatste klusje te klaren.

Satoru hield zijn hoofd een tikkeltje schuin. Ahum, kuchte ik, en bewoog mijn snorharen.

Ik moest Lappie nog op weg helpen. Noriko's scholing leek helemaal nergens naar. Als het poesje straks al te verwend de straat op ging, liep ze grote kans het er niet levend vanaf te brengen. Haar het abc van het jagen inhameren was wel het minste wat ik kon doen. En ik moet zeggen: als je haar in haar nekvel greep, trokken haar pootjes meteen samen, dus ze had groot potentieel. Veel meer dan bijvoorbeeld Chatran van Daigo.

Als Lappie eenmaal op haar eigen pootjes kon staan, zou ik overwegen om mijn tocht aan te vangen. Mijn reis naar deze plek die ik nu alleen nog maar in mijn dromen kan zien.

Zeg, Satoru. Wat is er aan het eind van deze vlakte? Is er veel moois te zien daar?

Zou ik weer samen met Satoru op reis kunnen?

Satoru grijnsde. Hij tilde me op, zodat ik de verre horizon vanaf zijn ooghoogte kon zien.

Wauw! We hebben echt veel gezien, hè.

Mijn verslag loopt nu echt ten einde.

Dat is niet per se iets om bedroefd over te zijn.

Terwijl we de herinneringen aan onze reis aaneenrijgen, begeven we ons op weg voor een volgende reis. Verlangend naar degenen die ons voor zijn gegaan, en naar degenen die ons achterna zullen komen.

En ooit zullen we al onze geliefden weer treffen, aan de andere kant van de horizon.

Einde.